KB0038178

꽃의 노래

하늘가리기 장편소설

fio
ret

꽃의 노래 2

초판 1쇄 인쇄 2017년 4월 12일
초판 1쇄 발행 2017년 4월 19일

지은이 하늘가리기
발행인 오영배
기획 박성인
책임편집 심지은
표지 · 본문 디자인 권지연
제작 조하늬

펴낸곳 (주)삼양출판사 · 피오렛
주소 서울시 강북구 도봉로 173
대표 전화 02-980-2112 팩스 / 02-983-0660
출판등록 1999년 3월 11일 제9-00046호

ISBN 979-11-283-9169-9 (04810) / 979-11-283-9167-5 (세트)

fio ret 은 (주)삼양출판사의 로맨스 판타지 문학 브랜드입니다.

하늘가리기 장편소설

꽃의 노래

2

fio
ret

| Contents |

1장 상속녀 아가씨 · *007*

2장 기사 서임식 · *061*

3장 위험한 증거 · *101*

4장 로건 · *129*

5장 르웨나 레바스 · *195*

6장 소녀의 마음 · *269*

7장 청탑의 줄리오 · *323*

1장
상속녀 아가씨

마담 르네젤이 아델을 만나러 레바스 성을 방문했다.

"오랜만에 뵈어요. 아가씨."

"네. 오랜만이에요."

두 사람은 의례적인 인사를 몇 마디 더 나누었다.

실제로 참 오랜만이었다. 파울이 죽었다는 비보가 전해진 이후에 르네젤이 방문했을 때 아델은 당분간 오지 말라고 말했다. 할머니께서 의식 없이 누워 계신데 화려한 옷을 주문하는 일은 적절치 않다는 아델의 생각을 르네젤은 이해해 주었다.

"오늘은 쫓아내지 않으실 거죠?"

"쫓아내긴요. 르네젤이 상복을 만들어 주지 않았으면 장례식에 참석할 엄두도 내지 못했을 거예요."

르네젤에게 오지 말라고 해 놓고 상복 제작을 부탁하는 서신을 보낼 때는 염치가 없었다. 제작 대금을 언제 어떤 방식으로 지불할지 약속할 수 없다는 말을 덧붙였는데도 르네젤은 흔쾌히 승낙했다. 드레스처럼 화려한 상복을 만들면 어쩌나 생각했으나 바보 같은 걱정이었다. 보내 준 상복은 단순하면서도 기품 있었다.

"너무 늦어서 미안해요."

아델은 장례식이 끝나고 한참이 지나서 르네젤에게 외상이 있다는 사실을 기억해 냈다.

부유한 상속녀가 된 아델에게는 얼마든지 값을 지불할 자력이 있기에 르네젤에게 서신을 보냈다. 그리고 르네젤은 답장으로 오늘 방문하겠다고 했다.

"많은 일이 있으셨지요. 기억해 주신 것만으로 감사해요."

"상복의 대금은 어떤 방식으로 지불하면 될까요? 생각해 보니까 내가 직접 뭔가를 사 본 적이 없더라고요. 해 주시는 것을 받기만 했어요."

"아가씨. 상복 대금은 주지 않으셔도 괜찮아요."

"그럴 수는 없어요."

"돌아가신 성주님께 제가 마지막으로 그 정도 선물을 해 드리지 못하겠어요. 얼마나 큰 고객이셨는데요."

르네젤의 진지한 표정은 마음에 없는 사양이 아니었다. 굳이 돈을 주겠다는 것이 르네젤의 진심을 알아주지 못하는 일 같아서 아델은 고개를 끄덕였다.

"고마워요. 그러면 기꺼이 르네젤의 선물을 받을게요. 오늘은 상복 대금 말고 다른 용무도 있어요. 감사하게도 할머니께서 재산을 좀 남겨 주셨어요. 이제는 내가 르네젤을 고용하고 싶어요."

르네젤은 감격스러운 눈으로 자신의 두 손을 마주 잡았다.

"영광이에요. 아가씨."

"그런데 음……. 지금껏 만들어 준 드레스 말고, 다른 디자인이 가능할까요?"

"말씀만 하세요."

"좀 수수한 것이 좋아요. 그동안 받은 드레스는……. 르네젤의 디자인이 싫다는 건 아니에요."

르네젤은 호호, 웃음을 터뜨렸다.

"무슨 말씀인지 알겠어요."

르네젤은 가져온 짐에서 디자인 북을 꺼내 펼쳤다. 기사가 검을 항상 지니고 다니는 것처럼 디자인 북은 르네젤의 무기였다. 디자인 북에는 그동안 그녀가 디자인한 의상이 가득 담겨 있었다.

아델은 르네젤이 화려한 파티복만 만든다고 생각했다가 디자인 북 안에 수수한 의상이 제법 많다는 점에 놀랐다. 개중에는 아델의 마음에 드는 디자인이 꽤 많았다.

두 사람은 머리를 맞대고 한참 논의했다. 선물을 일방적으로 받기만 할 때와 주체가 되어서 쇼핑을 하는 입장은 꽤 달랐다. 아델은 의상을 고르고 디자인을 구경하는 일이 상당히 즐겁다는 사실을 알게 되었다.

"아가씨. 양산도 몇 개 사셔야지요. 의상에 맞는 색을 맞추어 마련해 두셔야 해요. 모자도 디자인이 굉장히 다양하답니다. 외출에 모자는 필수품이에요."

르네젤은 외출에 필요한 소소한 소품을 권했다. 망설이는 아델을 보며 르네젤은 생긋 웃었다.

"언제까지 성 안에만 계실 수는 없잖아요."

아델의 눈이 흔들렸다. 르네젤이 아델의 생활에 노골적으로 참견하는 말을 꺼낸 것은 처음이었다.

"언짢으셨다면 송구해요. 하지만 아가씨의 마음이 변하셨어요. 그렇죠?"

"……왜 그렇게 생각해요?"

"거울을 보고 느꼈어요. 제 감이 틀리지 않았지요?"

르네젤은 한구석에 놓인 대형 거울을 봉인하듯 씌운 흰색 천이 사라졌다는 점에 주목했다.

"……."

르네젤의 말처럼 아델은 바뀌어야 한다고 자신을 타일렀다. 그녀를 조건 없이 보호해 주던 할머니는 이제 곁에 없었다. 그녀는 이제 자신을 지키는 방법을 배워야 했다.

"사람들이 날 이상하게 보지 않을까요?"

"절대 그렇지 않아요. 아가씨. 수많은 사교 파티에 참석한 제 말을 믿으세요. 물론 아가씨는 매우 희귀한 모습이기는 해요. 하지만 그런 것이 아무 문제가 되지 않을 정도로 매우 아름답고 사랑스럽답니다."

항상 듣던 르네젤의 찬사였지만, 아델은 얼굴을 붉혔다.

"그리고 아가씨는 부유한 상속녀잖아요. 사교계에서 환호성을 지를 만한 조건을 갖추고 계시다고요."

"그걸 어떻게 알았어요?"

화들짝 놀라는 아델의 순진한 반응을 보며 르네젤은 웃었다.

"사교계의 소문은 굉장히 빠르답니다."

"하지만 그 사실은……."

유언장이 공개된 이후에 아델의 생활은 달라지지 않았다. 주변 사람이 다 고용인인데 그들에게 자랑할 이유가 없었다. 유언장이 공개될 때 함께 있었던 사람 중에서도 소문을 낼 사람이 없었다. 그나마 의심이 갈 사람이라면 멀론 가족뿐이었다.

'내가 상속받았다는 사실이 못마땅한데 그걸 왜 말하겠어?'

아델은 모르는 사실이지만, 소문의 출처는 스텔라였다. 물론 스텔라는 좋은 의도로 떠들지 않았다. 불합리한 유산 상속에 불만을 품고 가까이 지내는 친구에게 '이건 비밀인데.'라고 시작한 이야기가 이제는 사교계에서 모르는 사람이 없을 정도였다. 원래 소문이 퍼지는 과정은 대개가 비슷했다.

"제가 장담할게요. 모두 아가씨와 친해지고 싶어 할 거예요."

르네젤은 좋은 사람이었다. 그리고 아주 탁월한 장사꾼이었다. 아델은 르네젤이 권하는 대로 드레스 가격과 맞먹는 값비싼 소품을 구매했다. 외출복도 몇 벌 맞추었다.

밖으로 나갈 용기는 아직 없었다. 화려한 드레스처럼 드레스룸에 장식품으로 방치될지도 모른다. 그래도 아델에게는 중요한 한 걸음이었다.

용무가 끝나고 돌아가기 전 르네젤이 말했다.

"많이 슬퍼하고 계실까 봐 걱정했어요. 괜한 노파심이었네요. 한결 표정이 좋아지셨어요."

아델은 르네젤을 만날 때마다 늘 웃고 있었다고 생각했지만, 수많은 사람을 만나서 사람의 기분을 파악하는 일에 능한 르네젤이 꾸며 내는 웃음 정도를 모를 리 없었다.

우울한 그림자가 느껴지는 소녀의 표정이 항상 마음에 걸렸다. 의지하던 성주님을 잃고 소녀가 얼마나 낙담했을까, 오는 길에 걱정을 많이 했다.

오랜만에 보는 소녀는 오히려 편안한 웃음을 지을 줄 알게 되었다.

슬픔을 극복한 소녀의 성장이 눈에 보였다.

'어쩌면…….'

머지않은 언젠가 사교 파티에서 아델을 볼 수 있을지도 모른다는 생각이 들었다.

검을 아래로 내리그을 때마다 공기가 갈라지는 소리가 났다. 규칙적인 호흡을 할 때마다 입에서 나온 하얀 입김이 공중으로 퍼졌다.

단순한 기본 동작이었지만, 캘빈은 진지했다. 마음먹은 횟수를 다 채우고 검을 내렸다. 땀으로 젖은 등이 축축하고 온몸에서 후끈 열이 올라왔다. 검을 처음 손에 쥔 날부터 단 하루도 쉬지 않은 기초 연습이었다.

가벼운 휘파람 소리가 들리자 고개를 돌렸다. 서글서글한 인상의 청년이 울타리에 기댄 채 손을 흔들었다.

"집중력 좋네. 주변 한 번 돌아보지 않는구나."

"어쩐 일이야?"

캘빈은 검을 검집에 넣고 마틴에게 다가갔다.

"지나가다 들렀어."

몸이 둘이라도 부족한 친구의 분주한 하루를 아는 캘빈이 미심쩍은 표정을 지었다. 마틴은 사교계의 마당발이었다. 좋게 포장해서 사교계의 유명인사라고 하지만, 캘빈이 보기에는 한량이었다.

마틴은 사교성이 자신의 재능이라고 말했다. 캘빈은 친구의 주장이 터무니없는 소리는 아니라고 생각했다. 자신은 죽었다 깨어나도 마틴처럼 사람들과 매일 만나 웃고 떠드는 일을 할 수 없었다. 캘빈이 흉내도 낼 수 없는 능력이었다.

"부르지 그랬어."

꽤 오래 서 있었는지 추운 날씨에 마틴의 코끝이 빨갛게 얼었다.

"방해할 수가 없더라고. 왜 이렇게 진지해? 과정을 모두 수료하고 기사 서임을 기다리는 지금이 원 없이 놀 수 있는 황금 기간 아니야?"

"놀고 있어. 그래도 아예 놓으면 무뎌져서 안 돼."

"하여튼, 지독해."

"아버지와 형님에 비하면 난 하는 것도 아니야."

'검술에 천재적인 재능이라고?'

마틴은 코우 가문을 두고 사람들이 수군대는 말을 생각했다.

'내가 보기엔 코우 가문 사람의 재능은 검술이 아니라 성실이야.'

캘빈의 비극은 부족한 재능이 아니었다. 캘빈은 충분히 우수했다. 캘빈의 아버지와 형이 불세출의 천재일 뿐이었다. 천재의 곁에서 어지간한 재능은 태양 앞의 반딧불이었다. 캘빈은 자신이 빛나고 있다는 사실도 자각하지 못했다.

'나라면 진즉 삐뚤어졌을 텐데.'

반듯한 성격도 코우 가문의 혈통에 담긴 재능일 것이다.

"딱히 바쁜 일 없지?"

"바쁜 건 너겠지."

"나는 내가 바쁘게 만든 거고. 한잔하자."

캘빈은 푸른 하늘을 흘끔 보았다가 마틴을 보았다. 말을 꺼내기 전에 마틴이 선수 쳤다.

"술을 해가 진 후에 먹어야 한다는 법은 없다. 내가 우리 아버지가 숨겨 둔 기가 막힌 거 하나 빼내 왔어. 노인네가 그 좋은 걸 혼자 감춰 두고 먹다니, 이건 배신이야."

마틴의 부친인 룩스 수장은 애주가였다. 캘빈은 마틴의 집에 놀러 갔다가 지하 창고에 쌓인 어마어마한 술을 보고 놀란 기억이 아직 생생했다.

"들키면 너 한동안 집에 못 들어갈 텐데."

"그럼 여기서 신세 지지 뭐."

아무래도 친구 녀석은 조만간 맨발로 쫓겨나겠다.

'손님방을 하나 치워 두라고 해야겠네.'

두 사람은 저택 안으로 들어갔다. 마틴은 가져온 술을 따서 즉시 술자리를 벌였다.

술기운이 돌자 마틴이 잡다한 이야기를 늘어놓기 시작했다. 주로 사교계의 동향이었다. 친구 덕분에 캘빈은 사교 활동을 하지 않는 편인데도 제법 소식에 밝았다.

"요즘 레바스에 관한 재미있는 소문이 돌아. 타계하신 성주님께서 엄청난 유산을 후원하던 아가씨에게 물려줬다고 하더라. 너 뭐 아는 거 없어?"

"……없어."

"수수께끼의 상속녀에 대한 호기심이 폭발 직전이야."

캘빈은 손에 들고 있는 술잔을 보다가 마틴을 쏘아보았다. 녀석이 귀한 술을 들고 갑자기 찾아온 목적을 알았다. 캘빈의 눈빛에서 추궁의 빛을 읽은 마틴이 머리를 긁적였다.

"내가 궁금한 건 못 참잖아. 아는 거 있으면 말해 봐. 나만 알고 있을게. 내가 입은 무겁다고."

"모른다니까."

"너 어릴 때 성주님이 보살피는 아가씨의 놀이 친구로 불려 간 적이 있다고 하지 않았어?"

캘빈은 어이가 없어서 헛웃음을 흘렸다.

"그걸 기억하냐?"

오래전에 지나가듯 한 말이었다. 마틴은 공부 머리는 없으면서 기이한 부분에서 기억력이 비상했다.

캘빈이 성에 드나들며 아델을 만난 사실을 주변에서는 알지 못했다. 아델의 상처를 알기 때문에 함부로 말하기가 조심스러워서 누구에게도 말하지 않았다. 마틴에게 말하지 않기를 백 번 잘했다는 생각이 들었다.

"그게 언제 적 일인데."

"어릴 때 인연도 인연이지. 네 형님께 들은 것도 없어?"

"형님이 그런 얘기를 할 사람이냐? 넌 왜 그런 소문에 혹해서 그래? 레바스에 관해 도는 소문은 대개가 근거 없는 헛소문이라고."

"소문의 출처가 스텔라 브로디야."

캘빈은 인상을 찌푸렸다.

"아무래도 헛소리는 아닌 것 같단 말이지."

"……."

자꾸 묻는 마틴에게 모르쇠로 일관했다. 정말 캘빈은 아는 것이 없었다. 전대 성주의 타계 이후에 아델을 만나러 가지 않았다.

장례 기간 동안에 아델을 만나서 위로해 주고 싶었으나 부친이 그를 불러 주의를 주었다.

「민감한 시기다. 자중해라.」

대가문의 주인이 바뀌는 시기에 괜한 구설에 오를 만한 행동을 하지 말라는 경고였다.

캘빈은 코우 수장의 아들이었다. 의도 없이 한 행동도 오해를 살 수 있었다.

사람들은 마커스 코우가 화통하고 급박한 성품을 지녔다고 멋대로 짐작했다. 하지만 실제 마커스는 항상 주변을 경계하는 진중한 사람이었다.

캘빈은 아직 기사 서임도 받지 못한 자신을 부친이 굳이 불러서 주의를 주는 이유를 알 수 없었다. 혹시 해서 물었다.

『아가씨를 뵈러 가지 말라는 말씀입니까?』

『그래.』

부친은 이전에는 단 한 번도 캘빈이 아델을 만나는 일을 거론하지 않았다. 부친이 몰랐을 거라고는 생각하지 않았지만, 막상 들으니까 기분이 이상했다.

『언제쯤이면 아가씨를 뵈러 가도 됩니까?』

마커스는 캘빈을 잠시 바라보다가 말했다.

『어린아이가 아니지 않느냐. 너도, 아가씨도.』

얻어맞은 것처럼 기분이 멍했다. 그런 생각은 해 본 적이 없었다.

혼란스러운 기분을 정리할 수 없어서 계속 아델을 만나러 가지 못하는 사이에 시간이 훌쩍 지났다.

"마틴. 너 조엘과 지금도 만나?"

조엘은 마틴의 소꿉친구였다. 어릴 때 마틴의 집을 방문하면 이미 놀러 와 있던 조엘과 마주치곤 했다. 그러면 그들은 어울려서 함께 놀았다. 정확히 언제부터 조엘이 보이지 않았는지 기억나지 않았다.

"조엘? 갑자기 조엘은 왜? 만나지. 파티에 나가면 가끔."

"개인적으로 만나냐고. 네가 조엘의 집에 가거나 혹은 그 반대거나."

"내가 왜?"

"……친구니까."

"어릴 때야 친구였지. 근데 이제는 나이가 있잖아."

"그게 무슨 상관이야?"

"당연히 상관이 있지. 내가 조엘을 만나러 집에 찾아가면 양가의 부모님은 걔와 날 결혼시킬 거야. 난 그 말괄량이하고 결혼할 생각은 죽어도 없어. 아마 걔도 그럴걸."

"둘 다 그런 생각이 없지만, 친구로 만나는 건?"

"그건 여자에게 좋지 않지. 같은 소문이 나도 여자에게 더 불리하니까."

마틴은 캘빈을 털어도 나올 것이 없다고 생각했는지 더 파고들기를 포기했다. 마틴이 떠드는 잡다한 이야기를 한 귀로 듣고 한 귀로 흘리면서 캘빈은 계속 딴생각에 빠졌다.

*　　*　　*

오랜만에 찾아온 친구를 맞이하며 아델은 환하게 웃었다.

"날 완전히 잊은 줄 알았어. 정말 오랜만인 거 알지?"

아델이 눈을 흘기며 타박하자 캘빈이 가볍게 웃었다.

멜이 차를 내온 후 예전과 다르게 나가지 않고 곁에서 미적거렸다. 아델이 할 말이 있느냐고 묻자 멜이 주저하다가 말했다.

"아가씨를 손님과 둘만 계시게 해도 되는지 모르겠어요."

"무슨 소리야? 계속 그래 왔잖아."

"하지만 성주님께서……."

"멜. 넌 내 감시자가 아니야."

아델이 정색하자 멜이 어깨를 움츠렸다.

"죄송해요. 아가씨. 전 그런 뜻이 아니라……."

"나가 봐. 네가 책임질 일은 없을 거야."

쭈뼛거리던 멜이 나가고 나서 아델은 캘빈에게 사과했다.

"미안해. 달라진 일이 몇 가지 있거든."

혹시 불쾌하지 않았을까 안색을 살폈다.

"괜찮아. 네 하녀가 맞는 말을 한 거야."

캘빈은 남쪽 탑으로 들어오면서 전과 다르다고 느꼈다. 전에는 없던 하녀들이 눈에 띄었다. 그들의 태도나 표정에 잔뜩 기합이 들어가 있었다. 못 본 사이에 아델을 감싸는 단단한 방어벽이 만들어졌다.

"훈련 과정은 끝났어?"

"응. 쉬는 중이야. 아직 서임을 받을 날짜는 나오지 않았어."

"그래도 곧 코우 경이 되는 거잖아. 축하해."

"고마워. 넌…… 괜찮아?"

"응……. 인제 괜찮아. 돌아가신 할머니께 언제까지 떼쓰고 어리광 부릴 수는 없으니까."

생긋 미소 짓는 아델의 얼굴에 그늘은 없었다. 깊은 슬픔에 잠겨 헤어 나오지 못하는 건 아닐까 우려한 것과 다르게 아델은 훌륭하게 극복한 모습이었다. 캘빈은 아쉬움을 느끼면서도 다행이라고 생각했다.

'오랜만이라 그런가.'

아델은 찻잔을 만지작거렸다. 캘빈과 있으면서 처음 느끼는 어색함이었다.

"혹시 브로디 일가의 소식을 알아?"

장례식이 끝난 후 며칠 안 되어 브로디 가족은 성을 나갔다. 아델은 그들이 떠나는 모습을 직접 지켜보지 못했고 멜을 통해서 나갔다는 말만 들었다.

「나가는 마차가 스무 대가 넘었대요.」

멜은 입을 삐죽이며 그들을 흉보았다. 그들이 꾸린 이삿짐의 대부분은 엄밀히 따지면 그들의 것이 아니었다.

그들은 그동안 사용한 세간을 자신들의 소유가 된 것인 양 모조리 싸 들고 나갔다. 원래 있었던 가구부터 러그까지 모두 실어 내가서 그들이 지냈던 방은 아무것도 없이 텅 비어 버렸다고 한다.

「성주님은 마음도 넓으시지. 저라면 맨몸으로 쫓아냈을 거라고요.」

멜은 그들이 가져간 가구가 얼마나 비싼지 아느냐며 제 것도 아니면서 아까워했다.

「참! 아가씨 목걸이는요?」

아델은 순간적으로 멜의 눈에서 광기를 본 것 같았다.

「……안 돌려줬어. 결국엔 가져갔네.」

멜이 방방 뛰었다.

「그게 얼마짜린데! 성주님께 말씀드려서 되찾아 오셔야 해요. 아가씨!」

멜이 주장했지만, 아델은 그에게 말하지 않았다.

동정해서도, 같잖은 관대함을 베풀고자 하는 마음이 있어서도 아니었다. 어떤 빌미로도 그들을 다시 상대하고 싶지 않았다. 그깟 목걸이, 줘 버리고 말지. 앞으로 그들을 보지 않는 대가라고 생각하면 그만이었다.

그런데 레온은 무슨 생각으로 그들의 치사한 도둑질을 모른 척했는지 궁금했다. 아델은 브로디 가족과 남이지만, 그에게는 유일한 친척이니까. 그래서 브로디 가족이 가구까지 모두 가져 간 사실을 아는지 슬쩍 물어보았다.

「시끄러워지는 게 싫어서 내버려 두라고 했어. 그러고 나갔으니 다시 들어온다는 말은 못 하겠지.」

그의 냉담한 말투 속에는 유일한 친척에 대한 정이 조금도 없었다. 그의 속을 떠보고 대답에 안도하는 자신이 교활하다고 생각했다.

「그들은 걱정할 필요 없어, 아델. 남을 쉽게 동정하지 마.」

자신이 고운 마음씨로 그들을 걱정해서 물어봤다고 생각하는 그의 착각을 바로잡지 못했다. 아델은 그때를 떠올리며 눈앞의 친구를 보자 부끄러웠다. 캘빈도 그녀에게 비슷한 말을 한 적이 있었다.

그들이 생각하는 만큼 착하지 않은데, 비겁하게도 아니라고 말하지 못했다.

"브로디 가족의 일거수일투족이 화제가 될 만큼은 아니라서 잘 몰라. 남매가 사교 파티에 참석하는 횟수는 줄었다고 하더라."

"그렇구나."

대화를 이어 나가려고 던진 화제였지 정말 궁금하지는 않았다. 아델은 고개를 끄덕였다.

"그런데…… 네 소문은 들었어."

아델이 화들짝 놀랐다.

"소문이 사실이면 축하할 일이더라. 상속녀 아가씨?"

아델은 두 손으로 얼굴을 감싸 쥐었다. 붉어진 얼굴이 화끈거렸다.

"아……. 마담 르네젤이 말할 때는 설마 했는데. 할머니께서 내게 과분한 선물을 남겨 주셨어."

"잘됐다. 정말 잘됐어."

진심으로 축하해 주는 캘빈의 미소를 마주 보며 아델도 기쁘게 웃었다.

"그런데 왜 소문이 났을까? 상속에 관해 아는 사람은 거의 없어."

"혹시 소수의 사람 안에 스텔라가 포함된 건 아니겠지?"

아델은 잠시 말문을 잃었다가 한숨을 푹 쉬었다.

"스텔라구나. 하지만 이해는 안 돼. 스텔라에게 무슨 이득이 있지?"

"사교계의 소문은 살아 움직이는 생물과 같아. 누구도 완벽하게 통제할 수 없어."

"스텔라의 의도는 아니었다?"

"내 생각에는 아마도. 소문이 나서 스텔라는 오히려 약이 올라 밤잠을 설칠 것 같은걸."

"솔직히 내 생각도 그래."

두 사람은 웃음을 터뜨렸다.

"아델. 사실 오늘 인사하러 왔어."

불길한 예감을 느낀 아델의 표정이 굳었다.

"무슨 인사?"

"오늘 오기 전에 북쪽 탑의 형님께 먼저 들렀어."

캘빈은 오랜 고민 끝에 스스로 답을 찾을 수 없어서 앨런의 조언을 구하러 갔다.

"형님의 허락을 받아서 여기 올 수 있었지."

"날 만나러 오는데 왜 코우 경의 허락이 필요해?"

"내가 남쪽 탑에 드나들 수 있었던 이유는 타계하신 성주님께서 출입을 허락하셨기 때문이야. 그분이 내게 주신 허락은 기간이 다했어. 성의 주인이 바뀌었으니까."

충격 받은 아델의 눈동자가 흔들렸다. 전혀 생각해 보지 않은 문제였다. 친구의 집에 놀러 오는 단순한 개념으로 생각했던 자신이 어리석었다.

이곳은 레바스 성이었다. 동부의 유일한 대가문, 레바스 가문의 주인이 머무는 곳이었다. 출입인을 허술하게 관리할 리가 없었다.

파리한 얼굴로 침묵하는 아델을 보며 캘빈은 형이 한 말을 떠올렸다.

앨런은 부친과 비슷한 말을 동생에게 했다. 더 나아가 '넌 곧 기사 서임을 받는다.'라고 덧붙여 말했다. 캘빈은 번쩍 정신이 들었다.

기사의 자격은 하란에서 부여하는 자격증이자 신분증이었다. 나이에 상관없이 기사는 가문을 세울 수 있었다. 완전한 한 사람의 성인으로 대우하는 것이다.

기사가 된 코우 수장의 아들이 소문이 무성한 상속녀 아가씨를 만나러 오면 스캔들이었다. 소문은 여자에게 더 불리했다. 캘빈은 가뜩이나 상처가 있는 아델이 애먼 소문에 휘말려 마음고생 하기를 바라지 않았다.

"이번 한 번은 형님의 권한으로 허락하지만, 이후 계속 너를 만나려면 성주님께 허락받으래. 성주님께서 허락하실까?"

아델은 힘없이 웃으며 고개를 저었다.

그는 허락할 것이다. 꽉 막힌 사람이 아니었다. 유일한 친구를 만나고 싶다는데 안 된다고 하지는 않을 것이다.

하지만 캘빈을 위해서 그러면 안 된다. 스텔라로부터 할머니와 자신에 관한 추문이 돈다는 말을 들었다. 유일한 친구마저 소문의 당사자가 되게 할 수는 없었다.

'시간이라는 건 잔인하구나.'

그녀를 제외한 모든 사람을 변하게 했다. 캘빈의 키가 할머니보다 크다고 느꼈던 날, 문득 언젠가는 이런 날이 올지도 모른다고 생각했다. 하지만 막상 닥치니까 가슴이 텅 빈 것처럼 허전했다.

아델은 애써 담담한 표정을 지었다.

"미안해. 내가 생각이 짧았어. 그렇게 되고 싶었던 기사였잖아. 네 명예가 나 때문에 손상되면 난 정말 속상하고 네게 미안할 거야."

"아델. 너 때문에 문제가 생긴다는 게 아니라."

"이해했어. 그리고 성주님도 허락하지 않으실 거야. 규칙에 엄한 분이거든."

"아……. 그래?"

"뵌 적 있어?"

"성주님? 아니, 아직."

"어떤 분인지 궁금해?"

"그야 당연히 궁금하지."

"말해 줄까? 알고 싶은 것이 있으면 내가 아는 대로 말해 줄게."

캘빈은 혹하는 표정을 지었다가 고개를 저었다.

"아니야. 내 주군이 될 분인데 선입견으로 판단하는 건 좋지 않아."

아델은 웃으면서 고개를 끄덕였다. 그녀의 친구는 아무리 시간이 지나도 변함이 없었다.

"오늘 우리는 마지막 인사를 나눠야 한다는 거네. 그렇지?"

"음."

"고마워, 캘빈. 네가 없었으면 난 아주 많이 힘들었을 거야."

캘빈은 멋쩍은 표정으로 코끝을 문질렀다.

"내가 한 일이 뭐가 있다고. 그리고 왜 아예 못 볼 사람처럼 말하냐?"

"못 보는 게 아니야?"

"네가…… 밖으로 나오면 만날 수 있어."

캘빈은 망설이다가 말했다. 아델이 얼마나 이곳을 벗어난 바깥을 두려워하는지 알기에 조심스러웠다.

"내가 밖으로……."

아델의 시선이 무심코 닫힌 문으로 향했다.

캘빈은 오래 머물지 않고 금방 일어났다.

평소에는 방 안에서 배웅했지만, 캘빈을 보는 마지막이 될 수도 있었다. 아델은 조금이라도 멀리까지 배웅하고 싶었다.

응접실을 나서서 캘빈과 함께 복도를 걸었다. 그녀의 걸음은 남쪽 탑의 외부 출입문 앞에서 멈추었다. 오랜 시간 아델 앞에 그어진 보이지 않는 선이었다. 그녀는 그동안 선을 넘으려 하지 않았다. 오직 뒷문으로 나가는 정원, 그리고 구름다리를 통해 중앙탑으로 건너가는 것만이 그녀가 남쪽 탑에서 나오는 길이었다.

"캘빈. 예전에 말한 선물이 뭐였어? 기사가 되면 내게 받고 싶은 선물이 있다고 했잖아."

"별건 아닌데……."

"성주님과의 저녁 식사도 네가 원하면 마련할 수 있어."

"그런 거 아니야!"

기겁하는 캘빈을 보며 아델은 쿡쿡 웃었다. 아델의 장난에 걸려든 것을 알고 캘빈은 겸연쩍게 웃었다.

"봄에 마창 시합이 있거든."

매해 늦봄에 수도에서 열리는 마창 시합에는 지난해에 서임을 받은 신입 기사만 출전이 가능했다. 기사가 평생 단 한 번만 참여할 수 있는 시합이었다. 우승 메달을 손에 쥐는 것은 대단한 영예였다.

출전한 기사의 승리와 무탈을 기원하는 의미로 창대의 끝에 손수건을 매는 것이 언제부턴가 전통이 되었다.

"어머니나 누님 같은 가족이 만들어 줘도 되긴 하는데 되게 미묘한 자존심 문제라서."

"왜? 어머니가 아들을 위해 만들면 정성이 가득할 텐데."

"그런 게 있어."

별것 아닌 사내들끼리의 허세였다. 설명하기가 곤란해서 대충 얼버무렸다.

모든 기사의 창대에 묶인 손수건이 관심의 대상이 되는 건 아니지만, 캘빈은 시합에서 우승할 자신이 있었다. 우승자가 되어

서 자신의 창에 묶인 손수건을 어머니가 만들어 줬다는 사실이
알려지는 건 생각만 해도 낯 뜨거웠다.

"내가 만들어 줄게."

"정말?"

"어려운 일도 아닌걸. 축하 선물로 너무 약소한 것 같아."

"아니야. 충분해."

곧 다시 만날 수 있을 것처럼 그들의 마지막 인사는 가벼웠
다. 아델은 멀어지는 캘빈의 뒷모습이 보이지 않을 때까지 서 있
었다. 눈시울이 뜨거워져서 몇 번 눈을 깜빡였다. 영원한 헤어
짐은 아니었다. 캘빈의 말대로 아델이 용기를 내면 언제든 볼 수
있었다.

하지만 아델은 어렴풋이 느꼈다. 다시 만난다고 해도 어릴 때
부터 어울린 순수한 친구로는 돌아갈 수 없을 것이다. 변할 수밖
에 없는 현실이 야속하기만 했다.

캘빈이 아델을 만나고 돌아간 사실을 그날 저녁에 론이 알게
되었다. 고용인이 알린 것은 아니었다. 론은 아델을 보호하려는
것이지 감시하려는 의도로 주변에 고용인을 배치하지 않았다.

굳이 정직한 보고를 올린 사람은 앨런이었다.

"성주님께 보고 없이 제가 외인의 출입을 허락했습니다. 송구
합니다. 이후에는 반드시 성주님께 허락을 받아야 한다고 말해
두었습니다."

"……외인? 동생이라며."

"사사로운 관계는 집 울타리 바깥을 넘어갈 수 없습니다."

"……"

앨런의 표정을 보니까 농담이 아니었다. 많이 고지식하다는 것은 진즉부터 알고 있었다. 론은 원칙주의자를 좋아했다. 약삭빠른 자보다는 답답한 자가 낫다.

"됐다. 내성에 출입하는 자를 일일이 내게 알릴 필요 없어. 자네 권한으로 알아서 해."

"예. 성주님."

"아니, 아델을 만나러 오는 사람이라면 지금처럼 하도록. 그 외에는 알아서 하고."

"예. 분부대로 하겠습니다."

"친구라……. 자네 동생이 아델의 친구란 말이지."

친구라는 단어가 몹시 생소하게 느껴졌다. 아델에게 그 아이만의 인간관계가 존재할 가능성을 전혀 생각해 보지 않았다.

"어릴 때 아가씨의 놀이 친구로 불려 왔다가 이후 꾸준히 교류가 있었다고 알고 있습니다."

앨런은 성주가 자세히 물을까 봐 내심 걱정이 되었다. 그래도 명색이 동생인데 얼마 전까지 전혀 몰랐다고 말하기는 민망했다. 다행히 추가 질문은 받지 않고 집무실을 나왔다.

"얼마나 자주 왔지?"

앨런이 돌아간 후 성주가 가만히 생각에 잠겨 있다가 던진 질문이었다. 제드는 금방 대답했다.

"어릴 때는 꽤 빈번했다고 알고 있습니다. 코우 군이 견습 기사로 훈련에 참가하면서 두세 달에 한 번 정도 아가씨를 뵈러 왔습니다."

낯을 많이 가리는 아델에게 여자도 아닌 남자가 친구라는 것은 의외였다.

"코우 군을 부를까요?"

"딱히 문제가 있는 게 아니면 그럴 일은 아니야."

"예. 아, 그리고 브로디 양이 아델 아가씨를 만나겠다고 왔었습니다."

론은 어이없다는 듯이 웃었다.

"뻔뻔한 게 집안 내력이군. 그래서?"

"분부하신 대로 했습니다."

론은 브로디 가족 중 누군가가 아델에게 접근하면 절대 아델에게 알리지도 말고 성 안으로 들이지도 말라고 말해 두었다.

"아델은 모르는 거지?"

"예. 절대 아가씨께서는 모르시게 하도록 말해 두었습니다. 목걸이는 곧 회수할 수 있을 것 같습니다."

브로디 가족이 성에서 머무르며 아델에게 저지른 모든 일들을 론은 알고 있었다. 알아내는 일은 쉬웠다. 그들에게 유감이 많은 고용인들이 질문에 아주 상세히 대답했다.

아델의 시중을 드는 하녀는 스텔라가 아가씨의 목걸이를 들고 튀었다고 울분을 토했다.

그들이 성을 나갈 때 가구까지 짊어지고 나간 것쯤이야 넘길 수 있었다. 하지만 아델의 물건이라면 이야기가 달랐다.

론은 당연히 되찾아 올 생각이었다.

*   *   *

"앗, 따가워."

아델은 바늘에 찔린 손가락을 입에 물었다. 그리고 자신을 걱정스레 보는 마틸다 집사를 향해 웃었다.

"괜찮아요. 살짝 찔렸어요."

"조심하세요. 하지만 처음 배울 때는 어쩔 수가 없답니다."

"이 부분이 맞게 한 건지 모르겠어요."

"어디 볼까요?"

아델은 자신 없는 표정으로 들고 있던 수틀을 건넸다. 마틸다는 흘러내린 안경을 밀어 올리며 반쯤 완성된 자수를 꼼꼼히 살폈다.

"아가씨. 여긴 이렇게 하는 게 아니에요."

마틸다는 끝이 뾰족한 가위를 들고 촘촘하게 바느질 된 실을 가차 없이 끊어 냈다. 오랜 시간 들인 수고가 물거품으로 돌아가는 광경을 보며 아델의 표정이 울상이 되었다.

"자, 보세요. 여기에 매듭을 넣고."

아델은 마틸다가 수를 놓는 과정을 집중해서 보았다. 마틸다의 손이 수틀의 아래위로 오갈 때마다 아름다운 자수가 형태를 갖추었다. 어느새 구경꾼이 되어 버린 아델의 입이 저절로 벌어졌다.

"아셨죠?"

"네⋯⋯."

다시 수틀을 받은 아델은 한숨을 내쉬었다. 눈으로 볼 때는 무척 쉬워 보였지만, 막상 하려니까 막막했다.

"아무래도 난 재능이 없나 봐요."

"아가씨. 고작 시작한 지 며칠이잖아요. 제가 수를 놓기 시작한 지는 삼십 년이 넘었답니다."

아델이 놀란 숨을 들이켰다.

"그럼 나도 그렇게 오래 해야 되는 거예요?"

"지름길은 없어요. 오로지 꾸준한 연습뿐이에요. 하지만 어느 정도 모양을 만드는 건 한두 달이면 충분하지요. 손수건을 만든다고 하셨죠?"

"네."

캘빈에게 손수건을 만들어 주기로 약속했으나 아델은 전혀 수를 놓을 줄 몰랐다. 멜에게 슬쩍 물어봤더니 마틸다 집사가 자수 솜씨가 대단하다는 말을 해 주었다. 가르쳐 달라는 부탁에 마틸다는 선뜻 승낙했다.

멜의 말대로 마틸다는 실력 있는 스승이었다. 그리고 그만큼 엄격했다.

"어디에 쓰실 손수건인가요?"

두말없이 가르침만 주던 마틸다가 처음으로 자수를 배우는 이유를 물었다.

"봄에 마창 대회가 있다고 들었어요. 대회에 참석할 사람에게 손수건을 선물하기로 했거든요."

마틸다는 살짝 눈을 크게 떴다가 미소 지었다.

"신사분께서 손주건의 주인이 되시겠네요."

"네."

아델은 대수롭지 않게 고개를 끄덕였다. 시선이 느껴져서 고개를 들었더니 마틸다가 미묘한 웃음을 지으면서 그녀를 보고 있었다.

"이런 말씀 드려도 될지 모르겠지만, 돌아가신 성주님 생각이 나서요."

갑작스러운 할머니 이야기에도 아델은 슬퍼하지 않았다. 이제는 담담히 추억으로 떠올릴 수 있었다.

"할머니는 자수를 잘하셨나요?"

"음, 그건 아니지만."

마틸다는 엉망이었던 시마의 자수 솜씨를 떠올렸다. 젊어서 부군의 손수건을 만들겠다고 잠시 열심이었으나 도무지 늘지 않는 실력에 실망하고 그만두었다. 다재다능했던 시마는 유독 바느질만큼은 손이 둔했다.

"아마 성주님께서 아가씨가 수를 놓는 모습을 보셨으면 생각이 많으셨을 거예요."

"내가 너무 솜씨가 없으니까요. 아마 실망하셨을걸요."

아델은 한숨을 폭 쉬고 다시 수틀을 노려보며 바늘을 꽂아 넣었다. 마틸다는 빙그레 웃었다. 아가씨가 남자에게 선물로 줄 손수건을 만든다고 했을 때 과연 돌아가신 성주님께서는 어떤 반응을 보이셨을까. 도무지 설명할 수 없는 복잡한 기분으로 밤잠을 설치셨을 것이다.

'나도 이렇게 기분이 이상한데.'

물론 아델이 흔히 생각하는 남자와 여자의 의미로 손수건을 만들고 있지 않다는 건 알고 있다. 그래도 어느새 이만큼 컸구나, 섭섭한 마음이 드는 것이다.

"아가씨!"

집사 업무실의 문이 벌컥 열렸다. 소리치며 들어온 멜은 싸늘한 마틸다의 눈초리를 받으며 눈을 데구루루 굴렸다.

"멜, 너는 도대체."

"무슨 일이야?"

아델이 얼른 끼어들었다. 마틸다의 기나긴 잔소리에서 구제된 멜이 냉큼 대답했다.

"아가씨께 소포가 잔뜩 왔어요."

안에 뭐가 들었는지 지금 당장 보지 못하면 궁금해서 죽을 것 같아요! 멜의 눈이 말하고 있었다.

"그만 가 볼게요. 기다리던 물건이라서 오자마자 멜에게 알려 달라고 했거든요."

마틸다는 멜을 보며 혀를 찼다. 아가씨의 빤히 보이는 변명을 그냥 넘어가 주었다.

아델은 방으로 돌아와 응접실에 잔뜩 쌓인 상자들을 하나씩 풀었다. 르네젤의 의상실에서 보낸 물건들이었다.

꽃의 문양과 색이 들어간 양산 몇 개, 챙의 크기와 높이가 다른 모자 몇 개, 부채와 작은 손가방 등이었다.

"세상에. 정말 예뻐요."

멜이 구경하면서 호들갑스럽게 탄성을 질렀다.

그동안 드레스는 많이 샀으나 외출용 소품 구매는 처음이었다. 모두 아델의 작은 손과 키에 맞게 크기를 줄여 제작했다. 화려한 디자인이 앙증맞은 크기를 갖추자 흔한 숙녀의 소품들이 특별하게 보였다.

"이건 아가씨만 쓸 수 있는 물건이군요!"

멜의 말대로 오직 아델을 위한 물건이었다. 사교계 활동을 시작하는 나이가 열다섯 살 이상이니 어린아이를 위한 숙녀의 소품은 존재하지 않았다. 덩치와 키가 훌쩍 큰 여자가 작은 양산을 들고 다니면 꼴사나울 것이다.

"아가씨. 드레스를 입고 양산을 들어 보세요. 잘 어울리실 거예요."

멜의 꼬임에 못 이긴 척 드레스룸에서 소품과 색에 맞추어 드레스를 몇 벌 골랐다. 드레스를 입고 양산을 펼쳐서 어깨에 걸쳐 보고, 손가방을 들어 보기도 하고, 모자를 쓰고 부채를 펼쳐 보기도 했다. 그렇게 거울 앞에서 소품을 사용한 모습을 이리저리 살폈다.

소품을 사용하니, 단지 드레스만 입을 때와 느낌이 달랐다. 거울 속에 비친 자신의 모습에 아델은 꽤 만족했다.

'할 수 있을까?'

외출. 밖으로 나가서 모르는 사람들의 시선을 받을 생각을 하면 불안하기도 하고 궁금하기도 했다. 확실한 것은 그전처럼 끔찍하다는 생각은 들지 않았다.

도망쳐서는 안 된다고, 꾸준히 스스로 다그친 효과가 있는 것 같았다.

거울 앞에서 요리조리 뽐내기를 하면서 즐거웠다. 덩달아 멜은 더 신이 났다. 시간 가는 줄 모르고 놀다가 뒤늦게 물건들과 함께 온 청구서를 발견했다.

그녀는 생전 처음 쇼핑한 결과물을 보고 입이 벌어졌다. 꿀꺽, 마른침을 삼켰다.

각오는 했지만, 엄청난 거금이었다.

아델은 아직 자신이 소유한 막대한 유산을 처분할 권리가 없었다. 그녀가 성년이 될 때까지 재산관리인이 관리를 대신했다.

제레미는 중앙은행의 관리이자 마탑에서 보증하고 추천한 전문가였다. 그는 아델이 성년이 될 때까지 성에 머물며 재산 관리의 업무를 맡기로 했다.

아델은 주기적으로 재산의 상태와 변동에 관해서 제레미의 보고를 받았다. 동시에 반드시 알아야 하는 경제 개념과 지식을 배웠다. 제레미는 관리가 되기 전에 교수로 학생을 가르친 경력이 있었다. 그래서 알기 쉽도록 잘 설명해 주었다.

아델의 경제 개념은 황금으로 물건을 살 수 있다는 것 정도였다. 그마저도 직접 해 본 적이 없었다.

최소한 자신이 보유한 재산이 무엇인지 파악해야 한다고 제레미는 말했다. 아델은 열심히 배웠다. 그 결과 그녀는 자신이 받은 유산이 얼마나 엄청난 규모인지 알게 되었다.

아델은 청구서를 제레미에게 건넸다.

그는 청구서를 보며 '음…….' 하고 중얼거렸다.

아델의 심장이 불안하게 뛰었다.

과한 소비를 했다. 내 돈을 내가 쓰는 건데도 관리인의 눈치를 살피게 되었다.

"아가씨. 이 청구서는 제가 처리할 수가 없습니다."

"청구서에 문제가 있나요?"

"금액이 문제입니다. 일정 금액 이상은 아가씨께서 단독으로 처분이 불가능합니다. 성년이 되실 때까지는 말이지요. 보호자의 허락이 필요합니다."

"보호자라면……."

"성주님께 보고 드려야 합니다."

낭패였다. 아델은 얼굴이 화끈거렸다.

그는 아델이 받은 유산에 관심을 보이지 않았다. 재산관리인
이 온 날 아델에게 딱 한마디 했을 뿐이었다.

「관리인의 이력을 보니까 우수한 전문가더군. 현명한 소
비를 하는 법을 잘 배워 둬.」

현명하게 소비하라고 했는데 과소비한 청구서를 내밀면 그는
어떤 표정을 지을까.

"아가씨께서 말씀드리시겠습니까?"

"아뇨. 대신해 주세요."

아델은 재빠르게 임무를 떠맡겼다. 청구서를 보면서 혀를 찰
그의 반응에 마주할 용기가 나지 않았다.

청구서를 들고 제레미는 성주의 집무실을 찾아갔다. 중앙은
행에서 근무할 때는 바쁜 업무에 치여 항상 뛰어다녔던 그가 레
바스 성에서 지내는 몇 개월 사이에 느긋해졌다.

그는 서쪽 탑에 개인 업무실을 받았다. 하는 일이라고는 한
사람의 재산을 관리하는 일뿐이니 그는 평생에 이처럼 편한 적
이 없었다.

사실 레바스 성에 오기 전까지만 해도 그다지 내키지 않았다.
상속인의 재산 관리는 그의 전문 분야였다. 그리고 항상 좋지 않
은 꼴을 보았다.

갑자기 부유해진 상속인의 주변에는 돈 냄새를 맡고 몰려든

파리가 들끓었다. 돈 앞에서 가족이 원수로 돌변하는 순간을 무수히 목격했다.

성에 올 때 그래서 우려했다. 상속인이 성년이 안 된 여자, 더구나 고아였다. 하지만 지내다 보니까 걱정이 사라졌다. 상속인의 주변은 아주 깨끗했다. 제레미는 누구의 방해도 받지 않고 평화롭게 일에만 집중할 수 있었다.

집무실 문을 두드리자 집사가 나와서 제레미를 확인하고 들어갔다. 다시 나온 집사와 함께 안으로 들어가니 먼저 온 손님이 있었다. 루터는 자리를 내어 주듯 성주의 책상 앞에서 뒤로 물러났다.

제레미는 인사 겸 감사의 뜻으로 루터에게 묵례한 후에 성주에게도 인사를 올렸다.

"어서 오시오. 길어질 이야기라면 자리를 따로 마련하겠소."

"아닙니다. 간단한 내용입니다."

제레미는 청구서를 책상에 올렸다.

론은 청구서의 구매 물품 내역을 보면서 잠시 당황했다가 가볍게 웃었다.

제레미는 성주의 반응이 의외라고 생각했다. 몇 번 대면하지 않았지만, 대가문의 젊은 주인은 자기 자신에게도 타인에게도 빈틈없는 사람 같았다. 거금의 청구서를 받아 보고 우려의 한마디는 할 줄 알았다.

"일정 금액을 초과하면 아가씨의 보호자이신 성주님께서 승인하셔야 지불이 가능합니다."

"용건은 이것뿐이오?"

"예."

론은 청구서를 책상 오른쪽에 쌓아 둔 서류 위에 올렸다.

"이 청구서는 내가 처리하겠소."

"예?"

"이후에도 청구서는 내게 보내 주시오."

"그 말씀은 청구서의 금액을 성주님께서 지불하겠다는 말씀입니까?"

"아델은 내게 누이동생이나 다름없는 아이라오. 옷 몇 벌 정도를 사 주지 못할 이유가 없지."

옷 몇 벌 정도라고 말하기에는 금액이 엄청났지만, 제레미는 그러려니 했다. 대가문 정도쯤 되면 씀씀이의 단위가 아예 다르니까 성주에게는 얼마 되지 않는 돈일 수도 있다.

'이러면 내가 할 일이 더 없어지겠는데⋯⋯.'

"안 그래도 한 번 보자고 할 셈이었는데 잘되었소."

느긋하게 자신이 해야 할 일을 생각하던 제레미는 긴장했다.

성주는 상속인의 유일한 보호자였다. 제레미의 경험에 의하면 상속인에게 가장 위협적인 존재는 가까운 사람이었다. 상속인이 미성년일 경우에는 재산 처분에 제한이 많았다. 그래서 보호자가 교묘하게 재산을 갈취할 합법적인 수단이 많았다.

처음에 인사를 나눈 이후에 성주는 개인적으로 보자고 한 적이 없었다. 거액의 유산에 군침을 흘리지 않는, 보기 드문 좋은 보호자일지도 모른다고 생각했다.

'순수한 선물이 아니었나.'

옷값을 지불하겠다는 선심에 숨겨진 의도가 의심스러웠다.

"이력이 흥미롭더군. 중앙은행에서 일하면서 상속인의 재산을 관리한 경험이 많고. 그런데 소송에 휘말린 일도 여러 번이고."

제레미는 굳은 표정으로 대답 없이 듣기만 했다.

"모든 소송이 상속인의 재산 관리와 관련되었기에 살펴보니 상속인을 보호하기 위해 싸운 정황이었소. 아는 사람도 아니고 그저 맡은 일에 충실하기 위해서라기에는 과한 것 같아서 그대를 조사해 보았소. 좀…… 아주 오래된 과거를 말이오."

구체적인 내용까지 언급하지 않았지만, 무엇을 뜻하는지 제레미는 알아들었다.

제레미는 어린 나이에 유산을 받은 상속인이었다. 그러나 믿었던 친척은 어린 그를 꾀어 재산을 빼돌렸고 그가 성년이 되었을 때 손에 쥘 수 있었던 돈은 고작 학비 정도였다. 합법적인 수단으로 빼앗긴 재산을 되찾을 방법이 없었다. 주변에 도와줄 사람도 없었다.

가진 돈으로 미래를 위해서 할 수 있는 일은 공부뿐이었다. 다행히 아둔하지는 않아서 다니던 학원의 교수가 될 수 있었다. 그러다가 그는 우연한 기회에 상속인의 재산 관리를 맡게 되었다.

상속인은 어린 소년이었다. 그리고 상속인의 친척들은 유산에 눈이 벌게져서 달려들었다. 소년의 모습에서 자신의 과거를 투영한 그는 소년을 보호하기로 마음먹었고 반만 성공했다.

그는 교수 일을 때려치우고 중앙은행에 들어갔다. 전문적으로 상속인의 재산관리인으로 일하는 길을 택했다. 일할 때마다 상속인의 보호를 위해 싸우게 되었다.

제레미를 눈엣가시로 여긴 상속인의 재산을 노리는 자들이 그에게 억지 누명을 씌워 재판장에 세우는 일이 빈번했다. 재판에 시달리는 일은 고달팠다. 하지만 제레미는 자신의 선택을 후회하지 않았다.

"제게 문제가 있었다면 마탑에서 절 추천하지 않았을 겁니다."

마탑이 끼어 있다는 말을 들었을 때, 제레미는 자신이 맡을 상속인이 상당히 중요한 사람이라고 짐작했다. 재산 내역을 확인했을 때는 적잖이 놀랐다. 그가 지금껏 맡았던 일과 비교할 수 없는 규모였다.

'그동안 참 편하다 했지.'

제레미는 눈에 지그시 힘을 주었다. 그는 푸른 머리 청년의 속셈을 살피려 했으나 무슨 생각을 하는지 알 수 없었다. 처음 봤을 때부터 느꼈다. 청년은 표정 관리에 능한 사람이었다.

"마탑의 의견을 무시하려는 건 아니오. 다만, 나도 확증이 필요했소. 아델은 사람을 만난 경험이 많이 없소. 그만큼 남에게 받는 영향이 크겠지. 그대는 아델이 자주 만나고 중요한 일을 맡겨야 하는 첫 외부인이오."

굳어 있던 제레미의 표정이 서서히 풀어졌다.

"그 말씀은…… 저를 어느 정도는 신뢰할 수 있다고 판단하셨다는 거군요."

"개인적인 부분까지 조사한 것은 미안하게 되었소."

"이해합니다."

담백한 사과에 제레미도 담백하게 고개를 끄덕였다. 자신이 그 아름다운 아가씨의 보호자였더라도 주변 사람을 두 번 세 번 감독할 것이다.

"아델에게 간단하게 가르침을 준다고 들었소."

"아가씨께서 자신이 가진 재산이 무엇인지는 파악하고 있어야 할 테니까요."

"맞는 말이오. 그래서 말인데, 좀 더 본격적으로 가르칠 생각은 없소?"

"본격적이라고 하시면……."

"중앙은행에서 일하기 전에 학원에서 교수로 재직했다고 들었소. 재산관리인으로 성에 머무는 동안에 시간을 내어 가정교사를 해 줄 수 있소? 물론 별개의 일로 의뢰하는 거요. 보수는 당연히 지급할 거고."

"당황스럽습니다."

이미 과거의 경력이고, 지금은 보수를 받고 학생을 가르칠 정도는 아니라고 제레미는 적당히 거절했다.

"아델이 낯선 사람을 꺼려서 당장 교사를 부를 수 없는 상황이오. 하지만 그대는 이미 안면을 익혔고 그동안 잘 지내 왔으니 아델도 거부감이 없을 거요."

론이 거듭 부탁하자 제레미는 결국 가정교사가 되기로 했다. 본격적으로 아델을 가르치지는 않았지만, 이해하는 속도가 빠르다고 생각한 적이 있었다. 가르치는 보람이 있는 학생일 것 같았다. 오랜만에 교수가 되어 제자를 기르는 재미도 괜찮겠다.

"성주님께서는 진심으로 아가씨를 보호하고자 하시는군요."

"말하지 않았소. 아델은 내게 누이동생이나 다름없소."

제레미는 돈 앞에서 친부모와 자식 사이가 원수가 되는 광경을 무수히 봤다. 혈연이 얼마나 얄팍한 관계인지 굳이 말하지 않았다.

집무실을 나서는 제레미는 기분 좋은 표정을 짓고 있었다.

"두 분이 잘 지내시니 다행입니다."

루터는 흐뭇한 표정을 지었다.

"이젠 날 믿을 수 있겠소?"

"예?"

"가끔 아델의 근황을 알아보는 걸 알고 있소."

루터는 민망한 헛기침을 했다. 허를 찔린 공격에는 속수무책이었다. 아델이 외부 활동을 하지 않으니 잘 지내고 있는지 확인할 방법이 없었다. 어쩔 수 없이 마틸다 집사를 통해서 안부를 전해 들었다.

"송구합니다. 성주님. 성주님을 믿지 못해서가 아니라……."

당혹스러워하는 루터를 보며 론은 불쾌한 내색 없이 웃었다.

"살피는 눈이 많으면 좋지. 아델을 가르칠 가정교사를 알아봐 주지 않겠소? 사교 활동에 필요한 교양이나 예절을 가르칠 사람으로."

"아가씨를 사교계에 내보일 생각이십니까?"

"아델이 자라지 않는다고 해서 숨어 지낼 이유가 없소. 그 아이가 가진 조건은 대단히 매력적이지. 사교계 유명 인사들은 아델과 친분을 갖고 싶어서 안달이 날 거요."

"그건 그렇습니다."

부유한 상속녀, 후견인은 대가문 레바스의 주인이었다. 시선을 잡아끄는 소녀의 외모는 아름다움을 추앙하는 사교계 사람들을 매혹시킬 것이다. 사교계는 늘 자극을 원한다. 자라지 않는 증상은 오히려 신비롭게 받아들여질 것이다.

'단순한 추측인가?'

루터는 의아했다. 용병으로 살아온 성주가 사교계를 알 리가 없었다. 그런데 마치 경험한 사람처럼 사교계의 속성을 확신하는 어조였다.

"원래 아가씨는 사교계에 데뷔할 계획이 있었습니다만, 아가씨의 거부로 무산되었습니다."

"급하게 재촉할 생각은 없소. 아델의 의사를 먼저 물어야겠지."

아델이 만약 거부한다면. 영원히 바깥으로 나가지 않고 살기를 원한다면.

'그렇다면 어쩔 수 없지.'

그 아이가 숨고 싶다면 영원히 숨겨 줄 수 있다. 누구도 접근할 수 없는 안전한 성벽 안쪽에서 안락한 평화를 즐기면 된다. 그의 영역, 그의 보호 아래에서.

"예. 서둘러 실력 있는 교사를 알아보겠습니다."

서두를 필요까지는 없다고, 론의 속마음이 중얼거렸다. 아델의 사교 활동을 굳이 등 떠밀고 싶지는 않았다.

그는 떨떠름한 기분의 정체를 깊이 생각하지 않았다. 제레미가 방문하느라 잠시 중단되었던 화제로 루터와 대화를 이어 갔다.

* * *

침대에서 뒤척이다가 아델은 일어나 앉았다.

「청구서는 성주님께서 지불한다고 하셨습니다.」

제레미가 전해 주는 말을 듣고 아델은 처음에 얼떨떨했다.

「아가씨는 누이동생이나 마찬가지이니 기꺼이 선물하겠
다고 하시더군요.」

덧붙인 말을 듣고 아델은 표정을 관리할 수 없었다. 아마 자
신이 꽤 우스운 얼굴을 하고 있었던 것 같다.

화끈거리는 볼을 만지다가 눈이 마주친 제레미가 묘하게 웃
었다.

아델은 곰곰이 지난 몇 개월의 일상을 떠올렸다.

두 사람은 그럭저럭 잘 지냈다. 딱히 부딪칠 일 자체가 없었
다.

성은 넓다. 중앙탑에서 지내는 그와 남쪽 탑에서 지내는 아델
은 의도하지 않고서는 마주칠 기회가 없었다.

그는 누가 봐도 무척 바빴다. 가끔 시간이 날 때마다 그가 식
사를 함께하자고 제안하면 이틀에 한 번 정도 같이 밥을 먹었다.
식사하며 나누는 짧은 대화. 그 정도가 두 사람이 나누는 친분의
전부였다.

주변에서 두 사람을 보면 상당히 친밀하다고 생각할 것이다.
그가 일부러 시간을 내어 식사를 함께하는 사람은 어쨌든 그녀
가 유일했다.

그와는 분명히 잘 지내고 있었다. 최근에는 남쪽 탑에 배치된
하녀의 문제로 자주 그의 집무실에 드나들면서 좀 더 편해졌다.

하지만 아델은 의문을 떨칠 수 없었다.

'도대체 우리는 무슨 관계지?'

그가 의무로 후견인의 역할에 충실하고자 한다면 자신 역시 후견인에게 감사하는 마음만 갖고 싶었다.

근데 참 모호했다. 그가 단지 의무만 다한다고 보기엔 무리가 있었다. 그는 세심한 부분까지 신경을 써 주는 편이었다. 그렇다고 애정이 있다고 하기에는 두 사람 사이에 거리가 있었다.

아델은 겁이 났다. 만난 지 불과 몇 개월 되지 않은 사람을 매우 신뢰하게 되었다. 이대로 시간이 더 많이 지나면 그에게 기대고 싶어질 것 같았다.

그를 대할 때 자신도 모르게 벽을 세우고 물러나게 되었다. 그는 딱히 그 거리를 좁히려고 노력하지 않았다. 아델은 자신과 그의 사이가 상당히 미묘하다고 생각했다. 나쁘지도 좋지도 않다.

그래서 제레미가 건넨 말은 그녀의 마음을 울렁이게 했다. 그가 '누이'라는 구체적인 단어로 두 사람의 관계를 표현한 것은 처음이었다. 서로에게 유일한 가족이라고 했던 그의 말이 진심이라고 믿고 싶어졌다.

아델은 침대에서 내려와 침실 문을 열었다. 컴컴한 침실과 다르게 응접실은 약하게 불을 밝힌 상태였다. 아델은 응접실의 소파 테이블에 놓인 종을 흔들었다.

잠시 후에 응접실로 하녀가 들어왔다.

"찾으셨어요? 아가씨."

"잠깐 다녀올 곳이 있어."

"지금요? 아가씨. 시간이 너무 늦었습니다."

"오래 걸리지 않아. 그리고 성주님께서 내가 밤늦게 다니지 못하게 하라고 지시하지는 않으셨잖아?"

하녀는 어물어물하다가 입을 다물었다.

아델은 양털로 누빈 망토를 잠옷 위에 걸친 채 방을 나왔다. 방문 앞은 기사가 지키고 있었다. 아델이 굳이 하녀를 부른 것은 혼자 방을 나갈 수 없기 때문이었다. 해가 지면 그녀의 방문 앞은 기사들이 번을 서서 지켰다. 예전처럼 밤중에 방을 몰래 나가는 일은 꿈도 꿀 수 없게 되었다.

기사는 아델을 제지하지 않았다. 기사는 아델이 혼자가 아닌 하녀와 함께 가는 모습을 확인한 것으로 자신의 임무를 다했다.

아델은 자신의 가까이에 기사와 하녀를 용인하는 대신 방해는 받지 않는다는 약속을 그에게서 받아 냈다. 고용인들은 아델이 어딜 가든 무엇을 하든 참견하지 말라는 지시를 받았다. 암묵적으로 아델은 성주를 제외하면 성의 어디든 출입이 가능한 유일한 사람이었다.

아델은 뒤에서 조용히 따라오는 하녀를 데리고 중앙탑으로 건너갔다. 집무실의 출입문 가까이에 기사가 지키고 서 있었다. 워낙 중요한 서류가 많기 때문에 집무실 안에 누가 있건 없건 항상 기사들은 성주의 집무실을 지켰다.

아델은 인형처럼 꼿꼿하게 서 있는 기사 앞으로 다가갔다.

"성주님께서는 주무시러 가셨나요?"

기사는 아델이 말을 걸자 적잖이 당황한 모양이었다. 대답이 꽤 한참 후에 나왔다.

"아직 안에 계십니다."

"고마워요."

아델은 집무실에 그가 없다면 그냥 다시 침실로 돌아가려고 했다. 그녀는 집무실 문을 두드렸다. 시간이 지났는데도 집사가 나오지 않았다.

'집사가 먼저 자러 갔나?'

아델은 고개를 갸웃하다가 집무실 문을 열고 안으로 들어갔다. 집무실은 문을 열자마자 바로 안을 들여다볼 수 없도록 문 앞에 가림막을 세워 두었다. 가림막 너머로 고개를 빼꼼히 내밀었다가 바로 그와 시선이 마주쳤다.

론은 미간을 살짝 찡그렸다. 이 시간에 문을 두드릴 사람이 없어서 대체 누구인가 출입문 쪽을 보고 있었다. 설마 아델이라고는 예상하지 못했다.

아델은 멋쩍게 웃으며 책상 앞으로 다가갔다. 그리고 얼른 변명했다.

"혼자 온 거 아니에요. 하녀와 같이 왔어요."

그리고 책상에 어지러이 널려 있는 서류를 기웃거렸다.

"늦었는데 아직도 일이 많은가 봐요."

"너야말로 늦었는데 무슨 일이야?"

"집사는요? 혼자예요?"

"몸이 좋지 않아 보여서 들여보냈어. 나도 곧 자러 갈 참이었고."

"응. 그렇구나……."

아델은 망토의 앞을 괜히 여미면서 집무실 안쪽으로 시선을 이리저리 돌렸다.

"아델. 무슨 일 있어?"

들고 있던 펜을 내려놓고 그가 진지한 표정으로 물었다. 아델은 입술을 살짝 삐죽이다가 혼잣말처럼 중얼거렸다.

"무슨 일이 있어야만 올 수 있는 건가……."

그의 표정이 점점 의아해졌다. 대체 왜 이 아이가 안 하던 짓을 하고 있나, 그런 의문이 가득한 얼굴이었다.

아델은 그에게 깍듯했다. 주변에 누가 있으면 꼭 성주님이라고 불렀다. 최근에 하녀 배치 문제로 강도 높은 불만을 늘어놓긴 했으나 그 외에는 딱히 그와 맞서는 일도, 그에게 바라는 일도 없었다.

"오늘이요."

아델은 자신이 운을 떼면 청구서 지불에 관해서 그가 뭔가 말할지도 모른다고 생각했다. 하지만 그는 여전히 영문을 모르는 표정이었다.

다짜고짜 고맙다고 말하자니 괜히 어색했다. 할머니였다면 집무실 문을 열고 뛰어 들어와 할머니의 목을 안고 볼에 입맞춤을 하며 감사 인사를 드렸을 것이다. 그에게 같은 행동을 하는 건 어쩐지 낯부끄러웠다.

"옛날 생각이 났어요. 가끔 자다가 깨서 잠이 안 오면 여기 왔어요. 할머니를 뵈려고요. 할머니는 언제나 늦게까지 집무실에 계셨거든요."

말을 하다 보니까 아련한 추억이 눈앞에 아른거렸다.

"그럼 할머니는 절 안고 침실까지 데려다주셨어요. 그리고 제가 잠들 때까지 곁에 계서 주셨죠. 레온이 준 그 동화책을 읽어 주시면서요."

그의 목소리는 듣기 좋았다. 그가 책을 읽어 주면 어떤 느낌일지 궁금했다.

"책…… 읽어 줄 수 있어요?"

불쑥 질문을 던져 놓고 아델은 얼굴이 화끈거렸다. 잠깐의 침묵이 민망해서 어딘가로 숨어 버리고 싶었다. 어린애 같은 소리를 한다며 그가 비웃을까 봐 조마조마했다.

"안고 침실까지 데려다주는 일도 해 줄까?"

"아뇨! 그건 괜찮아요."

눈을 이리저리 굴리며 얼굴을 붉히고 서 있는 소녀를 보면서 론은 부드럽게 웃었다.

아무리 내년이면 성년을 앞두었다지만, 겉모습으로는 여전히 어린아이였다. 과하지 않은 소녀의 어리광이 귀여웠다. 그리고 단순한 어리광이 아닌, 그녀가 자신에게 손을 내밀고 있다는 의미를 충분히 알아들었다.

그는 약하면 죽는 세상에서 지금껏 살아왔다. 어린 나이와 무경험은 약점에 불과했다. 그는 자신에게 적용된 가혹한 기준을 그녀에게 강요할 생각이 없었다. 그래서 반대로 어떤 기준으로 그녀를 대해야 할지 알 수 없었다. 조심스러워서 먼저 다가가지 못했다.

론은 일어나서 아델에게 다가갔다. 그리고 소녀에게 손을 내밀었다. 아델은 그의 얼굴과 그가 내민 손을 번갈아 보다가 조심스럽게 손을 잡았다.

아델의 작은 손은 그의 큰 손에 쏙 들어갔다. 그와 손을 잡은 것이 처음도 아닌데 처음 같았다. 맞잡은 그의 손바닥은 거칠고 단단했다.

두 사람은 손을 잡고 집무실을 나와 복도를 걸었다. 구름다리를 건너서 아델의 방까지 갔다. 두 사람은 아무 말도 하지 않았지만, 어색한 침묵이 아니었다.

아델은 침실에 들어가자마자 테이블 위에 둔 동화책을 그에게 넘기고 침대 위로 폴짝 뛰어올랐다. 침대에 누워서 이부자리를 들썩이며 자리 잡고 눕는 모습이 어딘지 모르게 들떠 있었다.

론은 침대 맡에 앉아서 책을 펼쳤다.

"옛날 옛날에……."

아이를 위한 동화책은 내용이 단순하고 길지 않았다. 론은 마지막 문장을 읽고 나서 시선을 들었다가 잠들기는커녕 아주 또랑또랑한 눈으로 자신을 바라보는 아델을 보며 어이없다는 듯 헛웃음을 지었다.

"눈을 감고 잠을 청해야지."

"잠이 안 와요."

"눈을 감으라니까."

"오늘 선물. 고마워요."

아델은 그가 입술 끝만 살짝 올리며 웃는 모습이 좋았다.

"야단맞을 줄 알았어요."

"네가 유산을 어떻게 쓰든 그건 온전히 네가 결정할 일이야."

그의 말대로 유산은 온전히 아델의 것이었다. 하지만 아델은 조금 서운했다. 딱 잘라서 내가 상관할 일이 아니라고 말하는 것 같았다.

"현명한 소비를 하라고 해서……. 레온이 그랬잖아요."

잠시 말이 없던 그가 기억을 되살렸는지 짧게 '아, 그때.' 하고 중얼거렸다.

"내가 실수했다."

"네?"

"하고 싶은 대로 해. 네 마음이 내키는 대로. 충분하니까 참는 것을 더 배우지 않아도 괜찮아. 참지 않아도 생각보다 큰일은 생기지 않아."

그리고 네가 멋대로 해 봤자. 론은 뒷말은 속으로 중얼거렸다. 그동안 곁에서 지켜보고, 주변에서 들은 아델의 평판으로 판단하면 아델이 아무리 엉뚱하게 튀어 봤자 예측 범위 안이었다.

사고는 아무나 치는 게 아니다.

아델은 기분이 멍했다. 누구도 그녀에게 이런 말을 한 적이 없었다.

"돈을 다 써서 빈털터리가 되면요?"

"그만한 돈을 다 쓸 수 있다면 그것도 재주지."

"농담처럼 말하지 말고요. 정말 그렇게 되면 레온이 책임질 거예요?"

"책임질게."

"……."

"평생 먹여 주고 재워 주고. 또 뭐가 필요해? 원하면 문서로 작성해 줄 수 있어."

아델은 베개에 고개를 파묻고 머리를 좌우로 흔들었다. 눈으로 뜨거운 열기가 몰렸다. 눈물이 나올 것 같아서 빠르게 눈을 깜빡였다. 그는 그저 칭얼대는 아이의 억지에 적당히 말대꾸를 해 준 것에 불과할지도 모른다. 하지만 아델은 깊은 안도감을 느꼈다.

'믿어도 될까?'

그는 환심을 사기 위해 듣기 좋은 말을 해 주는 사람이 아니었다. 어떤 식으로든 신뢰를 강요하거나 믿을 만한 사람이라는 사실을 과시하려고 한 적도 없었다. 그런데 오히려 그런 점이 더 믿음이 갔다.

마지막 한 걸음만 남겨 두고 아델은 망설였다. 버림받을지도 모른다는 공포를 완전히 떨쳐 버릴 수 없었다.

"갑자기 옷은 왜 샀어?"

"그냥……."

딱히 이유가 떠오르지 않았다. 그야말로 충동구매였다.

"네가 사교 활동을 하고 싶다면 준비하도록 도와줄게."

"당장 대답해야 돼요?"

"아니. 천천히 생각해 봐."

"계속 대답을 미룰지도 몰라요."

"말했잖아. 네가 원하는 대로 해."

"그럼 아직은 싫어요."

론은 아델의 대답이 만족스러웠다.

사교계라니. 아직 아델에게 너무 이른 이야기였다. 루터에게
가정교사들을 알아보라고 했던 지시를 철회해야겠다고 생각했
다.

"한 번 더 읽어 줘요."

론은 다시 첫 장을 펼쳐서 읽기 시작했다.

아델은 미소를 지으며 그를 보다가 눈을 감았다. 그의 목소리
가 귓가에 부드럽게 감겼다. 나직한 저음이 듣기 좋아서 가슴 안
쪽 어딘가가 간질간질했다.

반쯤 잠이 드는 중에 목소리가 멈추었다. 더 읽어 달라고 하
고 싶은데 그랬다가는 잠이 완전히 깰 것 같았다.

커다란 손이 머리카락을 쓸어 넘겨주었다. 부드럽고 다정했

다. 눈을 감은 아델의 입술이 살짝 휘었다.

'기분 좋아.'

아델은 어느새 잠이 들었다.

2장
기사 서임식

성에서 일하는 고용인은 대부분 고용된 기간 내내 성에서 먹고 잤다. 그리고 정기적으로 휴가를 얻어 가족을 만나러 밖을 다녀왔다. 멜이 이틀의 휴가를 집에서 보내고 왔다. 다녀왔다고 인사하는 멜의 목소리는 꽉 잠겨 있었다.

"목소리가 왜 그래? 어디 아파?"

"목감기에 걸렸어요. 심하지는 않아요."

"아프면 더 집에서 쉬지 그랬어."

"괜찮아요. 오히려 성이 더 나아요. 집은 춥거든요."

멜은 두 손에 작은 화분을 들고 있었다. 화분은 반 정도의 흙만 채워져 있었다. 멜이 건네는 화분을 아델은 받아 들었다.

"요즘 유행하는 꽃점이래요, 아가씨. 꽃집마다 팔지 않는 곳이 없더라고요."

"꽃점?"

"안에 꽃씨가 있는데 무슨 씨앗인지는 몰라요. 빛이 잘 드는 창가에 두고 무슨 꽃이 피는지 보는 거예요. 그래서 피는 꽃이 말하는 꽃말로 점을 보는 거죠."

"정말 꽃이 그런 걸 알려 줘?"

아델의 순진한 물음에 멜이 웃었다.

"그냥 재미로 하는 거예요."

"이게 재미있는 거야?"

아델이 고개를 갸웃했다. 또래의 여자 친구들과 어울린 적이 없으니 아델은 여자가 즐기는 소소한 유행이나 놀이에 무지했다.

"근데 이런 걸 실제로 의미 있다고 생각하는 사람도 많아요."

아델은 그다지 흥미 없는 표정으로 다시 화분을 멜에게 내밀었다.

"아, 이건 아가씨께 드리는 선물이에요."

"날 준다고?"

"네. 제 것은 이미 방에 갖다 놨어요. 전 아주 빨간 장미꽃이 피었으면 좋겠어요. 아가씨는요?"

"난…… 뭐든 괜찮아."

"꽃말 중에 나쁜 말은 없거든요. 어떤 꽃이 피든 다 좋은 거니까 화분 자체가 행운을 비는 선물이라는 뜻으로 쓰이기도 해요."

화분을 들여다보는 아델의 볼이 살짝 붉어졌다. 이런 선물은
처음 받았다.

"고마워. 멜."

배시시 웃는 아델과 마주 보면서 멜은 헤헤 웃었다.

"아, 멜. 보여 줄 게 있어."

화분은 볕이 잘 들어오는 창가에 올려 두고 아델은 침대 옆의
서랍장을 열어 함을 꺼냈다. 옆에 붙어서 기웃대는 멜의 눈앞에
서 뚜껑을 열었다.

안에 든 것을 바라보던 멜의 눈이 점점 커졌다.

"어, 아가씨. 이거! 이거!"

"맞아."

함에는 붉은 루비와 다이아몬드로 만들어진 목걸이가 들어
있었다.

"어떻게 찾아오셨어요?"

스텔라가 빌려간다고 가져가서 성을 나갈 때 갖고 간 목걸이
였다.

"어제 성주님이 주셨어."

"잘됐어요! 제가 얼마나 속이 상했는데요. 드디어 아가씨의
목걸이를 찾아왔군요."

멜은 마치 제 물건을 되찾아 오기라도 한 것처럼 몹시 기뻐했
다.

"근데 성주님이 어떻게 아셨을까? 난 이야기한 적이 없거든."

멜은 눈동자를 데구루루 굴렸다. 아가씨를 위해서였지만, 아가씨께는 말하지 않고 성주님께 알린 것이 마음에 걸렸다.

"성주님이시니까요. 아마 모르시는 일이 없을 거예요."

아델은 할머니를 생각하며 고개를 끄덕였다. 스텔라 남매에게 괴롭힘을 당했을 때 할머니께 고자질하지 않았다. 그런데도 할머니는 사실을 알아내서 그들에게 호된 벌을 내렸다.

"성주님께서 아가씨를 많이 걱정하고 챙기세요."

"응. 나도 알아."

아델은 발그레한 얼굴로 고개를 끄덕였다.

*　　*　　*

론은 아델에게 공부를 시작해 보라고 권했다. 재산관리인 제레미가 가정교사가 되어 가르쳐 준다는 제안은 거절할 이유가 없었다. 안 그래도 체계적인 가르침을 받으면서 공부하고 싶다고 생각하던 참이었다.

남쪽 탑에는 비어 있는 방이 많았다. 아델의 방에서 멀지 않은 작은 침실을 정리하고 개조해서 침대를 치우고 책상과 책장을 들였다. 그래서 아델은 서재를 갖게 되었다. 새로 생긴 서재에서 그녀는 공부하고 수업을 받았다.

서재에서 잠시 기다리니까 제레미가 들어왔다.

"지난 시간까지 전체 역사 개관을 끝냈었지요?"

"네."

"그럼 오늘부터는 하란의 건국부터 세부적인 내용을 다루면 되겠군요."

제레미는 학원에서 경제학을 가르치던 교수였다. 전공은 경제학이지만, 전반적인 기초 학문은 가르칠 수 있었다. 역사와 셈법 등을 포함한 다섯 과목을 하루에 두 과목씩 수업했다.

서재로 개조한 침실은 햇빛이 잘 들어오는 방이었다. 수업을 마치고 나가려다가 아델은 창가에 서서 밖을 내다보았다. 마침 밑으로 기사들이 보였다.

'교대하나 보네.'

두 명의 기사가 마주 보고 교대 의식을 마친 후 서로 뒤돌아 멀어졌다.

'오늘 서임식을 한다고 했는데. 지금쯤 시작했을까.'

캘빈이 드디어 기사가 되는 날이었다.

'축하해. 캘빈.'

직접 인사를 건넬 수 없어서 아쉬웠다.

방에 돌아오니 반가운 손님이 기다리고 있었다.

"대현자님!"

데보라는 놀라 소리치는 아델을 보며 빙그레 웃었다.

"오랜만이구나. 좀 더 빨리 오려고 했는데 시간이 참 순식간에 가서 말이야. 내가 너무 늦었지?"

"아니에요. 전 일 년은 지나서 오실 줄 알았는걸요."

"저런. 내가 어지간히 신용이 없었네."

"바쁘시다는 걸 아니까요. 잊지 않고 와 주셔서 기뻐요."

"같이 가자고 했던 내 제안의 대답을 들으려고 왔지만……."

데보라는 아델의 표정을 보면서 부드럽게 웃었다. 듣지 않아도 답을 알 것 같았다. 석 달 전, 불안하게 흔들리던 애처로운 눈빛은 보이지 않았다.

"잘 지낸 것 같구나. 네가 무슨 대답을 할지도 알 것 같고."

"네. 감사하고 죄송해요. 절 생각해서 해 주신 말씀이라는 걸 알아요."

"그래도 한 번 더 확인해 보자. 나와 가겠니?"

"전 여기서 지내고 싶어요."

"석 달 전에 내가 강하게 같이 가자고 했으면 어땠을까?"

아델은 잠시 생각하다가 웃었다.

"아마…… 대현자님과 같이 갔을 거예요. 그때는 제가 여기서 지내도 되는지 확신이 없었거든요."

데보라는 혀를 찼다.

"내가 기회를 놓쳤어."

데보라는 안타까운 어조로 말했지만, 진심은 아니었다. 구김 없이 맑은 표정을 짓고 있는 아델을 보고 있으니 먼저 떠난 친구에게 면이 서는 것 같았다.

'시마. 네 손자가 고약한 놈은 아닌 모양이야.'

아델을 두고 가면서 우려가 컸다. 공개된 유언장의 내용은 파격적이었다. 시마의 손자가 불만을 품고 아델을 곱지 않은 눈으로 볼지도 모른다고 생각했다. 그런데 기대 이상으로 아델은 할머니를 잃은 충격에서 거의 벗어난 모습이었다. 오히려 한결 더 여유가 있어 보였다.

"어찌 지냈니?"

아델은 자신의 근황을 늘어놓았다. 큰 변화 없는 생활이라고 생각했는데 말로 꺼내니까 제법 이야깃거리가 많았다. 아델의 이야기를 들으며 데보라의 표정이 부드럽게 풀렸다.

"앞으로 계획은 있고?"

쉽게 대답할 수 없는 질문이었다.

"제 욕심으로는 이대로 계속 지내고 싶어요. 그래도 될까요?"

데보라는 곤란한 표정으로 대답하지 않았다.

역시. 아델은 쓴웃음을 지었다. 캘빈이 마지막으로 다녀가고 나서 곰곰이 자신의 처지를 파악해 보았다.

원하지 않아도 그녀는 사람들의 입에 오르내리는 유명인이 되었다. 레바스 성에서 계속 지내면 사람들은 아델을 이야기할 때마다 성주도 끄집어내어 화제로 삼을 것이다. 그에게 폐를 끼치고 싶지 않았다.

"제가 성에서 나가야 한다고 생각하시지요?"

"너를 위해서란다, 아델. 대부분의 사람은 순수하지 않아. 남들도 그렇다고 생각하지."

'무슨 말씀인지 완전히 이해는 못 하겠어.'

하지만 할머니가 자신 때문에 이상한 소문에 휘말렸다는 사실을 알고 있었다. 그런 비슷한 문제를 말씀하시는 것이겠지.

"왜 지난번에 그런 말씀을 하지 않으셨어요? 어차피 레바스 성을 나가야 한다는 것을요."

"당장 급한 것은 아니니까. 그 문제는 너와 천천히 이야기할 생각이었단다."

"대현자님. 제가 지금처럼 숨어 지내지 않고 싶다면 욕심일까요?"

"그게 왜 욕심이야."

"하지만 아시다시피 전 이런 몸이니까요."

아델은 작은 제 두 손을 펼쳐서 내려다보았다.

"다들 절 구경거리로 삼을 거예요. 저는 그런 것들을 감당할 자신이 없어요."

"아델. 함께 가자는 내 제안은 언제나 유효하단다."

"도망치고 싶진 않아요. 제가 뭘 바라는지 저도 모르겠어요."

데보라는 진지하게 고민하다가 말했다.

"마법을 배워 보는 건 어떻겠니?"

"하지만 제겐 재능이 없다고 하셨잖아요."

"⋯⋯내가 그런 말을 했었나?"

"네. 절 처음 본 날 말씀하셨어요. 감으로 안다고 하셨는걸요."

"그래?"

데보라는 당혹스러운 표정을 지었다. 아델은 꿈을 꾼 것처럼 그날의 모든 광경을 생생하게 기억했다. 하지만 데보라가 기억하기에 아득히 오래된 일이었다.

감으로 재능 유무가 보이는 것은 사실이지만, 사람의 면전에 대고 그런 말을 하지는 않았다. 마법사가 되기를 꿈꾸는 사람에게는 가혹한 일이기 때문이다. 아무리 재능이 없어 보여도 정식으로 시험을 통해서 선별했다.

당시에 데보라는 아델이 듣는다는 생각 없이 다른 마법사와 무심코 대화를 나누었다. 무안한 표정으로 헛기침을 몇 번 하고 말을 이었다.

"마법이 꼭 마탑으로 가는 길만 있는 것은 아니란다. 학자가 되어 마법을 공부하기도 하고, 마법공학도 있지. 내가 생각하기에 마법만큼 차별이 없는 학문도 없다."

마법은 철저하게 재능과 실력이 기준이기에 나이와 성별은 전혀 중요하지 않았다. 데보라는 어릴 때부터 뛰어난 재능을 지녀서 열 살에 이미 한 사람의 마법사로 인정받았다. 나이가 어리다는 이유로 누구도 데보라를 무시하지 않았다.

그런 마법의 독특한 분위기에 영향을 받은 마법 분야의 학문도 비슷했다. 마법사가 아니면서도 마법학이나 마법공학을 공부하는 학자가 많았다. 마법을 배우는 사람치고 괴짜가 아닌 사람이 없다고 했다. 돌려 말하면 어떤 이상한 사람도 마법에 종사

하면 그러려니 이해했다.

데보라의 이야기를 들으며 아델의 눈이 기대감으로 가득 차올랐다.

"마법학……."

"네가 학자가 되면 학원에 교수로 들어가서 교단에 설 수도 있지. 학원에서 마법학은 교양과목으로 배우기도 하거든."

데보라와의 대화는 아델에게 나아갈 길을 보여 주었다. 오랜 시간 고민하던 문제 해결의 실마리를 던져 주었다.

"얼마나 계시다 가세요? 계시는 동안 마법학을 조금이라도 가르쳐 주세요."

"이런. 곧 가 봐야 해."

"벌써요? 저녁이라도 드시고 가시지요."

"미안하구나. 내가 급한 일이 있어서."

아델은 실망한 얼굴로 쓸쓸히 웃었다.

"오랜만에 뵈었는데 금방 이별이군요."

"내 도움이 필요하면 언제든 백탑으로 연락하렴. 네가 보낸 연락은 빠르게 받아 볼 수 있도록 조치할 테니까."

"네. 성주님은 만나지 않고 가세요?"

"인사는 하고 갈 거란다."

아델은 데보라를 중앙탑으로 건너가는 구름다리 앞까지 배웅했다. 가벼운 포옹으로 작별 인사를 나누고 다시 방에 돌아온 아델은 마음이 들떴다.

'교수가 되어 학생을 가르친다고? 내가?'

그녀의 능력으로 학자가 되면 누구도 그녀의 겉모습만으로 그녀의 머릿속에 담긴 지식을 폄하하지 못할 것이다.

오래전부터 온전한 한 사람으로 인정받기를 갈망했다. 데보라가 제시한 미래는 그녀가 바라던 꿈과 비슷하게 일치했다.

'뭐부터 해야 하지? 우선은 배워야겠지. 마법학? 마법공학? 뭘 더 잘할 수 있을까.'

아델은 테이블에 앉아 턱을 괴고 마음껏 공상에 빠져들었다. 교단에 서서 학생들을 가르치는 자신의 모습을 상상하는 것만으로도 웃음이 나오고 가슴이 두근거렸다. 즐거운 상상은 아무리 해도 지루하지 않았다.

한참을 넋 놓고 앉아 있다가 아델은 창가에 둔 화분을 응시했다.

멜의 선물이 정말 행운을 가져다준 것 같았다. 아델은 벌떡 일어나 화분을 들고 소파에 앉았다. 작은 화분이 무척 사랑스러웠다.

"꽃점…… 여기에는 무슨 꽃씨가 있을까."

바깥은 날이 차갑지만, 따뜻한 방 안이라면 충분히 싹이 돋을 것이다. 흙을 뚫고 솟아오를 파란 이파리가 보고 싶었다.

"어서 자라라. 예쁜 꽃을 보여 줘."

가만히 바라보는데 흙이 움찔움찔 움직였다. 아델은 눈을 크게 떴다. 조금 더 자세히 들여다보려고 고개를 가까이 숙였다가 놀라 고개를 들었다.

"아……."

흙 위로 수줍게 고개를 내밀듯 작은 떡잎이 쏘옥 올라왔다.

"벌써 싹이 나네."

씨앗에서 싹이 나는 광경을 이전에는 본 적이 없었다.

아델은 작은 떡잎을 손끝으로 만졌다. 그런데 두 장의 떡잎이 위로 쑥 올라왔다. 놀라서 손을 떼고 보고 있으니 쭉쭉 위로 올라오는 떡잎 사이에서 줄기가 솟았다.

갓 태어난 아기가 꼭 쥔 주먹을 펴듯 작은 본잎이 넓게 펼쳐졌다. 본잎이 커지는 것과 동시에 떡잎이 말라 쪼그라들었다. 더 높이 솟아오르는 줄기가 두꺼워지고 이파리가 불쑥불쑥 줄기의 마디에서 빠져나왔다.

이건 이상하다. 절대 정상적인 성장이 아니었다.

수십 일에 걸쳐 일어날 과정이 아델의 눈앞에서 빠른 속도로 진행되고 있었다. 아델은 놀란 숨을 들이켜며 작게 몽우리를 잡기 시작한 꽃봉오리가 순식간에 커지는 모습을 지켜보았다.

연보라색의 꽃잎이 활짝 벌어지는 모습은 저절로 감탄이 나올 만큼 아름다웠다. 훅, 풍기는 향기가 코끝을 간지럽혔다.

작은 노란 알갱이가 꽃 안에서 퐁 튀어나왔다. 노란빛이었다. 아델은 정원에서 이것을 여러 번 보았다. 그녀는 손끝으로 눈앞에 둥둥 떠 있는 빛을 가볍게 튕기듯 건드렸다.

하나였던 노란빛이 갑자기 수십 개로 분열했다. 정원에서처

럼 사방을 모두 뒤덮을 만큼은 아니었다. 아마 꽃 한 송이만으로
는 부족한지 아델의 주변을 얼기설기 에워쌀 정도에 불과했다.

황홀한 노랫소리가 대화를 건네듯 그녀의 온몸을 부드럽게
두드렸다.

똑똑, 노크 소리를 듣자마자 몽롱하게 풀려 있던 아델의 눈에
빛이 돌아왔다. 소스라치듯 그녀가 정신을 차리면서 그녀를 감
싼 노란빛이 사라졌다. 노래가 그쳤다.

향을 풍기던 싱그러운 꽃잎이 바싹 말라 떨어지면서 빠르게
줄기가 시들었다. 시든 줄기가 말라 쪼그라들어 흙 위에 부스러
졌다. 방금 전까지 활짝 피었던 꽃은 흔적도 찾을 수 없었다.

다시 한 번 문을 두드리는 소리가 들렸다. 아델은 대답 없이
빈 화분만 바라보았다. 열리는 문으로 멜이 들어왔다.

"아가씨. 대답이 없으셔서 낮잠을 주무시나 했어요."

"어……."

"왜 그러세요? 어디 아프세요?"

멜이 표정을 굳히면서 아델에게 다가왔다. 그리고 아델이 품
안에 안고 있는 화분을 보며 흐뭇하게 웃었다.

'아가씨가 선물이 마음에 드셨구나.'

"아가씨. 급하신 마음은 알지만 싹은 금방 나지 않아요."

"얼마나 걸리는데?"

"음, 볕 좋은 곳에 두고 물을 주면 며칠은 있어야 해요."

"응. 그렇구나."

"오후 간식으로 푸딩과 케이크 중에 무엇을 드시겠어요? 오늘은 푸딩이 맛있을 거예요. 신선한 과일이 들어왔대요."

"그럼 푸딩."

"탁월한 선택이세요."

멜은 좋아하면서 방을 나갔다. 아무래도 푸딩이 정말 먹고 싶은 사람은 본인인 모양이었다.

아델은 화분을 테이블에 올려 두고 팔짱을 끼었다.

"마법일까?"

아델은 자신에게 물었다가 고개를 저었다. 이게 마법이라면 상당한 고급 마법일 것이다. 하지만 데보라는 아델에게 마법의 재능이 없다고 말했다.

'정말 내가 제대로 본 게 맞아?'

순식간에 일어난 일이 꿈만 같았다. 아델은 테이블 위에 화분을 엎었다. 쏟아진 흙더미를 손으로 마구 헤집어 보았다. 샅샅이 뒤졌는데도 씨앗은 나오지 않았다.

"정원이 아니구나."

아델은 깨달음을 얻은 듯 탄식했다. 오래전, 정원에서 덤불이 그녀를 숨겨 주기 위해 순식간에 자랐던 기이한 경험이 떠올랐다. 그녀는 지금껏 정원에서 일어난 모든 현상을 정원이 가진 신비한 힘이라고 생각했다.

그런데 조금 전의 일로 확실해졌다. 꽃의 노래는 정원의 신비함이 아니었다. 마법도 아니었다.

"내가……."

아델은 제 두 손을 내려다보았다. 자신에게는 설명할 수 없는 이상한 능력이 있었다. 오싹 소름이 돋아서 두 손으로 자신의 몸을 감싸 안았다.

"난 도대체 왜 이런 거지."

그녀는 푹 한숨을 내쉬었다. 자라지 않는 몸에 이상한 능력까지.

"어디에 물어볼 사람도 없고……."

아델은 벌떡 일어났다.

"레온!"

그는 본 적이 있다고 말했다. 분명히 그때 정원에서 그렇게 말했다.

"레온이라면 알지도 몰라."

*　　　*　　　*

집무실 앞을 지키고 선 기사가 앨런의 얼굴을 확인하고 바로 문을 열어 주었다.

앨런은 절도 있는 걸음걸이로 들어갔다. 발걸음마다 힘이 들어가고 등을 더 꼿꼿하게 폈다. 평소에 자세 때문에 지적받은 적은 없지만, 자신도 모르게 더 긴장하게 되었다.

"부르심을 받고 왔습니다, 단장님."

책상에 앉아 있던 흑발의 중년인이 고개를 들었다. 흑기사단의 단장, 마커스 코우가 제 아들을 바라보는 시선은 다른 기사들을 바라보는 것과 다르지 않았다. 무심한 듯 날카로웠다.

사사롭게는 부자지간이지만, 마커스는 공과 사를 철저하게 구별했다. 그렇다고 딱히 집에서 다정한 아버지가 되는 건 아니었다. 그래도 최소한 아버지라고는 부를 수 있다.

밖에서 아버지라고 불렀다가는 훈련을 빙자한 구타에 두들겨 맞는 날이 되었다.

"준비는 다 되었나?"

"예. 차질 없습니다."

오늘은 기사단에 매우 중요한 날이었다. 훈련을 마친 수습 기사가 정식으로 서임을 받는 날이다.

앨런은 기사단의 부장으로서 오늘 행사를 주관하는 임무를 받았다.

"첫 서임이다. 무슨 의미인지 알지?"

"예."

대가문의 주인이 바뀐 후 첫 기사 서임식이었다. 기사의 입장에서나, 주군의 입장에서나 특별할 수밖에 없다.

기사 서임권은 대가문의 가주에게만 인정된 특별한 권한이었다. 대가문의 가주들은 대개 자신의 첫 기사들에게 더 관심을 두고 지켜보는 편이었다. 그리고 첫 기사들에 대한 호감의 정도가 기사단 전체에 대한 인상으로 굳어지는 경우가 많았다.

그래서 첫 서임 기사는 아주 철저하게 검증하고 골라냈다. 실력보다도 사고를 칠 가능성이 낮도록 인격의 성숙함을 가장 큰 기준으로 삼았다.

당부의 말을 몇 마디 더 듣고 앨런은 집무실을 나왔다.

'아버지께서도 긴장하신 모양이군.'

부친은 일을 시키고 나서 이렇다 저렇다 잔소리하는 사람이 아니었다. 늘 결과로만 이야기했다. 일부러 불러서 단속하는 건 아버지답지 않았다.

'오늘 이후로 기사단의 처우가 결정되는 것이니.'

기사단을 유지하는 데에는 돈이 많이 들었다. 훈련, 무기, 제복 등 모든 것이 돈이었다. 승마는 기사의 기본 소양이다 보니까 말도 키워야 한다. 말 한 마리를 먹이고 재우는 비용이 때로는 사람보다 더 들어갔다.

그러면 들이는 비용만큼 기사가 쓸모가 있는가. 엄밀히 따지면 손해였다. 국법에 따라 내란을 허용하지 않기 때문에 기사가 실제로 전쟁터에서 활약할 기회는 없었다. 막말로 기사는 있어도 그만 없어도 그만이다.

무력이 필요하면 굳이 기사단을 유지할 필요가 없었다. 소수의 호위대를 뽑아서 개별적으로 고용하면 훨씬 비용이 적게 들었다.

하란에서 기사는 상징적인 의미가 컸다. 전통이었고 과시용이었다.

그런데 대륙에 진출하면서 상황이 달라졌다.

대륙은 하란에 비하면 무법지대였다. 산길을 걷다가 도적을 만나면 물건을 털리는 일이 부지기수였다. 현지의 용병을 고용하면 뒤통수를 맞는 일이 예사였다.

믿을 수 있고 실력도 있는 하란의 기사들의 위치가 급상승했다. 그러나 동부에는 해당하지 않는 이야기였다. 동부의 대가문 레바스는 대륙으로 나가지 않았으니까.

전대 성주였던 시마는 기사단에 크게 관심이 없었다. 하지만 박하게 대하지도 않았다. 뒤를 이은 새 주인이 어떨지는 기사단 모두의 관심사였다.

앨런은 서임식 행사가 예정된 홀로 내려갔다. 오늘 서임 받을 기사의 수는 총 여덟 명. 여덟 명에게 나누어 줄 검과 휘장이 차질 없이 준비되어 있는지 다시 확인했다.

"예비 기사들은?"

부관이 대답했다.

"명상실에 모두 얌전히 있습니다. 조금 전에 확인했습니다."

혹시 모를 사고를 방지하기 위해 모두 어제 저녁부터 명상실에 반감금 해 두었다.

"성주님을 모시러 다녀오겠다. 시간에 맞추어 올 테니 성주님께서 오시는 대로 식례를 진행할 수 있게 준비하도록."

"예, 부장."

서임식에 증인으로 참석하는 기사들이 홀에 모여들어 자리를 잡는 중이었다. 수십의 사람들이 움직이는데 떠드는 목소리는 거의 들리지 않았다.

"무슨 일이 있나?"

어딘지 모르게 기사들의 모습에 활기가 없었다. 단지 규율에 엄격히 따르고 있는 것과는 달랐다.

"아무 일도 없습니다."

앨런이 부관의 얼굴에서 잠시 주저하는 기색을 알아차렸다.

"오늘 서임식에서 작은 실수도 있어서는 안 된다고 말했다. 내게 무엇도 숨기지 말라고 했을 텐데."

"우려하실 만한 일은 아닙니다."

"듣고 내가 판단하겠다."

"사기가 떨어져 있습니다. 한 번쯤은 성주님께서 와 주실 거라 고 기사들은 기대했던 모양입니다."

전대 성주인 시마는 가끔 기사들의 훈련을 참관하기는 했으나 의무적이었다. 여인이라서 검술을 못 하라는 법은 없지만, 시마는 검술에 관심이 없었다.

성의 주인이 바뀌면서 기사들은 새 주인에게 기대하는 바가 있었다. 그런데 승계식이 끝나고 몇 개월이 지나도록 새 주인은 기사들의 보금자리인 북쪽 탑에 한 번도 찾아오지 않았다.

서임식 날이 되어서야 주인의 얼굴을 보게 되었으니 기사들은 이만저만 실망한 것이 아니었다.

앨런은 혀를 찼다.

"성주님께서는 시간을 내실 여유가 없었다. 기사에게 중요한 것은 부동심이라고 하지 않았나. 사소한 일에 일희일비하지 말아야지. 단장님께서 아시면 크게 질책하실 것이다. 다들 마음가짐을 바로 하라고 전해라."

부관을 나무라며 돌아서는 앨런의 속마음은 그다지 편치 않았다.

앨런이 성주의 집무실에 도착했을 때 론은 시중을 받으며 예복을 갈아입는 중이었다.

앨런은 비켜서서 준비가 끝나기를 기다렸다. 검은색과 흰색이 조합된 예복은 흑기사단의 제복과 비슷하면서도 훨씬 화려했다. 몸에 밀착되도록 잘 맞게 제작되어서 그런지 발달된 체격이 평소보다 훨씬 두드러져 보였다.

'우수한 신체 조건을 갖추셨어. 기사 중에서도 드물지.'

꽤 오래 기사 훈련을 담당하다 보니까 앨런은 눈대중으로 상대의 몸을 판단하는 일이 습관이 되었다.

'오랫동안 단련을 꾸준히 하신 것은 틀림없고.'

성주는 지난 몇 개월간 온종일 집무실에서 살다시피 했다. 몸을 거의 움직이지 않았는데도 팔이나 어깨를 보면 두툼하게 잡힌 근육이 여전했다. 오랜 시간 단련된 근육이라 잠시 쉬는 것만으로는 쉽게 빠지지 않는 것이다.

오래 검을 잡았던 사람이라는 건 손만 봐도 알 수 있었다. 거친 굳은살은 쓸려서 까지고 굳어지는 과정을 반복해서 깊게 인이 박여 있었다.

'다시는 검을 잡을 생각이 없으신 걸까.'

앨런은 대륙에서 론을 처음 만났을 때를 잊을 수 없었다.

성주님의 유일한 후계자를 찾는 임무를 받아 대륙으로 나가면서 단단히 각오했다. 도련님을 찾기 전에는 절대 돌아가지 않겠다고 결심했다.

밤낮을 가리지 않고 흔적을 찾아 추적했다. 지독한 강행군이었다. 오랜 고생은 보상을 받았다. 무덤가에 앉아 있는 론을 발견했을 때 이미 앨런은 알 수 없는 예감으로 두근거렸다.

처음에는 적대감에 가까운 경계를 받았다. 론이 내보인 사나운 기세는 앨런을 긴장하게 했다. 방심하면 역습당한다고 판단했다.

그만한 실력을 갖추기 위해서는 검술 연습은 습관이 되어야 한다. 그런데 론은 승계식 이후에 한 번도 검을 잡지 않았다.

용병이었던 성주의 과거와 관련이 있는 걸까, 앨런은 조심스럽게 추측했다. 스스로 검을 쥐기를 선택한 기사와 다르게 용병은 대개 상황에 떠밀려 무기를 잡는다. 용병의 꿈은 용병의 삶에서 벗어나는 것이었다.

"다 되었습니다."

집사의 손짓에 따라 하인들이 물러났다.

"바로 가면 되는 건가?"

"예, 성주님. 모시겠습니다."

앨런은 앞서 걷는 론의 뒤를 따랐다. 론은 복도를 따라 걷다가 앨런에게 옆으로 오라고 손짓했다.

"대가문에서 하는 기사 서임식은 원래 이런가? 서임식 날을 정해 두고 식례를 따로 마련하는 식으로. 아니면 레바스에서만?"

"다른 대가문도 같은 방식으로 알고 있습니다. 대륙은 다릅니까?"

"나라마다 다르겠지만. 대개는 건국제나 기념 파티와 같은 원래 열리는 행사를 활용한다."

"그것도 괜찮은 방법 같습니다."

"하란의 방식이 더 나아. 기사들만 참석하니 더 엄숙하겠지. 대륙에서 기사의 서임식은 구경거리가 되거든."

성주의 말을 듣다가 앨런은 의문이 들었다. 용병이었던 성주께서 대륙의 기사들이 서임을 받는 자리에 어떻게 참석했을까.

"성주님. 한 가지 무례한 질문을 드려도 되겠습니까?"

론은 피식 웃었다. 올곧은 기사 앨런이 할 만한 무례한 질문이 무엇인지 짐작이 가지 않았다.

"허락하지."

"기사에게 좋지 않은 기억이 있으십니까?"

론은 걸음을 멈추고 앨런을 쳐다보았다. 앨런이 시선을 내렸다.

"내가 기사를 싫어하는 것처럼 보였나?"

"대륙에서는 용병과 기사의 관계가 좋지 않다는 말을 들었습니다. 넘겨짚어서 언짢게 해 드렸다면 송구합니다."

"기사에게 선입견이 있냐고 묻는 거라면. 맞아, 있어."

앨런의 미간이 움찔했다.

"경이 처음 알게 된 기사는 누구지?"

"아버지입니다."

"코우 수장. 그렇지. 코우 수장이 아버지였지. 그러면 경에게는 코우 수장이 최고의 기사인가?"

"그렇습니다."

"나도 그랬다. 처음 만난 기사가 최고의 기사였지."

성주가 말한 선입견이 좋은 의미라는 것을 알자 앨런은 뻣뻣해진 뒷목의 긴장이 풀어졌다.

"싫지 않아."

론은 다시 걷기 시작했다.

"싫을 수가 없어."

론의 눈동자에 아련한 빛이 감돌았다. 처음 가진 것이 이 세상 최고의 것이었다. 잃었을 때의 참담함은 여전히 그에게 잊을 수 없는 잔상으로 남아 가슴을 먹먹하게 했다.

조용히 곁을 따르며 앨런은 성주가 그 '기사'를 그리워하는 기색을 알아차렸다. 누군지 궁금했다. 기회가 되면 한 번 만나서 진지하게 검을 맞대 보고 싶었다. 그리고 성주께 최고의 기사로 기억된 이름 모를 누군가가 부러웠다.

북쪽 탑의 홀에 도착했을 때 이미 식례의 준비가 끝나 있었다. 서임을 받을 여덟 명의 기사가 앞에 서 있고 뒤에는 증인으로 참관하는 기사들이 대열을 맞추어 섰다.

식례의 절차는 군더더기 없이 간단했다. 서임을 받을 수습 기사들이 모두 소리 내어 입을 맞추어 기사의 맹세를 읊었다. 그후 한 명씩 성주로부터 검과 훈장을 받았다.

단장 마커스가 검과 훈장을 성주에게 건네주는 역할을 맡아 기사의 자격을 얻은 후배들을 독려했다.

론은 여덟 번째 기사의 앞에 섰다. 마커스가 상자 안에 담긴 검을 꺼내 두 손으로 들어 론에게 건네고 론 또한 두 손으로 검을 받았다.

어떤 장식도 달리지 않은 실용적인 검이었다. 기념으로 장식하기 위해서가 아닌 실전에서 사용하기 위한 물건이었다.

'확실히 달라.'

대륙이었다면 왕이 내리는 보검에는 검집에 화려한 보석을 잔뜩 박았을 것이다. 하란을 지배하는 풍조는 실용주의였다. 대륙에서 태어나서 자란 만큼 아직 낯설지만, 론은 하란의 방식에 점점 익숙해지고 있었다.

론이 주는 검을 두 손으로 받은 기사가 고개를 꾸벅 숙였다가 들었다. 기사의 어깨에 휘장을 달아 주면서 서임식 절차가 끝났다.

"성주님. 성주님의 기사들에게 한 말씀 해 주시지 않겠습니까."

마커스는 기사들의 분위기가 무겁다는 사실을 이미 파악하고 있었다. 짧은 격려의 말이라도 사기 진작에 도움이 될 것이다.

'내 기사.'

론은 눈앞에 서 있는 기사들을 둘러보았다. 대륙에서는 최소한 대영지의 주인 이상이 되어야 가질 수 있는 기사단이었다. 기사들을 보고 있으니 자신이 얻은 위치가 확실히 실감이 났다.

"코우 수장. 오늘 휘장을 받은 기사들을 어떤 기준으로 선별한 것이오?"

"실력과 인품입니다."

"그 실력. 내가 확인해 봐도 되겠소?"

마커스는 짧은 순간에 별생각이 다 들었다. 기사의 선별 과정에 불만이 있으신가, 어디서 무슨 이야기라도 들으신 건가, 기세싸움을 하시려는 건가.

"원하시는 바가 있으시면 따르겠습니다."

"검을 빌려주시오."

"예?"

마커스 코우의 가면 같은 표정에 금이 갔다.

"진검, 맞소?"

론이 마커스의 허리춤에 매달린 검을 눈짓으로 가리키며 물었다.

"물론, 진검입니다."

마커스는 손을 내미는 론을 바라보다가 주섬주섬 허리에 묶은 끈을 풀고 검집째 내밀었다. 돌아가는 상황이 아무래도 이상했다. 작은 소리마저 사라지고 기사들의 시선이 일제히 성주와 마커스를 향했다.

'아버지도 당황하실 때가 있군.'

앨런은 슬쩍 입술 끝을 올리며 웃었다.

"그러면."

론은 뻣뻣하게 서 있는 여덟 명의 기사들을 쭉 훑어보며 말했다.

"누가 내 도전을 받을 거지? 강요는 하지 않겠다."

상황 판단을 마칠 때까지는 시간이 필요했다. 여덟 명의 기사들은 눈만 껌벅이며 성주를 바라보았다.

"제가 하겠습니다."

한 명이 가장 먼저 한 걸음 앞으로 나왔다. 그러자 이제는 뒤처질세라 너도나도 걸음을 내디뎠다.

"제가 하겠습니다."

"제가 하게 해 주십시오!"

"제가⋯⋯."

"아니, 제가!"

여덟 명이 모두 나와서 빽빽 소리쳤다. 뒤에 서 있는 기사들의 웅성거림이 커졌다. 갑작스러운 상황에 잠시 당황했던 마커스가 재빠르게 정신 차렸다.

"조용!"

소란이 순식간에 가라앉았다. 론은 내심 감탄했다. 규율이 확실하게 잡혀 있는 기사단이었다.

"성주님. 기사와 검술 비무를 하시겠다는 말씀입니까?"

"실력 확인에 가장 좋은 방법은 실전 아니겠소."

"그러시면 조만한 시합을 열어 참관하시게 하겠습니다."

"거창하게 그럴 필요 없소. 그리고 구경이 무슨 재미요."

"위험하십니다."

"안 된다고 하면 굳이 고집은 부리지 않겠지만. 코우 수장, 원망을 감당할 자신은 있소?"

서임을 받은 첫날, 주군과의 비무는 기사의 평생 기억에 남을 만한 특별한 경험이 될 것이다. 여덟 명의 기사들은 이글거리는 눈으로 마커스를 노려보았다. 흡사 애원하는 것 같기도 하고 원망하는 것 같기도 했다. 새끼 기사들 주제에 기사단의 단장이자 대선배에게 감히 불손한 시선이었다.

마커스는 끄응, 낮은 신음을 흘렸다. 마커스 역시 기사였다. 저들의 심정을 모르지는 않았다. 더구나 여덟 명 중에 끼어 있는 둘째 아들놈의 눈빛은 하극상이라도 벌일 것처럼 살벌했다.

마커스는 홀을 가득 채우고 있는 기사들에게 명했다.

"자리를 만들어라."

여기저기에서 환호성이 터졌다. 기사들이 재빠르게 뒤로 물러나서 둥글게 시합장을 만들고 주변에 사람 울타리를 세웠다.

널찍한 시합장 안으로 론과 여덟 명의 기사가 들어갔다. 론은 서로 자신이 선택되기를 갈망하는 여덟 명 중에서 한 명을 지정했다. 아까 가장 먼저 나섰던 흑발의 청년이었다. 서임식 절차를 밟으며 이름을 들었을 때부터 론은 흑발의 청년을 눈여겨보았다.

"영광입니다. 성주님."

동기들의 시샘 어린 부러운 시선을 받으며 캘빈은 히죽 웃었다.

"오늘부터 코우 경이 둘이 되었군. 아니, 셋인가?"

론은 코우 가문의 세 부자에게 번갈아 시선을 던졌다. 앨런은 아무래도 외탁을 했는지 마커스를 많이 닮지 않았다. 오히려 캘빈이 더 제 아버지를 닮았다. 그래서 두 형제는 형제치고는 닮지 않은 편이었다.

캘빈이 코우 수장의 아들이라는 점보다 론은 다른 것에 더 관심이 있었다.

'아델의 친구라고 했지.'

"기사가 된 각오 한마디 들어 볼까. 캘빈 코우."

캘빈은 허를 찔린 질문을 들은 것처럼 당황했다. 상투적인 질문이라 상투적인 대답을 기대했던 사람들은 캘빈이 대답을 미루며 우물쭈물하자 더 흥미로워했다.

캘빈은 그동안 마음속으로만 생각했으나 차마 하지 못한 말을 과감히 꺼냈다.

"코우 경이라고 하면 떠올리는 사람은 제가 되고 싶습니다."

주변을 에워싼 기사들이 야유 섞인 함성을 질렀다.

"그렇다는군, 앨런."

론이 앨런에게 말하자 앨런이 빙긋 웃었다.

"이룰 수 없는 꿈이라 안타깝다고 말해 주겠습니다."

형을 바라보는 캘빈의 미간이 일그러지고 주변의 기사들은 휘파람을 불어댔다.

"아들들이 도전하고 있소. 코우 수장의 생각은 어떻소?"

모두 마커스의 대답을 기대했다. 무표정한 마커스의 입술이 씰룩거렸다.

"어림도 없습니다. 하룻강아지들이 말만 거창하군요."

마커스 코우의 이름을 잇는 천재 기사로 평가받는 앨런 코우가 하룻강아지로 전락하는 순간이었다. 아버지의 말에 도무지 반박할 수 없는 캘빈은 뚱하게 시선을 돌리고 앨런은 괜한 헛기침을 했다. 기사들이 터뜨리는 유쾌한 웃음소리가 홀을 덮었다.

코우 가문의 삼부자에게 이만한 농을 던질 수 있는 사람은 지금껏 없었다. 마커스는 기사단의 정점이었다. 서열이 확실한 기사가 윗사람에게 농담을 한다는 건 좀처럼 벌어질 수 없는 일이었다. 더구나 상대가 마커스 코우라면? 앞에 서면 누구나 굳어 버린다.

별것 아닌 몇 마디만으로 새 주인을 탐색하느라 경직되어 있던 기사들의 표정이 풀어졌다.

"그럼 시작하지."

론은 마커스에게 빌린 검을 검집에서 빼 들었다. 캘빈은 오늘 서임식 행사 때문에 검을 갖고 나오지 않았으나 마침 하사 받은 새 검이 있었다. 적당한 거리를 두고 검을 든 두 사람이 마주 섰다.

"성주님. 기사들이 모의 시합을 할 때 적용하는 규칙이 있습니다. 적용하시겠습니까?"

마커스가 나섰다.

"좋소. 하지만 지금 내가 규칙을 숙지할 시간은 없을 듯하오만."

"제가 심판을 보겠습니다. 문제가 생기면 관여하도록 허락해 주십시오."

"그렇게 하시오."

마커스가 손짓하자 기사가 앞으로 나왔다. 기사는 마커스의 지시를 받아 가져온 두 자루의 검을 들고 론에게 다가갔다. 한 자루는 고동을 포함한 손잡이가 모두 검은색이고 다른 한 자루는 흰색이었다.

"시합용 검입니다. 더 나은 실력자가 검은색 검을 씁니다."

"내가 도전자이니 흰색을 잡겠소."

론은 기사에게 마커스에게 빌린 검을 내어 주고 흰 손잡이의 검을 건네받았다. 가볍게 몇 번 휘둘러 묵직한 검의 무게를 가늠하는데 뭔가 이상했다. 론은 검날을 자세히 살피고 미간을 찌푸렸다.

"진검이 아니지 않소."

"검날만 무디게 했을 뿐입니다. 진검이나 다름없습니다."

"이건 무딘 정도가 아니라······."

손가락을 날에 대고 쭉 훑어보니 둔탁한 느낌만 있었다. 휘두르면 베이는 것이 아니라 때리는 효과만 있겠다. 찌르기를 할 수 없도록 검 끝도 뭉툭했다.

"정말 기사들은 이걸로 시합을 한단 말이오?"

"그렇습니다."

주변에 서 있는 기사들은 입을 꾹 다물고 속으로만 외쳤다.

'거짓말!'

'단장님이 거짓말을 하신다.'

날을 죽인 검을 시합에 사용하기는 한다. 단지, 막 검술을 배우기 시작한 수습 기사들의 시합용이라는 점이 달랐다. 그마저도 거의 쓰지 않았다. 날을 죽인 검 따위는 장난감이라고 한 사람이 마커스였다.

"코우 수장. 이런 것으로는 제대로 된 시합을 할 수 없소. 진검을 주시오."

"예."

마커스는 순순히 진검으로 바꾸어 주었다. 이상하게 순조로워서 어쩐지 찜찜했다.

"그럼 시작하겠습니다."

"잠깐, 코우 수장. 내 상대에게도 진검을 주시오."

캘빈이 들고 있는 검은 여전히 날이 무딘 시합용 검이었다.

"성주님. 감히 주군께 검을 들이대는 무도한 놈은 기사의 자격이 없습니다."

"……."

마커스의 단호한 표정 속에는 꺾을 수 없는 소신이 담겨 있었다. 시선을 돌려 앨런을 보았다. 슬그머니 시선을 피한다. 가장 억울할 캘빈을 보니까 당연하다는 듯 동요 없이 무딘 검을 들고 있었다. 기사들은 부당함을 외치기는커녕 조용히 입을 다물었다.

"……시합용 검을 쓰겠소."

보아하니 억지로 캘빈에게 진검을 들게 했다가는 캘빈이 어떤 후환을 겪을지 모를 일이었다. 마커스는 제 아들이라고 봐줄 사람이 아니었다. 더 괴롭히면 괴롭힐까.

무딘 검을 든 두 사람이 마주 선 채 마커스가 시작을 외쳤다.

*　　　*　　　*

시합이 시작되었는데 캘빈은 먼저 공격하려는 움직임이 없었다. 매우 조심스러워하는 기색이 느껴져서 론은 쓴웃음을 지었다.

'이래서야 제대로 시합이라고 할 수 있나.'

어쩔 수 없이 론이 첫 출수를 감행했다. 상대가 어찌 나오든 슬슬 할 생각은 전혀 없었다. 상대는 과감히 나서지 못하는 데다가 방심하고 있었다. 아예 첫 공격에 검을 날아가게 하는 것도 재미있겠다.

덤벼 오는 검을 캘빈이 반사적으로 막았다. 강하게 부딪친 충격으로 검을 타고 손목까지 저릴 정도의 진동이 전해졌다.

'제법.'

캘빈은 검을 놓치지 않았다. 방심했을 텐데 정확히 공격을 막았고 한 걸음 물러서기만 한 것이 전부였다.

'과연 앨런 코우의 동생이라 이건가.'

론은 코우 수장의 명성을 익히 들었다. 그러나 직접 실력을 확인하지는 못했다. 론이 지금껏 만난 사람 중에 최강자는 몸담았던 용병대의 대장이었다. 코우 수장의 실력은 아마 대장과 비슷하거나 그 이상일 것이다.

앨런의 실력은 구경할 기회가 있었다. 대륙에서 처음 마주쳤을 때 공격을 짧게 주고받았다. 그때 앨런과 싸웠으면 졌을 것이다.

하지만 아무리 앨런의 동생이라고 해도 이제 막 성년이 된 신입 기사에게 진다는 건 자존심 문제였다.

론은 자신의 검술 실력에 어느 정도는 자신이 있었다. 용병으로 지내는 동안 자신의 실력에 방심하지 않았고 시간만 나면 연습에 매달렸다.

더구나 기사와 정석으로 겨루는 검술이었다. 이기기 위해서 수단 방법 가리지 않는 용병들의 막싸움과 비교하면 아주 예의 바른 싸움이었다.

론은 적극적인 공격을 시작했다. 목, 심장, 배 등 신체의 약점을 찔러 들어갔다. 방어하는 캘빈의 검이 막아 내면서 두 검이 부딪치는 요란한 소리가 쉴 새 없이 이어졌다.

주변이 점점 조용해졌다. 어느새 검이 부딪치며 내는 금속음만 울렸다.

유흥거리로 생각한 기사들의 표정이 진지해졌다. 성주의 실력이 절대 만만히 볼 수준이 아님을 알았다.

"언제까지 방어만 할 거지?"

론이 검을 대각선 방향으로 들어 올리면서 캘빈의 오른쪽 옆구리로 내리쳤다. 캘빈은 이를 악물며 막아 냈다.

'무거워.'

공격마다 강한 힘이 실렸다. 검에 얼마나 무게를 담아 공격할 수 있느냐에 따라 대체로 상대의 실력을 가늠했다. 동기들과 실전 같은 훈련을 수없이 했지만, 이만한 무게는 없었다.

캘빈은 당황해서 계속 방어만 했다. 성주님과의 시합이라고 가볍게 생각했다. 이대로 소극적인 방어만 해서는 전적으로 불리했다.

캘빈의 눈에 결의가 감돌았다. 검을 쥔 손에 더 단단히 힘을 주었다. 시합은 신성했다. 아무리 주군이 상대라고 해도 적당히

져 주는 일은 없을 것이다.

들어온 공격을 흘려 넘기면서 검을 휘둘러 론의 어깨를 향해 뻗었다. 적극적인 캘빈의 공격이 시작되었다.

공방이 이어졌다. 후려치면 막아 내고 찌르면 걷어 냈다.

처음에는 팽팽해 보였다. 그런데 시간이 지날수록 캘빈은 조금씩 빈틈을 허용했다.

머리로 검이 날아왔다. 캘빈의 검이 방어하며 두 검이 교차했다. 그대로 미끄러지듯 찔러 오는 검을 피하려고 했다.

'아, 이런.'

눈속임이었다고 깨닫는 순간에는 이미 늦었다. 론의 검 끝이 정확히 빈틈을 파고들어 캘빈의 목에 아슬아슬하게 닿아 있었다.

조용했다. 마커스가 앞으로 나오며 선언했다.

"백. 승."

론이 검을 거두고 캘빈은 고개를 떨어뜨렸다.

"더 해도 될 것 같군. 다음은 누가 나설 텐가?"

론은 어깨에 검을 걸치며 여유롭게 도발했다. 오늘 막 수습에서 벗어난 신입 기사 일곱 명은 아무도 나서지 못하고 눈동자만 굴렸다. 그들은 망연자실하게 물러나는 캘빈을 곁눈질했다.

수습 기사 중에서 캘빈의 실력은 단연 압도적이었다. 힘이 부족해서 그렇지 기술은 나무랄 데가 없었다. 몇 년 후에 근력이 더욱 강해지면 기사단에서 손꼽히는 강자가 될 거라는 데 이견을 다는 사람은 없었다.

그런데 캘빈 코우가 졌다. 나머지 일곱 명의 실력은 당연히 캘빈보다 못했다.

보는 눈이 있으니 안다. 캘빈은 최선을 다했다. 성주의 실력은 진짜였다. 운이 좋아 이긴 것이 아니었다.

'개박살 날 거야.'

아무리 주군과 검을 맞대는 영광이 기꺼워도 볼썽사납게 패배할 자신의 모습이 빤한데 선뜻 나설 수가 없었다. 캘빈처럼 접전을 벌이다가 패배하는 건 그래도 모양새가 낫다. 그들은 아직 패배를 두려워하는 어린 기사들이었다.

'한심한!'

꼬리 감추는 개처럼 빌빌거리는 신입 기사들을 노려보는 마커스의 눈빛이 점점 난폭해지는 사실을 알아차리지 못했다. 마커스의 사나운 압제에 이력이 난 선배 기사들은 가련한 후배들을 향해 혀를 찼다. 마커스는 기사의 비겁함을 가장 질색했다.

'너넨 이제 다 죽었다.'

후배가 굴려지는 모습을 구경하는 건 언제나 즐겁다. 기사들은 사악하게 히죽거렸다.

론은 나서지 못하는 일곱 명을 보며 가볍게 웃었다. 그들이 겁을 먹었다고는 생각지 않았다.

론은 용병으로 있을 때 비슷한 상황을 제법 겪었다. 이른바 신고식이라고나 할까.

대개 용병은 험한 흉터를 경험의 증거로 생각했다. 그래서 흉터 없이 말끔한 론의 얼굴을 보고 얼뜨기 취급하는 치들이 많았다. 낯선 곳으로 이동할 때마다 시비가 걸렸다.

그러면 개중 하나만 잡아서 기선제압하면 상황 종결이었다. 반발해서 두 번째로 나서는 자는 없었다. 이겨 봤자 본전이고 지면 망신이기 때문이다. 원수 사이가 아닌 다음에는 그 정도로 마무리되었다.

론은 신입 기사들의 심리 상태도 그때의 용병들과 거의 유사하다고 짐작했다.

'기를 꺾으려는 의도는 아니었는데 결과적으로 그렇게 된 건가.'

충성하는 내 기사들과 검술을 나누고 격의 없이 농담도 하고.

이미 잊은 줄 알았던 어린 시절의 꿈이었다. '성주님의 기사들'이라는 마커스의 한마디에 유치한 감성이 되살아났다.

엄밀히 따지면 저들은 '내' 기사들이 아닌 것을.

'여기까지만 할까.'

론은 자신에게 다가오는 집사를 발견했다. 갑자기 등장한 집사는 뜨겁게 끓어오르는 물에 던져진 차가운 돌 같았다. 기사들은 이후의 상황을 잔뜩 기대했다가 방해자로 난입한 애꿎은 제드를 노려보았다. 영문을 모르는 제드는 따끔따끔 찌르는 시선을 애써 무시했다.

"성주님. 대현자님께서 오셨습니다."

"언제?"

"오신 지는 좀 되셨는데 아델 아가씨를 먼저 보시고 지금은 성 주님을 기다리고 계십니다."

론은 나직이 탄식했다. 아델이 계속 레바스 성에서 머물지 여부에 대해 데보라와 확실하게 결론을 내지 않았다는 사실을 잊고 있었다.

"아델은? 집무실에 대현자님과 함께 와 있나?"

"아닙니다. 모셔 올까요?"

"아니, 그럴 건 없다. 코우 수장, 손님이 오셨다니 가 봐야겠소."

론은 마음이 다급해졌다. 데보라는 아델에게 함께 가자는 제안을 했었다. 이번에도 설득하러 왔을 것이다. 아델을 데리고 가 버릴지도 모른다.

론은 집사와 함께 홀을 나갔다. 길을 터 주는 기사들이 일렁거리는 눈빛으로 고개를 숙였다. 전대 성주였던 시마는 검을 전혀 쥘 줄 몰랐다. 그런데 새 주인께서는 검을 능숙하게 다룰 수 있었다. 기사들은 뿌듯한 감정으로 벅차올랐다.

"앨런 코우!"

마커스의 목소리가 쩌렁쩌렁하게 울렸다. 순식간에 조용해졌다.

"예. 단장님."

"자네는 기사 훈련의 책임자다. 이것밖에 못하나?"

"송구합니다."

마커스는 사납게 신입 기사들을 노려보았다.

"패배에 겁을 먹어? 한심한 놈들!"

신입 기사들은 창백한 표정으로 식은땀만 삐질삐질 흘렸다.

"너희들은 뭐가 그렇게 재밌나? 후배의 실수가 즐거워?"

마커스의 노여움이 자신에게까지 미치자 기사들은 입을 딱 다물었다. 곧 닥쳐올 후환에 표정이 잔뜩 어두워졌다.

"다들 봤을 것이다. 성주님께서는 어설픈 실력은 간파할 수 있는 분이다. 모두 더욱 실력 향상에 매진해야 할 것이다."

"예!"

날이 서 있던 마커스의 눈매가 스르르 풀렸다. 사실 그렇게 화가 나 있지는 않았다. 갑작스러운 이벤트가 그도 즐거웠다. 넋 놓고 있는 둘째 아들놈이 솔직히 부러웠다. 주군과 비무할 기회는 아무나 갖는 것이 아니다.

"기사단에 새 식구가 들어온 날이다. 후배를 따뜻하게 맞이해 주도록. 오늘은 마음껏 축하해도 좋다. 내일 오전 훈련은 취소하겠다."

눈치를 살피던 기사들이 비죽비죽 웃다가 함성을 질렀다.

3장
위험한 증거

"아델이 결정했습니까?"

론은 긴장한 채 데보라의 대답을 기다렸다.

"결정했네."

데보라는 느긋하게 찻잔을 들어 한 모금 마셨다.

"그런데 내게 유감이 있어 보이는군."

"있습니다."

"있다고?"

"반칙을 하셨으니까요."

"반칙이라니?"

"지난번에 아델에게 함께 가자고 하셨다지요. 제가 아델과 친
해지기 전에 대현자님께서 그런 제안을 하신 건 반칙입니다."

데보라는 웃음을 터뜨렸다.

"그래서 그동안 많이 친해졌나?"

론은 쉽게 대답하지 못하고 망설였다.

"모르겠습니다. 여자아이는 참 어렵더군요."

론의 대답에 데보라는 더 신뢰감을 느꼈다. 진지하게 고민하고 진심으로 다가가려고 노력하고 있다는 말로 들렸다.

아델과 이야기해 보았기에 알 수 있었다. 조금이라도 성에서 지내는 생활이 불편했다면 그렇게 밝은 웃음은 없었을 것이다. 자신의 처지와 기형적인 성장 이상 문제 때문에 예민한 아이였다.

데보라는 처음부터 눈앞의 청년이 어딘지 모르게 멀게 느껴졌다. 친구의 손자라는데 완전한 타인 같았다. 아무래도 친구와 닮은 구석을 찾을 수 없어서 그랬을 것이다.

수십 년 만에 처음 만난 조모, 그리고 알게 된 자신의 신분 앞에서도 그저 냉정하기만 했던 청년이었다. 사실 데보라는 그 점이 더 믿음직했다. 마법사는 감정보다는 이성에 치우친 존재였다. 이성에 기반한 판단이 더 정확하다고 믿었다.

다만, 그의 냉정함이 아델에게 상처를 줄까 봐 걱정했다. 그런데 괜한 우려였던 모양이다.

"아델은 나와 함께 가지 않겠다고 했네."

론은 작은 숨을 내쉬었다.

"앞으로는 어쩔 건가? 아델의 성년 생일까지 아홉 달? 열 달?"

"네. 그쯤 남았습니다."

"계속 저렇게 둘 수는 없을 테지."

"사교 활동을 하고 싶다면 도와줄 생각이지만, 아직은 아델이 원하지 않습니다."

"사교계에 내보내려고?"

"아델이 원한다면요."

"그 문제는 급한 게 아니지. 내가 말하는 건 아델이 성년이 되고 난 이후의 행보라네."

론은 데보라가 하고자 하는 말을 알 수 없었다.

"뭐가 달라집니까?"

"그럼 아델을 계속 성에서 지내게 할 셈인가?"

"당연⋯⋯."

데보라가 진심으로 곤란하다는 표정을 짓는 모습을 보며 론은 입을 다물었다.

"시마라면 상관없겠지. 하지만 자네는 달라. 지금은 조용해서 실감이 나지 않을 거야. 자네가 언제까지 성 안에만 박혀 지낼 수는 없지 않나."

레바스의 새 주인은 대단한 화제를 불러일으킬 것이다. 호기심을 자극할 조건을 갖추었다. 레바스는 근래에 유일하게 가주의 지위를 승계했고, 갑자기 나타난 후계는 베일에 싸여 있다.

대가문은 언제나 하란의 백성들에게 관심의 대상이었다. 대가문 소식만 다루는 가십지가 한둘이 아니었다. 세상일에 초연한 마법사들도 대가문의 소식에는 귀를 기울인다.

전대 성주의 상을 치른 지 얼마 되지 않아서 말 많은 자들이 애써 예의를 지켜 주고 있었다. 하지만 그들의 인내심은 곧 바닥 날 것이다.

"성년이 넘은 미혼 남녀가 함께 지내면 어떤 뒷말이 나올지 정말 모르겠나?"

론은 말문이 막혔다. 그런 문제는 생각도 해 보지 않았다.

"아델은 어립니다."

"자네. 생각보다 순진하군."

"……."

데보라의 말을 이해 못 하는 것이 아니다. 용병으로 지내며 더럽고 추악한 세상의 민낯을 경험했다. 그는 순진하지 않았다.

아델을 처음 봤을 때 론은 아이의 미모가 위험하다고 생각했다. 세상에 넘쳐 나는 것이 변태성욕자였다.

"자네를 의심해서가 아니야. 나는 자네를 알고, 아델도 아니까. 그런데 사람들은 그렇지 않거든. 남의 말은 생각 없이 마구하지."

"예. 무슨 말씀인지 알겠습니다."

데보라가 진짜 걱정하는 것은 따로 있었다. 남의 말 따위는 무시하면 그만이다. 정말 두 사람의 관계가 변화할 가능성이 가장 문제였다.

'여자아이는 금방 자라.'

아델은 영리한 아이였다. 아델과 대화해 보면 아델도 그걸 알고 있었다. 비록 겉모습은 어려도 마음은 성숙하다고 아델은 굳게 믿고 있었다.

하지만 아델은 어렸다. 데보라가 보기에는 어린아이였다. 어릴 때부터 깊은 성 안에서 오직 할머니만 바라보며 살았다. 아델의 순수함이 완벽하게 지켜질 수밖에 없는 환경이었다. 사람과 사람의 관계를 배울 기회가 거의 없었다.

전부였던 할머니를 잃고 대신 그 자리를 차지한 사람이 젊고 매력적인 남자였다. 아이의 마음이 변하지 않는다고 누가 장담할 수 있겠는가.

'아델이 자네에게 연정을 품게 되면 그 아이는 아주 많은 상처를 받게 될 거야.'

성장이 멈추어 버린 소녀는 절대 여자가 될 수 없었다.

지금까지와 비교할 수 없이 아델은 자신의 처지를 비참해하며 괴로워할 것이다.

'다치기 전에 데려가고 싶지만.'

성에서 지내고 싶다는 아델의 생각이 확고했다. 그래서 같이 가자고 강하게 말할 수 없었다.

'아델이 성년이 되면 성에서 나간다는 생각을 하고 있으니 괜찮겠지.'

이것저것 물어서 대답을 들어 보니 아델은 아직 성주를 그저 좋은 보호자로만 생각하고 있었다.

"아델에 관한 일은 나중에 천천히 이야기하세. 지금은 내가 시간이 없군."

데보라는 품에서 작은 가죽 주머니를 꺼내 소파 테이블에 올렸다.

"난 이것만 전해 주고 오늘은 그만 가 보겠네. 전에 부탁했었지. 대륙에서 일어난 사건의 증거물을 보고 싶다고 해서 일부를 가져왔네."

주머니를 바라보는 론의 눈가가 파르르 떨렸다. 그는 안에서 울컥 치미는 뜨거운 것을 꾹 삼켰다.

레바스 성에 온 이후에 그는 한시도 다른 생각을 할 틈이 없었다. 배울 것도 많고 해야 할 일도 많았다. 주변은 평온했으며 조금씩 이곳의 생활에 적응하고 있었다.

주머니를 보자마자 깨달았다. 그의 분노는 조금도 식지 않았다. 오히려 너무 뜨거워서 애써 누르고 있었다. 형제의 원한은 여전히 그에게 고통이었다.

"뭔가 알아내셨습니까?"

"전혀."

"……예. 잊지 않고 신경 써 주셔서 감사합니다."

론은 주머니를 손에 쥐고 꽉 주먹을 쥐었다.

*　　　*　　　*

소파에 앉아 론은 테이블 위의 주머니를 노려보았다.

'무엇이 들었을까.'

주머니는 작았다. 겉으로 만져 보니 딱딱한 작은 덩어리가 있었다.

'아무것도 아닐지도 모른다.'

어떤 단서도 되지 못할 증거일 가능성이 컸다. 마법사들이 조사해서 아무것도 알아내지 못했다.

론은 벌떡 일어나서 책상으로 갔다. 의자에 앉아 가장 아래 서랍을 열어 두툼한 봉투를 꺼냈다. 서랍 안에 넣어 둔 이후에 처음 꺼내는 것이었다.

봉투 안에는 그가 덴버에서 정보상을 고용해 받은 내용이 들어 있었다. 거금을 들여 산 정보였다.

그는 안에 들어 있는 문서를 꺼내 펼쳤다. 얼마나 읽고 또 읽었는지 종이 끝에 잔뜩 손때가 탔다. 눈을 감고 암기할 수 있을 정도였다.

그는 두 손을 깍지 끼고 고개를 숙여서 이마를 기댔다. 눈을 감고 과거를 되짚었다. 이 또한 수없이 하고 또 했던 일이었다.

'시작은 대장이 큼직한 일거리를 받아 왔을 때였다.'

대장은 의뢰를 받아 온 첫날에 선금으로 받은 돈을 뿌리며 거하게 술을 샀다. 무려 용병대 전부를 고용하는 일이었다.

론이 속한 용병대는 제멋대로인 용병들을 모아 놓은 것 치고는 그럭저럭 잘 굴러가는 편이었다.

개중에는 정말 상대도 하고 싶지 않은 망나니 같은 놈도 있었지만, 한 가지만은 확실했다. 용병대에 속한 자들 중에 어설프게 칼질하는 자는 없었다.

진짜 실력 있는 용병은 드물었다. 그러니 론이 속한 용병대는 제법 이름이 있었고 몸값도 높았다. 용병대 전원을 고용하려면 거액이 들었다. 론이 용병대에 들어온 이래 용병대 전원을 고용한 일감은 손에 꼽았다.

론이 의뢰가 어쩐지 이상하다고 생각하게 된 계기가 있었다. 용병 서넛이 모여서 하는 대화를 우연히 들었다.

「사울 왕국?」
「거기서 용병을 모으고 있대서. 가 보려고.」
「뭐야. 전쟁 난대?」
「백작령인데 국경 근처는 아니야. 영지전이겠지.」
「그래? 나도 가 볼까.」

영지전은 기세 싸움에 가까웠다. 영주가 자신의 군대를 잔뜩 끌고 와서 서로의 힘을 저울질하다가 협상했다. 같은 왕을 섬기는 영주끼리 정말 칼을 들고 싸우는 일은 거의 없었다.

진짜 전쟁은 용병들도 피했다. 국경에서 국적이 다른 영주끼리의 영지전은 대개 전쟁의 전초전인 경우가 대부분이었다.

'용병을 모은다고?'

론은 수십 명의 용병대를 전부 고용한 영주가 추가로 용병을 모집한다기에 이상하다고 생각했다.

'전쟁인가?'

어디서도 전쟁이 일어난다는 말은 듣지 못했다. 그리고 용병을 모집한다는 미튼 백작령은 사울 왕국의 한가운데였다.

'아니면 내전이 벌어지나?'

하지만 사울 왕국은 왕이 건재하게 자리를 지키고 있었다. 왕좌를 놓고 왕자들이 싸운다지만, 그건 어디서나 벌어지는 일이었다.

대장을 찾아가서 일의 내용을 물었다.

「그걸 왜 물어?」

대장은 자못 퉁명스러웠다. 용병대가 군대는 아니어도 서열은 있었다. 아래 서열이 대장이 대표로 받아 온 일의 내용을 묻는 것은 '너를 못 믿는다.'라는 말과 같았다.

「뭔지 모르면 난 빠질 거야. 속는 건 한 번으로 충분해.」
「그 일로 내게 주먹질한 것도 봐줬다. 그거면 됐지, 언제까지 물고 늘어져?」

대장에게 속아서 론이 이상한 파티에 참석한 일을 들추면 대장은 겸연쩍어했다. 항상 사내는 믿음이 중요하다고 말했으면서 스스로 어긴 셈이기 때문이었다. 구시렁거리면서 대장은 순순히 말해 주었다.

「영지전이라기보다는 호위에 가깝다. 찻잎의 교역권을 두고 다른 영주와 싸우고 있는데 사 둔 귀한 찻잎을 도둑맞을 일이 걱정되나 보더라. 의심 가는 자가 있는데 대놓고 의심할 수 없다나. 뭐, 대충 골치 아픈 정치니 뭐니 관련되어 있겠지.」

다른 용병도 모집하고 있다고 하니까 대장은 대수롭지 않게 말했다.

「열 손이 도둑 하나 못 잡는다지만, 또 모르지. 손이 백 개면 잡을지도.」

이상하긴 했지만, 대장의 말처럼 별일 아닐 거라고 생각했다. 대장은 론보다 훨씬 오랜 시간 진창을 구른 노련한 칼잡이였다. 용병대에 애송이는 없었다. 다들 이상한 낌새에 몸 빼는 재주는 갖고 있었다. 론은 그들의 실력을 믿었다.

'그때 좀 더 알아봤어야 했는데.'

후회해도 이미 늦었다.

론은 눈을 뜨고 문서를 보았다.

'빌어먹을 정보상 놈들.'

볼 때마다 속이 터졌다. 거금을 주고 의뢰한 정보는 전혀 만족스럽지 않았다.

론이 원한 것은 백작령에서 벌어진 사건의 진상이었다. 실제로 정보상이 건네준 내용은 백작령의 영주와 얽힌 복잡한 정치적 관계였다. 빤질거리던 정보상이 눈앞에 있으면 당장 면상에 주먹을 꽂고 싶었다.

어쩌면 당연한 일이었다. 백작령에서 벌어진 사건에 생존자는 없었다. 죽은 자는 말이 없다. 정보 상인이 아무리 유능해도 영혼을 불러내서 물어볼 재주는 없을 터였다.

하지만 다른 의미에서 덴버의 정보상에게 감탄했다. 대단히 정치적으로 민감한 정보들이 잔뜩 들어 있었다.

론이 할 수 있었던 것은 정보를 바탕으로 사건의 진상을 알거나 관련되었을 것으로 짐작하는 자를 추려 내는 것뿐이었다.

최종 의심 가는 중심인물이 둘이었다.

'미튼 백작.'

사건이 일어난 백작령의 영주.

미튼 백작은 대외적으로 많은 손해를 입었다. 다량의 찻잎이 못 쓰게 되어 버리면서 거액을 배상했다고 들었다.

「찻잎을 도둑질하려고 침입한 자들과 일부 용병이 내통

했다. 배신한 용병은 다른 용병을 속여 독이 탄 술을 먹였
다. 용병들끼리 칼부림이 벌어지고 영지의 병사들은 침입
자를 추살했다.」

백작이 공식적으로 밝힌 사건의 진상이었다.

'개소리.'

의뢰를 수행하는 중에 술을 마실 멍청한 용병은 없다. 최소한 론이 속한 용병대에 그런 병신은 없었다.

백작의 공식적인 발표를 보고 론은 오히려 확신했다. 밝힐 수 없는 뭔가가 있었다. 백작이 자신의 영지에서 무슨 일이 벌어졌는지 모를 리가 없었다.

'왕자 베르토.'

사울 왕국의 3왕자. 유력한 왕위 계승권자였다.

미튼 백작은 베르토 왕자의 외숙이었다. 베르토 왕자는 외가의 힘이 약했다. 외숙에게 힘을 실어 주려고 찻잎 교역권을 외숙이 얻는 일에 영향력을 발휘했다.

차는 사울 왕국의 특산품이었다. 값비싸게 타국에 판매하는 찻잎의 교역권은 피터지게 싸우는 이권이었다. 귀한 찻잎을 잘못 관리해서 못 쓰게 되는 바람에 기껏 차지한 교역권을 다시 내놓게 되었다.

거액의 배상금이 문제가 아니라 교역권을 잃은 것이 더 큰 손해였다. 중요한 이권이 걸려 있으니 백작령에서 벌어진 일을 베르토가 모를 리가 없었다.

찻잎의 교역권을 희생할 만큼의 중요한 일이 대체 무엇이었을까.

정보를 바탕으로 추측하는 데 한계가 있었다. 정확한 정보를 얻기 위해서는 두 사람에게 직접 접근해야 했다.

론은 자신의 처지를 돌아보며 절망했었다. 그는 일개 용병에 불과했다.

아주 치밀한 계획을 세우고 목숨을 걸면 백작의 목 정도는 벨 수 있을지도 모른다. 하지만 거기까지였다.

그러나 대가문의 주인, 레온 레바스가 할 수 있는 일은 무척 많다. 그에게는 이제 권력도 재력도 있었다.

'백작과 왕자의 주변을 다시 조사해 봐야겠어.'

덴버에서 정보를 받았을 때는 사건이 벌어진 지 두 달이 채 되지 않을 무렵이었다. 그 후 반년이 훌쩍 넘었다.

'차 교역권은 지금 누가 갖고 있는지부터.'

당시의 사건이 차 교역권과 관련이 있는지는 확실하지 않았다. 하지만 어쨌든 백작과 왕자 사이의 확실한 연결고리였다.

그는 다시 문서를 정리해서 봉투에 담아 원래 두었던 서랍에 넣었다. 무거운 한숨을 내쉬며 끓어오르는 울화를 눌렀다. 오랜만에 다시 들추었더니 체한 것처럼 명치가 아팠다.

그는 다시 소파에 앉아 테이블에 놓인 주머니를 노려보았다. 한참 주저하다가 겨우 주머니를 잡았다. 거꾸로 들어 조심스럽게 내용물을 쏟았다.

툭, 소리가 나면서 테이블 위로 검은 조각이 떨어졌다.

'돌……?'

주머니를 만져 보니 더 잡히는 것이 없었다.

'이게 증거?'

큰 기대는 없었지만, 맥이 빠졌다.

'받은 즉시 확인해서 대현자님께 여쭈어 봤어야 하는 건데.'

마법사들이 무엇에 초점을 맞추어 증거물을 조사했는지 알면 짐작 가는 곳이 있을지도 모른다.

'백탑에 연락을 넣어야겠군.'

그는 주머니에 넣으려고 돌조각을 집어 들었다. 그리고 움찔 놀라 돌조각을 놓쳤다.

'방금. 뭐지?'

손끝에 닿은 느낌이 아주 이상했다.

다시 잡아서 자세히 보려고 눈앞으로 가져오는데 갑자기 눈앞이 핑 돌아서 돌을 주먹 안으로 쥐었다. 그는 고개를 흔들고 눈을 깜빡거렸다. 잠깐의 현기증은 금방 사라졌다.

'피곤했나.'

쿵. 갑자기 거대한 힘이 내리친 것처럼 온몸이 울렸다.

"윽."

그는 억눌린 비명을 지르며 인상을 찌푸렸다.

쿵! 좀 더 큰 굉음이 터졌다. 실제로 소리가 나지는 않았으나 그의 귀에는 들렸다. 그의 몸 안에서 울리는 소리였다.

돌을 쥔 손바닥 안쪽에서 열기가 퍼져 나갔다. 순식간에 팔을 따라 어깨까지 쭉 올라갔다. 뜨거운 것 같기도 하고 차가운 것 같기도 했다.

그는 일어나려다가 다시 주저앉았다. 불로 달군 칼이 등을 헤집는 것처럼 아팠다. 등이 불에 타는 것 같다.

그의 이마가 순식간에 식은땀으로 젖었다. 창백한 안색은 핏기가 없었다. 그는 한쪽 팔로 발작처럼 떨리는 몸을 감싸 안았다. 비명조차 나오지 않는 끔찍한 고통이었다.

그는 똑똑히 기억했다. 이 지독한 고통이 무엇인지 알고 있었다.

그는 조각을 쥔 주먹을 바라보았다. 돌조각이 그의 등에 남은 괴물의 흔적에 동조하고 있었다.

그의 의식이 곧 까맣게 어두워졌다.

* * *

거대한 흑색 문으로 다가가는 아델은 긴장했다.

문을 지키는 기사들이 자신의 앞을 가로막고 고개를 내저을지도 모른다고 생각했다. 하지만 그들은 두말없이 문을 열고 비켜 주었다.

"정말 들어가도 되나요?"

열린 문 안쪽을 보며 아델은 재차 확인했다.

"아가씨께는 언제든 문을 열라고 성주님께서 명하셨습니다."

아델은 목에 걸린 반지를 손에 꽉 쥐었다.

그녀는 어두운 계단을 조심조심 내려갔다. 그와 함께 딱 한 번 가 본 가문의 방까지 문제없이 도착했다. 돌문에는 둥근 수정이 박혀 있었다.

'여기에 손을 올렸더니 열렸지.'

혹시 해서 아델은 그를 흉내 내서 수정을 만졌다. 빛이 뿜어 나오지도, 문이 열리지도 않았다. 그녀는 수정을 관찰하다가 매끈한 수정의 윗부분에 작고 둥근 홈이 팬 것을 발견했다.

'이건가?'

그녀는 목걸이를 벗어 반지를 홈에 넣었다. 수정에서 붉은빛이 뿜어 나오자 화들짝 놀라 뒤로 물러났다. 붉은빛이 푸른빛으로 바뀌더니 스르릉 돌문이 열렸다.

아델은 석실 안으로 들어갔다. 그리고 가장 오른쪽의 문을 열었다. 기척을 감지한 어두운 방에 불이 들어왔다.

그녀는 시마의 초상화 앞에 섰다. 가장 나중에 그려진, 기억하는 할머니의 모습에 가까운 초상화 앞에 두 손을 모으고 무릎을 꿇었다.

"할머니. 도와주세요."

그녀는 간절한 기도를 시작했다.

"레온이 아파요. 그 사람은 할머니의 하나뿐인 손자잖아요.

할머니가 지켜 주서야 해요."

집무실에 갔다가 쓰러져 있는 그를 발견했다. 그 후 꼬박 하루가 지나도록 그는 깨어나지 못했다.

아델은 공포에 휩싸였다. 아무 일도 손에 잡히지 않았다. 하얗게 질려서 안절부절못하는 아델이 안 되어 보였는지 멜은 수틀을 가져다주었다. 수를 놓으면 마음이 진정된다는 멜의 권유가 그럴듯하게 들렸다.

끝내 한 땀도 놓지 못했다. 바늘을 꽂는 손끝이 덜덜 떨렸다. 자수를 망칠 것 같아서 수틀을 치워 버렸다.

할머니가 쓰러졌을 때와 달랐다. 그때는 막연한 두려움이었다. 그러나 이미 가까운 사람의 죽음을 겪은 그녀의 공포는 구체적이고 현실적으로 다가왔다. 아무리 불러도 대답하지 않는 할머니의 얼굴과 차갑게 굳은 손의 촉감이 눈앞에 아른거렸다.

할 수 있는 일이 아무것도 없다는 것도 그녀를 초조하게 했다.

「성주님의 의식이 돌아오면 즉시 알려 드리겠습니다.」

집사의 말만 믿고 방에서 기다렸다. 기다리지 못해서 몇 번 보낸 하녀들은 닫힌 성주의 침실 앞에서 다시 되돌아왔다.

지난 밤 거의 한숨도 자지 못했다. 아침이 와서 침실이 밝아지는 광경을 멍하게 보고 있었다.

느닷없이 떠오른 것이 가문의 방이었다. 할머니가 보고 싶다는 생각이 들자마자 그녀는 지체 없이 가문의 방으로 왔다.

"제가 또 혼자가 되지 않게 도와주세요. 무서워요, 할머니."

눈을 감은 그녀의 속눈썹이 젖었다. 간절하게 중얼거리는 그녀의 목소리가 떨렸다. 고작 할 수 있는 일이 이것뿐이었다.

두서없이 떠들던 아델은 엎드려서 와앙, 울음을 터뜨렸다.

한바탕 울고 나서 비틀거리며 일어났다. 한참 무릎을 꿇고 있었더니 다리가 저렸다.

미소를 짓고 있는 시마의 초상화를 바라보았다. 자신을 위로해 주는 것 같았다. 그녀는 다시 후끈해지는 눈을 비볐다.

아델은 천천히 주변을 둘러보았다. 초상화의 방은 내부 구조가 매우 길었다. 전에 왔을 때는 할머니의 초상화만 보고 나오느라 자세히 구경하지 않았다.

'가문의 시조님께도 기도해 보자.'

아델은 안쪽으로 걸어 들어갔다. 가장 깊은 안쪽의 막다른 벽에 걸린 한 폭의 초상화는 특별 취급을 받고 있었다. 출입문과 정면으로 마주 보는 벽에 걸린 초상화는 오직 하나뿐이었다.

'이분이……?'

막연하게 상상한 모습과 딴판이었다.

'레바스 가문의 시조께서 여인이었단 말이야?'

기묘한 초상화였다. 아름다운 금발 머리의 여인이 갓난아이의 이마에 입을 맞추고 있었다. 하염없이 흐르는 눈물을 화가가 생생하게 그려 냈다. 여인의 눈물에는 기쁨도 슬픔도 있었다. 정면을 바라보고 미소 짓고 있는 전형적인 다른 초상화와 전혀 달랐다.

'초상화가 아닌 것 같아. 시선이 전혀 화가를 의식하지 않는 걸.'

아델은 그림에 대해 잘 알지 못하지만, 이 그림을 그린 화가가 대상을 어떤 눈으로 바라보았는지 느껴졌다. 그림 속의 여인은 아름답고 우아하며 숭고해 보였다. 사람이 아닌 여신 같았다.

'보라색이…… 아니야.'

한참을 바라보다가 퍼뜩 깨달았다. 그림 속의 여인의 눈동자는 초록색이었다.

그림에서 눈을 뗄 수가 없었다. 넋을 놓고 그림을 바라보는 아델의 심장이 귀에 들릴 정도로 쿵쿵 뛰었다.

'나는…… 이분을 알아.'

설명할 수 없는 느낌이었다.

'어떻게 알지? 수백 년 전의 사람인데.'

한참 그림을 바라보고 있으니 혼란이 찾아왔다. 이유 모를 친숙함이 느껴지는데 누군지는 기억에 없었다.

곰곰이 생각해도 답을 찾지 못해서 초상화의 방을 나왔다.

어두운 복도를 걷고 있었다.

'이건 꿈이야.'

꿈이지만, 꿈이라고 자각하는 이상한 꿈이었다. 어디로 가는지 모르고 아델은 걸었다. 맨발인지 바닥에 발바닥이 닿을 때마다 차가웠다. 꿈 치고는 대단히 생생한 감각이었다.

여긴 어딜까. 레바스 성 안의 어딘가겠지.

『아니야. 자세히 봐』

속삭임이 들려왔다.

'뭘?'

『정말 이곳이 네가 생각하는 그곳인지』

'아니긴 뭐가 아니야. 레바스 성이 아니면……. 어?'

분명히 복도를 걷고 있었다. 어느새 그녀의 주변이 나무가 우거진 무성한 숲으로 변했다.

'정원으로 나온 건가?'

아델은 청량한 기운이 가득한 숲을 걸었다. 해가 막 떠오르기 직전처럼 주변이 어스름했다. 걷다 보니까 정원은 아니었다. 훨씬 넓고 뿜어내는 기운이 강렬했다.

'여긴 어디지?'

『너는 알고 있어』

'안다고? 난 여기 처음 와 보는걸.'

『처음이 아니야. 넌 매일 밤 이곳에 와.』

'난 성에서 나간 적이 없어.'

『우리는 항상 똑같은 말을 나누지. 그리고 너는 기억을 못 해.』

'대체 넌 누구야? 왜 이상한 말을 해?'
아델은 주변을 둘러보았다.

『이쪽으로 와. 내가 누군지 알려 줄게.』

'어디로?'

『계속. 앞으로 계속.』

속삭이는 목소리가 알려 주는 대로 아델은 걸었다. 이게 꿈이라고 생각하기 때문인지 정체 모를 목소리가 그다지 무섭지 않았다. 무섭기는커녕 자신을 해치지 않을 거라는 막연한 믿음이 있었다.

'호수가 보여.'

끝없이 이어질 것 같았던 우거진 숲이 갑자기 탁 트이면서 호수가 나타났다. 붉은 물감을 풀어 놓은 것 같은 물빛이었다. 호숫가에 서서 아델은 주변을 보았다. 옅은 안개가 호숫가를 감싸고 있었다. 숨 막히게 조용했다. 어떤 기척도 느껴지지 않았다.

'넌 어디 있어?'

『더 가까이』

'가까이 갔다가는 빠져 죽을 거야.'

아델이 짜증스럽게 말하자 작은 웃음소리가 들렸다. 재미있어 하는 웃음이었다.

『그렇지 않아. 더 가까이 가. 호수 안으로』

아델은 조심히 호수에 발을 담갔다. 차가움에 놀란 것도 잠시, 설명할 수 없는 상쾌한 느낌이 온몸을 훑고 지나갔다.

『날 봐』

'어디를?'

『호수 안을』

아델은 고개를 숙이고 수면을 바라보았다. 멀찍이 볼 때는 꺼림칙했던 붉은 물빛이 가까이 보니까 훨씬 은은했다. 생각보다 맑고 안쪽 깊이까지 보였다.

'아무것도 없다고.'

『아니야. 내가 있어.』

보이는 것이라고는 수면에 비친 자신의 모습뿐이었다. 가만히 있으니 흔들리면 수면이 잠잠해지면서 더 선명하게 아델의 모습이 나타났다. 대체 뭐가 있다는 거야. 슬슬 짜증이 나려는데 수면에 비친 자신의 모습이 생긋 웃었다.

비명을 지르며 주저앉는 대신에 아델은 살짝 미간만 찡그렸다. 생각보다 놀라거나 무섭지 않았다. 마치 예상이라도 한 것처럼. 꿈이기 때문일 것이다. 어차피 꿈이니까 깨어나면 끝이었다.

'넌 유령이야? 아니면 물귀신?'

수면 속의 아델의 모습이 웃었다. 아주 즐겁게.

『나는 너야.』

'내가 너라고?'

『잘 봐. 똑같이 생겼지?』

'목…… 목소리는 달라!'

『같아. 내 목소리는 네 목소리야』

그런가? 비슷한 것 같기는 했다. 처음 들었을 때부터 목소리
가 낯설지 않다고 생각했다.
'네 말이 맞다면 우리는 왜 둘이지?'

『둘이 아니야. 하나인데 너는 너 자신을 전부 기억하지
못하고 있어』

'나는…….'
말문이 막혔다. 아델 스톤. 자신의 이름 이외에 아델은 아무것
도 아는 것이 없었다.
'그럼 네가 알려 주면 되잖아. 너는 나라며.'

『말했잖아. 우리는 매일 만나서 같은 이야기를 해』

'매일?'

『어서 기억해야 해.』

'무슨 소리야? 내가 기억하기 싫어서 기억하지 않는 건 아니라고. 내가 왜 기억을 못 하는 건데?'

『봉인했거든. 우리는 아주 무서운 일을 겪었어. 우리를 집어삼킬 정도로. 우리는 자아를 잃지 않기 위해서 작은 방을 만들고 그 안에 나쁜 기억을 모두 담아 문을 잠갔지. 그런데 잠그지 않아도 되는 기억마저 잠가 버린 거야.』

'나쁜 기억인데 그냥 모르는 채로 두면 안 되는 거야?'

호수 수면에 비친 아델의 모습이 한숨을 쉬면서 고개를 설레설레 저었다. 아델은 자신의 모습이면서 느낌이 다른 자신을 보고 있으니 기분이 이상했다.

『이렇게 생각이 얕고 한심한 것이 나라니.』

'……너 되게 무례하다?'

수면 속에서 아델이 픽 웃었다. 지금 비웃었어. 아델은 기가 막혔다. 또 다른 자신이라고 주장하지만, 도통 동감할 수 없었다. 수면에 비친 아델은 어딘지 모르게 오연한 시선으로 아델을 바라보았다.

『기억을 찾아야 해.』

'잠겨 있다며.'

『문을 열어야지.』

'어쩌라고.'
아델은 뾰로통하게 대꾸했다.

『다행히 열쇠 하나를 찾았어.』

잔잔한 수면이 흔들리기 시작했다. 비추어진 아델의 모습이 일렁거리며 흩어졌다. 다시 잔잔해지는 수면에 나타난 사람을 보면서 아델은 크게 눈을 떴다.
'당신은······.'
초상화의 방에서 보았던 레바스 가문의 초대 가주. 초록색 눈 동자의 아름다운 여인이 아델을 바라보며 부드럽게 웃으며 말 했다.

『……찾고 있어.』

'뭘?'

『나를 찾고 있어. 조심해!』

아델은 눈을 떴다. 아침의 햇살이 침실을 환하게 밝히고 있었다.

'또 이상한 꿈.'

아델은 힘겹게 일어나 앉았다. 새벽에 겨우 잠들어서 몹시 피곤했다.

"나를…… 찾고 있다고?"

어느 때와 마찬가지로 기억나는 것은 목소리뿐이었지만, 조금 달라졌다. 드디어 앞부분이 불분명했던 문장이 완전한 뜻을 갖추었다.

그런데 오히려 더 수수께끼였다.

"그게 누군데?"

목소리의 주인이 누군지 모른다. 그러니 목소리가 칭하는 '나'가 누구인지, 누가 '나'를 찾고 있는 것인지, 이게 무엇을 경고하고자 하는지도 모르겠다. 곰곰이 생각해 보니까 시간이 지날수록 목소리는 선명해지고 문장은 뜻을 갖추었다.

더구나 오늘 꿈은 평소와 다른 점이 또 하나 있었다.

'왜 초대 가주님의 모습이 꿈에 나왔지?'

시답지 않은 꿈으로 치부하기에는 지나치게 선명했다.

4장
로건

"……님."

무거운 눈꺼풀을 간신히 밀어 올렸다. 머릿속이 멍했다.

"정신이 드십니까?"

자신을 내려다보는 남자의 얼굴을 응시했다. 낯익었다. 그런데 어쩐지 무척 오랜만에 보는 느낌이었다.

"내가……."

"갑자기 정신을 잃으셨습니다. 마차 안은 더 불편하실 것 같아서 그늘로 모셨습니다."

눈을 껌벅이다가 눈을 굴려 주변을 살폈다. 무성하게 우거진 나뭇가지가 하늘을 가리고 있었다. 커다란 나무 밑 그늘에 누워 있는데 침대처럼 등이 푹신했다.

몸에 제대로 힘이 들어가지 않았다. 일어나려고 끙끙거리니까 남자가 도와주었다. 남자의 힘이 좋은지 살짝 거들어 주는데도 한결 수월했다. 남자의 팔을 붙드는 자신의 손이 작았다.

이렇게 작았던가. 어린아이의 손이었다. 바닥을 짚으니 물컹하고 미끈해서 돌아보았다.

'이끼였구나.'

푹신한 자리의 정체였다.

상체를 일으키자 모여 있는 사람들이 보였다. 마차 몇 대와 분주하게 움직이는 사람들이 있었다. 말과 병사들도 보였다.

지금 사람들과 먼 길을 가는 중이었다. 어디를 가는 중이었더라. 고개를 돌려서 아직 자신의 어깨를 잡고 지탱해 주는 남자를 보았다. 남자의 이름이 기억났다.

"지크 하워드."

"예."

"내…… 기사."

"예."

남자는 기쁘다는 듯이 웃었다. 웃는 얼굴을 보니까 화가 났다. 기억이 점점 돌아왔다.

왕국 최고의 기사 지크 하워드. 원하기만 하면 왕의 곁을 지킬 자격이 충분했다. 실력도 성품도 나무랄 데 없다는 기사는 알고 보니 멍청이였다. 보장된 미래를 다 내버리고 아무것도 줄 수 없는 자신을 따라왔다. 기사는 주인을 바꾸지 않는다는 헛소리를 지껄였다.

주인은 무슨. 자신은 아직 기사의 충성 서약을 받을 나이도 자격도 없었다. 지크는 자신에게 묶일 이유가 전혀 없었다.

"아직 열이 많이 나십니다. 좀 더 누워 계시겠습니까?"

"아니."

소년은 억지로 다리에 힘을 주어 일어났다. 휘청거리는 몸을 지크가 부축했다. 일어나니까 키가 지크의 가슴께밖에 되지 않았다. 고개를 들어 지크의 얼굴을 보다가 시선을 내려서 하얗고 작은 자신의 손을 보았다.

형편없이 약한 자신이 싫었다. 고작 마차에 앉아서 가는 일조차도 제대로 못하고 병이 났다.

"출발해."

마차를 향해 성큼성큼 걷고 싶은데 다리가 후들거렸다. 넘어질까 봐 염려되어 뒤에서 바짝 쫓아오는 지크의 기척이 느껴졌다. 다행히 마차까지 가는 동안 볼썽사납게 넘어지지 않았다. 마차에 오르려다가 고개를 돌렸다.

"하워드 경."

"예."

"내 이름이 뭐지?"

잠깐 의아한 기색이었으나 충실한 기사는 대답했다.

"로건 밀라우스."

"로건……."

분명히 자신의 이름이 맞는데 기이한 위화감이 느껴졌다.

"아직 늦지 않았어. 지금이라도 돌아가."

지크는 싱긋 웃었다. 그리고 항상 했던 대답을 망설임 없이 다시 반복했다.

"제 주인은 당신입니다."

눈을 떴다. 눈에 열이 올라서 시야가 흐릿했다.

자신이 누군지 혼동이 일어났다. 로건인가, 론인가, 레온인가. 대답을 해 주듯 누군가가 곁에서 다급히 그를 불렀다.

"정신이 드십니까? 성주님."

론은 흐릿하게 웃으면서 눈을 감았다. 이쪽이 현실이었다. 로건 밀라우스는 오래전에 죽었다. 다시는 돌아가고 싶지 않은, 돌아갈 수도 없는 사무치게 그립고 아픈 과거의 기억이었다.

"……님. 성주……."

부르는 소리가 귓가에서 멀어졌다. 론은 다시 깊은 잠에 빠져들었다.

붉은 호수의 숲은 두 나라의 국경에 반씩 걸치는 광활하고 넓은 숲이었다. 숲의 중앙에 위치한 호수의 물빛이 붉은색을 띠어 마시면 탈이 난다고 했다.

하늘을 찌르는 높은 나무가 우거진 숲은 한낮에도 어두웠다. 숲을 지나가려면 새벽에 해가 뜨자마자 부지런히 이동해야 했다. 오후가 되면 더는 앞이 보이지 않아서 움직일 수 없었다.

오래전에 두 나라의 교류가 활발할 때는 숲에 제대로 길이 나 있었다. 그런데 선대 왕 때 틀어진 관계가 좀처럼 풀리지 않으며 세월이 지났다. 두 나라를 오가는 지름길이었던 숲의 길도 자연스레 폐쇄되었다.

오랫동안 쓰지 않은 길은 엉망이었다. 길을 식별할 정도는 되었으나 마차가 제대로 속도를 낼 수 없었다. 느릿하게 움직이는 마차는 심하게 덜컹거렸고, 여름이라 안쪽이 바깥보다 더웠다.

흔들리는 마차에 탄 소년의 안색이 창백했다. 땀에 젖은 몸은 끈적거리고 몸이 흔들릴 때마다 속이 뒤집힐 것 같았다. 하지만 소년은 절대 힘들다는 내색을 하지 않았다. 흐트러지지 않은 자세로 표정 없이 앉아 있었다.

말을 타고 마차를 호위하던 지크가 차창 곁으로 바짝 다가왔다.

"괜찮으십니까?"

"괜찮아."

"잠시 쉬어 갈까요?"

"그럴 필요 없어."

"마차 안이 꽤 더우실 겁니다. 잠시 바람을 쐬시지요."

"하워드 경. 나는 괜찮다고 했다."

"……예. 힘드시면 언제든 말씀해 주십시오."

지크는 작은 한숨을 내쉬며 마차 곁에서 멀어졌다.

얼마간 조용한 이동이 더 이어졌다.

"으억!"

"워워!"

일행의 후미 쪽에서 요란한 소리가 들렸다. 사람들의 비명 소리, 말이 날뛰며 우는 소리와 진정시키는 마부의 목소리 등.

소년은 마차 안에서 소음에 귀를 기울이며 소란이 해결되기를 기다렸다. 길에 난 나무뿌리에 말이 걸려 넘어지기라도 한 건가. 지금껏 오다가 몇 번 벌어진 일이었다.

그런데 기어코 마차가 멈추어 섰다. 그리고 문이 열리며 지크가 고개를 들이밀었다.

"잠시 나와 보셔야겠습니다."

소년은 마차에서 내렸다. 무슨 일인지 설명도 해 주지 않고 지크가 따라오라는 듯이 일행의 후미 쪽으로 걸었다. 장신의 기사 뒷모습이 든든해서 소년은 홀린 듯 뒤를 따라갔다.

외롭고 힘들다. 누구라도 좋으니 자신의 인생에 이정표가 되어 줄 사람이 있었으면 좋겠다고 항상 생각했다. 한 번도 약한 소리를 뱉은 적 없지만, 지크의 등을 보고 있으니 위로받는 기분이 들었다.

걸으며 지나쳐 가는 사람들의 표정이 굳어 있었다. 겁을 먹어 질린 표정으로 수군거렸다.

소년은 멈칫했다. 거대한 붉은 혀를 빼물고 앉아 있는 짐승을 보자마자 눈이 커다래졌다. 내내 무표정하던 소년의 얼굴에 해

맑은 미소가 떠올랐다.

"얀!"

소년은 거침없이 거대한 은회색 짐승에게 달려갔다. 그 모습이 마치 짐승 아가리에 머리를 들이미는 것으로 보였는지 '히익!' 하고 비명을 삼키는 소리가 들렸다.

끔찍한 일은 벌어지지 않았다. 소년은 자신의 키를 넘는 늑대의 목을 끌어안고 매달렸다. 마주 안아 주는 것처럼 늑대의 앞발이 소년의 등을 눌렀다. 늑대는 주인의 목덜미에 코를 박고 킁킁거리며 새끼강아지처럼 끙끙댔다. 커다란 혀가 소년의 얼굴을 핥았다.

"흔적을 따라온 모양입니다."

지크는 모처럼 생기가 감도는 소년의 발그레한 얼굴을 보며 흐뭇하게 웃었다. 거대한 포식자의 등장에 공포에 질린 말은 아직도 투레질을 하고 있었다.

늑대의 난입으로 일행은 잠시 쉬어가게 되었다. 소년은 늑대의 등에 올라타 엎드려 누웠다. 짐승의 털에서는 마른 햇빛 냄새가 났다. 손으로 부드러운 속털을 파고들어 쓰다듬었다. 배 속이 꼬이는 고통도, 골이 울리는 고통도 싹 사라졌다. 사람들은 괴물처럼 덩치 큰 짐승을 애완견처럼 부리는 모습을 경이롭게 바라보았다.

아무도 소년에게 어서 떠나야 한다고 재촉하지 않았다. 그러나 소년은 오래 지체하지 않았다.

"얀, 돌아가. 따라오면 안 돼."

늑대가 낑낑 울었다. 소년은 늑대가 말을 알아들었다고 확신했다. 머리 좋은 늑대는 말로 하지 않아도 소년의 마음을 읽어주곤 했다.

"기다리고 있어. 꼭 돌아갈 테니까. 얌전히 기다려야 한다."

대답처럼 늑대가 커다란 혀로 소년의 손을 핥았다.

"어서 가."

늑대는 맑은 눈으로 소년을 빤히 바라보다가 커다란 덩치를 일으켰다. 일행이 지금껏 오던 길을 되짚어 어슬렁어슬렁 걸었다.

얼마간 걷던 늑대가 몸을 돌렸다. 자신을 바라보는 소년을 보며 끙끙거렸다. 그리고 다시 몸을 돌려 걸었다. 그런 과정을 몇 번이고 반복했다.

지켜보던 사람 중 몇몇이 붉어진 눈시울을 문질렀다. 말 못하는 짐승의 애타는 마음이 가슴을 울렸다. 늑대의 모습이 완전히 보이지 않게 될 때까지 소년은 꼼짝하지 않고 서 있었다.

장면이 바뀌었다.

남자는 축 늘어진 소년의 몸을 안고 숲을 달려갔다.

"하아. 하아."

소년의 입에서는 가쁜 숨소리가 흘러나왔다. 정작 달리는 사람은 따로 있는데 왜 자신이 숨이 찰까.

느리게 감았다가 뜨는 시야에 빠르게 주변이 스쳐 지나갔다. 눈앞이 어지러웠다. 세상이 빙빙 돌았다. 등에서 흐르는 뜨겁고 끈적한 액체로 젖은 옷이 몸에 달라붙었다.

모든 감각이 마비된 것 같았다. 등을 후벼 파는 것 같은 고통이 어느새 무디어져 아프지 않았다. 오히려 목이 타는 갈증이 더 괴로웠다. 그것도 견딜 만했다. 참는 건 자신 있었다.

헐떡이는 숨소리가 눈을 감은 소년의 귓가에 들렸다. 꽤 오래 쉬지 않고 달렸다. 아무리 단련된 기사라고 해도 지칠 것이다.

"정신을 잃으시면 안 됩니다."

흐릿한 시야에 보이는 남자는 금방이라도 울음을 터뜨릴 것처럼 일그러진 표정을 짓고 있었다.

잠깐 눈을 감았다가 뜬 것 같은데 주변이 달라졌다. 소년은 엎드려 누워 있었다. 가까스로 고개를 들어 있는 힘껏 눈을 위로 치떴다. 지크가 먹먹한 눈빛으로 내려다보고 있었다.

"사셔야 합니다. 살아 주십시오."

간절히 속삭인 지크가 등을 돌렸다.

손가락 하나 움직일 힘이 없었다. 버려진 건가. 원망이 아니라 다행이라는 안도감이 들었다. 실력이 뛰어난 기사니까 혼자서 충분히 살아 돌아갈 수 있을 것이다.

지크가 멈추어 서서 가라앉은 눈으로 소년을 바라보았다. 지크는 움직이지 않는데 점점 멀어진다. 소년의 몸이 움직이고 있었다. 정확히 말하면 소년을 태운 통나무배가 물살에 떠내려갔다. 아까부터 요란하게 들리는 소음은 물소리였다.

멀어지는 지크의 모습이 점점 작아졌다. 소년은 그를 향해 힘겹게 손을 뻗었다.

지크가 무엇을 하려는지 어렴풋이 짐작이 갔다. 괴물을 유인해서 소년으로부터 떨어뜨릴 작정인 것이다.

안 돼. 도망가!

내 탓이다. 나만 아니었다면. 따라오지 못하게 했어야 했는데.

자책과 후회가 소년의 가슴속에 아프게 파고들었다.

살려 줘. 내 기사를 살려 줘, 제발.

*　　*　　*

눈을 떴을 때 주변이 환했다. 아침인지 낮인지 가늠할 수 없었다. 그는 침실의 침대 위에 엎드린 채 누워 있었다.

론은 상체를 일으켰다. 등을 덮고 있던 것이 떨어졌다. 뭔지 확인하니까 축축한 물수건이었다. 약초물에 담갔는지 흰 수건은 녹색물이 들어 풀냄새가 났다. 그는 상의를 입지 않은 상태였다.

'오랜만이구나.'

비록 꿈이었지만 그리운 모습들을 보았다. 마치 어제 겪은 일처럼 생생했다. 자책과 후회로 가슴이 먹먹했다.

론은 침대에 앉은 채 두 손으로 얼굴을 감싸고 한숨을 내쉬었다.

정신을 잃기 전에 마지막 기억은 집무실이었다. 어떤 경로로 침실까지 왔는지 기억에 없었다.

'집무실에서 대현자님이 주신 증거물을 보다가……'

그의 두 손이 천천히 아래로 내려왔다. 그의 표정이 차갑게 식었다. 분노에 휩싸인 그의 보라색 눈동자가 이글거렸다.

돌을 쥐는 순간에 온몸을 강타한 강렬한 감각이 무엇인지 그는 알아차렸다. 돌에 담긴 어둡고 끈적한 기운을 경험한 적이 있었다. 그 까마득한 공포를 잊을 수 있을 리가 없었다.

'그 괴물이 다시 나타났다.'

그의 등에 사라지지 않는 거대한 발톱 자국을 남기고, 지금까지 끈질기게 악몽으로 나타나서 그를 집어삼키는 괴물.

그게 언제 적 일인가. 흉터는 남았으나 새살이 돋은 지가 옛날이었다. 다 나았다고 생각했다. 악몽은 그저 당시의 기억을 떨치지 못한 자신의 나약한 마음 때문인 줄 알았다.

'끝이 아니었어.'

괴물의 발톱은 그의 몸에 독을 풀어 놓았다. 시커먼 독이 계속 그의 혈관을 타고 온몸을 돌고 있었다. 돌을 잡자마자 그의 몸 안에 남아 있는 괴물의 독이 같은 기운이 묻어 있는 돌에 반응했다.

근거는 없었다. 설명할 수도 없다. 생사를 넘나들었던 경험으로 체득한 깨달음이었다.

그를 죽음으로 몰아넣은 괴물이 결국 그의 형제의 목숨을 가져갔다. 두 사건은 시간과 공간이 완전히 동떨어졌다. 하지만 그런 괴물이 세상에 둘이 있을 리가 없었다.

괴물의 정체가 무엇인지는 모른다. 당시에 괴물은 명백하게 그를 노리고 있었다. 괴물을 이용하면서까지 누가 그토록 자신을 죽이고 싶어 했는지는 알고 있었다. 애초에 그가 외진 숲길을 따라 이웃 나라로 가는 여정을 시작하게 된 것도 그 사람이 꾸민 일이었다.

'당신이었군.'

무시무시한 괴물이 날뛰어도, 수십의 사람이 다 죽어도 누구도 알아차리지 못하는 멀고 인적 없는 숲에서 흉사가 벌어졌다. 더구나 괴물이 출몰한 장소는 두 나라의 국경이 접하는 부근이었다.

두 나라는 서로의 잘못으로 몰아가며 책임을 미루었을 것이다. 그러면서 정작 사람들의 죽음은 흐지부지되었겠지. 완벽하게 준비된 죽을 자리였다.

아마 그를 비롯한 수십이 넘는 사람들의 죽음은 도적이나 사나운 짐승이 저지른 짓으로 꾸며져 조용히 묻혔을 것이다.

론은 아득 이를 갈았다.

'당신이었어.'

그는 자신의 목숨이 걸린 원한은 덮을 생각이었다. 들출 힘도 없었고 그러고 싶지도 않았다. 짊어진 것들이 너무 버거웠던 그는 당시에 열세 살 아이에 불과했다.

비겁하다고 해도 어쩔 수 없었다. 살고 싶었다. 행복해지고 싶었다. 레온 모자의 가족이 되어서 평범하게 소박한 삶을 살려고 했다.

'그게 그렇게 과한 욕심이었나.'

차라리 자신의 목숨을 한 번 더 노렸다면 이처럼 증오가 턱 밑까지 치밀어 올라 이가 갈리지는 않을 것이다.

건드리지 말아야 할 것을 건드렸다.

그는 주먹을 꾹 쥐었다. 눈앞에 그 사람이 있다면 당장 심장에 칼을 박고 배를 갈라 내장을 헤집고 싶었다. 넘실거리는 분노가 살기가 되어 주먹이 덜덜 떨렸다.

"서…… 성주님?"

고개를 들어 눈이 마주친 집사의 안색이 허옇게 질려 있었다.

론은 눈을 감았다. 몇 번의 호흡으로 끓어넘치는 분노를 달랬다. 다시 눈을 떴을 때 그의 눈빛은 평소처럼 차분하게 가라앉아 있었다.

"괜찮으십니까?"

제드가 그의 눈치를 살피며 조심스레 물었다.

"음."

"의사를 부르겠습니다."

"그전에. 어떻게 된 거지?"

"집무실에 쓰러져 계신 성주님을 침실로 모셨습니다. 고열에 의식이 없으셨습니다."

"이건?"

론은 녹색의 젖은 수건을 눈으로 가리키며 물었다.

"성주님의 등에서 유독 열이 나고 흉터 부근이 부어올라서 혹시 고열의 원인일까 싶어서 의사가 조치했습니다."

곧 의사가 들어와서 론의 상태를 살폈다. 몇 가지 질문을 하고 특별한 이상을 찾지 못한 의사는 아주 전형적인 진단을 내렸다.

"과로로 기력이 잠시 떨어지신 모양입니다. 몸을 보하는 약을 지어 올리겠습니다."

론은 의식이 없어서 몰랐지만, 그가 쓰러진 사이에 피를 뽑아 할 수 있는 검사는 모두 했다. 중독 현상도, 중한 질병도 발견되지 않았다. 원인을 모르는데 의식이 없으니 다들 초조하게 성주가 깨어나기를 기다리고 있었다.

의사가 나가고 루터가 방문했다.

"깨어나셨다는 소식을 들었습니다. 좀 어떠십니까?"

"유난스럽게 굴 것 없소. 잠시 몸이 안 좋았을 뿐이니."

루터는 낮은 헛기침을 하고 말했다.

"성주님. 꼬박 이틀 동안 의식이 없으셨습니다."

"……이틀?"

"예. 아마 조금만 더 늦게 일어나셨으면 눈 뜨셨을 때 모여든

가신들을 모두 보셨을 겁니다."

"……."

시간이 그렇게 갔는지 몰랐다. 얼마 전에 세상을 떠난 전대 성주가 반년이 넘도록 혼수상태였으니 뒤를 이은 성주의 갑작스러운 의식불명 상태에 이들이 얼마나 불안했을지 짐작이 갔다.

"아무래도 성주님께 과도한 부담을 드렸나 봅니다. 이후에는 충분한 휴식 시간을 가지실 수 있도록 조절하겠습니다."

과로라는 의사의 처방이 루터는 꽤 신경 쓰이는 모양이었다.

루터가 돌아가고 론은 집사를 불러 물었다.

"내가 손에 쥐고 있던 물건이 있었을 텐데. 검은색의 돌조각이다."

"아, 예. 계속 꽉 쥐고 계셨습니다. 침실로 모실 때까지 쥐고 계셨는데 손에 힘을 주고 있으니 근육이 긴장하여 좋지 않다는 의사 말에 아가씨께서 빼내어 챙겨 두셨습니다."

"아델이?"

되묻는 어조에 언짢은 기색이 드러나서 제드는 어깨를 움츠렸다.

"예. 아가씨께서…… 걱정을 많이 하셨습니다."

"제드."

"예. 성주님."

"내가 쓰러졌다고 사방팔방 소문내고 다닌 건가?"

"아닙니다. 아가씨께서 성주님을 뵈러 찾아오셨기에 말씀드리려고 안으로 들어왔더니 성주님께서 쓰러져 계셨습니다. 바로 아가씨도 뒤따라 들어오시는 바람에……."

론은 긴 한숨을 내쉬며 머리를 쓸어 올렸다.

"아델 불러와."

"예. 성주님."

제드가 도망치듯 자리를 피했다.

론은 침대에서 내려왔다. 침대에 있는 모습보다는 이제 괜찮다는 모습을 보여 주는 편이 좋을 것 같았다. 실제로 몸 상태는 괜찮았다. 열이 높았다는데 지금은 다 내렸고 돌을 만졌을 때 느꼈던 등의 통증도 전혀 없었다.

옷을 갈아입고 침실을 나오다가 막 응접실로 들어오는 아델과 마주쳤다.

아델은 문 앞에 서서 꼼짝하지 않았다. 물끄러미 그를 바라보는 시선이 불안하게 흔들렸다.

"아델."

가까이 오라고 손짓하는데 아델은 움직이지 않았다.

론은 조심스럽게 다가가서 눈높이에 맞추어 몸을 숙였다. 창백하게 핏기가 없는 소녀의 얼굴이 오히려 더 환자 같았다.

그는 손을 뻗어 잠시 주저하다가 아델의 머리를 쓸어 넘겨주었다. 아이의 어린 살결처럼 부드러운 머리카락이 손가락에 감기는 느낌이 좋았다.

아델은 거리끼는 기색이 없이 얌전히 손길을 받았다. 그를 바라보는 동그란 눈동자에 담긴 눈빛이 그를 향한 신뢰를 담고 있었다.

"괜찮……아요?"

"괜찮아."

"열이 많이 났어요. 불러도 듣지 못했어요."

"놀라게 했구나."

가까이서 보는 아델의 눈동자에는 공포가 가득했다. 겁먹은 아이의 눈을 보며 그는 적잖이 당황했다.

"정말 다 나은 거예요?"

"아무렇지도 않아. 의사도 아주 건강하다고 그랬어."

"……할머니도 갑자기 그랬어요."

아델의 눈에 눈물이 맺혔다. 쓰러져 있는 그를 봤을 때 발밑이 무너지는 것 같았다.

그가 절대 할머니의 대신은 될 수 없다고 생각했다. 하지만 이번 일로 알았다. 생각한 이상으로 그에게 많이 의지하고 있었다. 레바스 성이 든든한 보금자리가 될 수 있는 건 그가 뒤에 서 있기 때문이었다.

"무서웠단 말이에요."

파란 눈동자에 맺힌 눈물이 툭툭 떨어졌다.

론은 한쪽 팔로 아델의 어깨를 감싸며 품으로 당겨 안았다. 작은 몸이 저항 없이 품 안으로 들어왔다. 두 팔이 그의 목을 감으며 안쪽으로 파고들었다. 그의 가슴께에 고개를 묻고 아델이 흐느껴 울었다.

"미안해."

잘못한 것이 없는데 사과하지 않을 수 없었다. 지독히 나쁜 짓을 한 것 같은 죄책감이 들었다. 가슴이 저릿해서 그는 두 팔로 아델의 등을 감아 바짝 끌어안았다.

손아귀에 잡히는 아이의 몸이 가냘프다. 차마 힘주어 잡을 수도 없었다. 지켜 주고 싶다. 어떤 아픔도 슬픔도 모르게 좋은 것만 보고 좋은 말만 듣게 해 주고 싶다.

'이렇게 작은데.'

성년? 숫자로 셈하는 나이에 대체 무슨 의미가 있는지 모르겠다.

'내보내야 한다고?'

데보라의 우려가 무엇인지 머리로 이해하면서도 받아들이기 싫었다.

바깥은 위험했다. 아이는 금방 상처를 입을 것이다. 그게 어른이 되는 길이라고 해도 꼭 어른이 되어야 할 이유가 있는가. 놓을 수 없다. 놓기 싫었다.

론은 훌쩍거리는 아델의 등을 토닥토닥 두드렸다. 대체 뭐가 이 아이를 이렇게 놀라게 했을까. 세상을 떠난 전대 성주의 침대에 쓰러져 서럽게 울던 모습이 떠올랐다.

단 한 사람이라도 진심으로 슬퍼해 주는 사람이 있다는 것만으로도 성공한 삶일 거라고, 우는 아델을 보며 생각했었다.

아델의 작은 울타리 안에 자신이 들어갈 수 있으면 좋겠다. 그는 슬그머니 욕심이 났다.

그는 아델을 안고 일어났다. 여전히 그의 목을 두 팔로 꼭 감은 채 아델은 그에게 찰싹 달라붙어 있었다. 그는 소파에 앉아서 아이의 등을 부드럽게 쓸어 주었다. 울음을 그친 작은 어깨가 흔들림 없이 잠잠해졌다.

아델은 온몸에 힘을 풀고 그에게 푹 기댔다.

'편해.'

그의 품은 할머니처럼 부드럽지 않지만, 넓고 안정감이 있었다.

할머니의 달콤한 향만큼 그에게서 나는 시원한 바람 냄새가 좋았다. 이런 좋은 냄새를 가진 사람이 그녀를 해롭게 할 리가 없었다.

'이 사람은 괜찮아.'

그를 믿고 싶은 작은 마음의 소리가 그녀의 귓가에 속삭였다. 조심스럽게 그의 언저리를 빙빙 돌 때는 목에 뭔가 걸린 것 같았다. 작은 경계심마저 모두 버리고 나니 더없이 마음이 편안했다.

할머니 곁에서 영원히 할머니와 함께한다고 믿을 적에 느꼈던 아늑한 안정감이었다.

"레온."

"응."

불러 놓고 그를 빤히 보더니 아델은 그의 어깨에 고개를 비비며 배시시 웃었다. 론의 눈이 살짝 커졌다가 부드럽게 휘었다. 올 듯 말 듯 새침하게 굴던 새끼 고양이가 만져도 좋다고 손에 작은 머리를 들이미는 것 같았다.

'일어나기 싫어.'

아델은 그에게 기대 누운 채 갈등했다. 이제 막 깨어난 그를 더 괴롭히지 말고 일어나야 한다는 걸 알면서도 생각뿐이었다.

소르르 잠이 왔다. 이틀 내내 밤새 뒤척이며 제대로 잠을 못 잤더니 항거할 수 없이 무겁게 눈이 내리 감겼다.

론은 새근새근 잠들어 버린 아델을 보며 웃었다. 손가락 끝으로 통통한 하얀 볼을 눌러 보았다. 감은 속눈썹이 움찔 움직이다가 살짝 올라갔다. 론은 놀라서 달래듯 등을 두드렸다. 다시 눈을 감은 아델의 숨소리가 고르게 들렸다.

'돌아가신 성주님의 심정을 알겠군.'

무방비하게 잠든 모습을 보고 있으니 가슴 안쪽 어딘가가 간질거렸다. 보는 것만으로도 기분이 좋아서 눈을 뗄 수가 없었다.

그는 아델이 깨지 않도록 조심스럽게 고쳐 안아 일어났다.

'낮잠이니까 곧 일어나겠지.'

론은 아델을 남쪽 탑에 데려다 놓는 대신 자신의 침실로 들어가서 침대에 눕혔다.

그는 침실을 나와서 제드에게 말했다.

"저녁 식사 시간을 넘겨서까지 자면 깨우고. 저녁은 아델과 같이 먹겠다."

"예. 성주님."

"앨런에게 집무실로 오라고 전해."

"예. 한데 오늘은 쉬시는 편이 좋을 듯합니다, 성주님."

론이 멈추어 서서 고개를 돌리자 졸졸 따라가던 제드는 움찔
했다. 조마조마한 심정으로 혹시 말실수를 했나 자신을 돌아보
았다.

"다음에 같은 일이 있으면 아델은 놀라지 않도록 적당한 핑계
로 돌려보내. 그 정도는 알아서 처리할 수 있잖아."

"……예. 부족한 일처리로 심려를 끼쳐 송구합니다."

론이 다시 몸을 돌려서 걷기 시작했다. 제드는 소리 없이 한숨
을 내쉬었다.

레바스 성에는 집사가 둘이 있었다.

여집사 마틸다는 여자 고용인의 관리 및 소소한 성의 내부 살
림살이 전반을 맡아 꾸렸다. 남집사 제드는 남자 고용인의 관리
및 성주의 시중을 들었다.

전대 성주를 보필하고 여전히 집사의 직을 수행하는 마틸다
와 다르게 제드는 일을 맡은 지 몇 년 안 되었다. 집사 직무는 가
업이었다. 몇 년 동안 아버지께 배우면서 임시 집사로 일하다가
전대 성주가 타계하면서 부친도 은퇴했다.

제드는 본격적으로 모시기 시작한 새 주인이 어려웠다. 이유
없이 트집을 잡는 건 아닌데 은근히 까다로웠다.

젊은 주인의 성격은 보통이 아니었다. 처음에는 일곱 가문의

수장들이 가져오는 서류를 말없이 읽고 하는 말을 묵묵히 듣기만 했다. 그런데 시간이 지날수록 관계가 역전되고 있었다.

잠자코 듣기만 하다가 질문이 늘어나더니 최근에는 거의 토론 수준이 되었다. 날카로운 질문에 허를 찔려서 일곱 가문의 수장들의 표정이 흐트러지는 횟수가 점점 늘어났다. 남이 당하는 모습을 구경하는 건 재미있어도 본인 일이 되면 죽을 맛이었다.

'아가씨를 대하실 때만 딴 사람 같단 말이야.'

전대 성주께서 얼마나 아델 아가씨를 귀하게 여겼는지 잘 알고 있었다. 하지만 품에 끼고 사랑을 쏟던 전대 성주도 지금 성주님만큼 아델 아가씨 일에 깐깐하게 굴지는 않았다.

'하긴, 아가씨도 마찬가지지. 낯을 많이 가리는 분인데 성주님과는 잘 지내시니까.'

제드는 몇 년 동안 임시 집사였다. 아델과 인사를 하면서 안면은 튼 지 몇 년 되었다. 볼 때마다 인사를 해도 항상 자신을 낯선 사람 대하듯 했다. 도통 곁을 내어 주지 않는 아가씨였다.

'아무래도 성주님보다는 아가씨께 더 신경 써야겠어.'

제드는 능력 있는 집사였다. 제대로 처신하는 법을 본능적으로 알고 있었다.

＊　　　＊　　　＊

론은 집무실의 책상 위에 놓인 작은 주머니를 보고 멈칫했다.

'아델이 챙겼다고 했지.'

주머니를 들어 만져 보니 안에 단단한 덩어리가 잡혔다.

안을 열어서 다시 내용물을 확인하고 싶지 않았다. 주머니는 서랍 깊숙이 넣어 두었다.

부름을 받아 들어온 앨런에게 궁금한 것을 물었다.

"레바스에는 대륙의 정보를 전담으로 다루는 관리자가 없더 군."

존재조차 모르던 혈육을 넓은 대륙을 뒤져 찾아냈으니 론은 레바스 가문에서 자체적으로 운영하는 정보 조직이 있는 줄 알 았다. 그런데 아무리 조직 구성을 살펴도 그런 건 없었다.

"예. 그렇습니다."

"원래부터 없었나?"

"제가 알기로는 조직한 적이 없습니다."

하란의 대륙 진출은 시대의 흐름이었다. 대가문 중에서는 레 바스만 유일하게 동참하지 않았다. 론이 보기엔 레바스는 운이 좋았다. 하란이라는 배경이 고립 노선을 취하는 레바스의 폐쇄 성을 보완해 주었다. 대륙이었다면 도태되어 망국에 이를 것이 다.

'바실 수장의 말대로 개인적인 비극사의 탓이 크겠지.'

대륙 출신의 귀족을 남편으로 맞이한 시마가 단지 보수적인 성격 때문에 폐쇄적인 정책을 고수했을 것 같지는 않았다. 레온 의 친부, 에단은 대륙에 무척 관심이 많아서 빈번하게 살펴보러

나갔다고 했다. 시마는 아들의 죽음 이후에 반발하듯 대륙에 관심을 거두었다고 루터는 말했다.

"그럼 날 어떻게 찾았지?"

"따로 일을 처리한 사람이 있습니다."

"가문과 관계없는 외부인인가?"

앨런은 어떤 식으로 설명해야 할지 잠시 고민했다. 에릭은 가문을 박차고 뛰쳐나갔다. 뿌리는 분명히 이곳에 있으나 현재는 아니었다.

"에릭 바실입니다."

"바실……?"

"예. 바실 수장의 아들입니다. 현재 덴버에 위치한 학원에서 교수로 재직 중입니다. 정보를 다루는 일에 능한 자들과 인맥이 있어서 도움을 주었습니다."

"어쩌다 교수가 되었지? 바실 수장과 문제가 있었나?"

앨런은 친구의 사정을 아는 대로 설명했다.

에릭은 자신이 왜 집을 나가 교수가 되었는지 앨런에게 속내를 모두 털어놓은 적이 없었다.

「레바스 성에서는 내가 할 일이 없어.」

처음에는 친구의 말을 이해하지 못했다. 할 일이 왜 없단 말인가. 에릭은 고문관 루터의 하나뿐인 아들이었다. 아버지의 뒤를 이어받을 능력도 충분히 되었다.

친구의 말뜻을 대충의 눈치로 이해한 것은 더 나중이었다. '할 일'이 없는 것이 아니라 '하고 싶은 일'이 없다는 것이었다.

에릭이 원하는 보직은 반복적인 서류 처리에 머리를 싸매는 관리가 아니라 활동적이고 적극적이며 주도적인 역할을 할 수 있는 일이었다.

앨런은 에릭이 교수로 평생 사는 것은 아깝다고 생각했다. 기회가 온 김에 성주에게 친구의 능력을 띄우며 천거했다.

앨런의 노림수는 충분히 먹혔다.

"만나 보고 싶군."

"예. 오라고 하겠습니다."

앨런이 반색했다.

"아니, 만나고 싶은 사람이 찾아가는 것이 옳아. 멋대로 오라 가라 할 수는 없지."

"예? 하오시면……."

"덴버라고 했으니……. 지금 다녀올 수 있겠지?"

"예. 출발 준비하겠습니다."

앨런은 침착하게 대답했다. 다른 곳이면 몰라도 덴버라면 빠르게 다녀오는 것이 가능했다.

덴버에는 하란으로 바로 이동할 수 있는 이동 마법진이 설치되어 있었다. 국경을 거치지 않고 하란으로 입국할 수 있는 유일한 방법이었다. 소수의 사람만이 아는 사실이며 사용할 수 있는 자격도 아주 제한되었다.

*　　*　　*

자유도시 덴버는 여러모로 유명한 곳이었다.

들어오는 사람을 막지 않고 떠나는 사람을 잡지 않았다. 이름처럼 자유로운 곳이었다. 대륙의 어떤 국가에도 속하지 않았다. 도시를 지배하는 시장이 존재하기는 한다는데 봤다는 사람은 거의 없었다. 그야말로 최소한의 치안 유지만 하고 모든 것은 덴버를 드나드는 사람의 자유에 맡겼다.

풀 한 포기 나지 않는 불모의 사막에 세워진 도시는 자유라는 달콤한 열매를 따 먹으며 시간이 지날수록 하루가 다르게 발전했다.

덴버는 알려진 것처럼 무법지대가 아니었다. 사람이 죽어 나가도 모르는 우범 구역이 있는가 하면 물샐틈없는 경비로 안전한 구역도 있었다. 이른바 안전 구역이라 불리는 학원가에는 몇 개의 학원이 모여 있었다.

테소 종합 학원은 명문으로 이름이 높았다. 덴버에 최초로 설립된 학원이며 하란의 공립 학원이었다. 처음에는 학생 대부분이 하란 출신이었지만, 근래에는 대륙 각국에서 몰려든 귀족이나 왕족들의 학생 비율이 거의 반을 차지할 정도로 높아졌다.

"하여튼, 대륙 출신은 피곤해."

에릭은 구시렁거리면서 수업을 마치고 교수실로 가는 길이었다.

그가 가르치는 정치학은 꽤 민감한 과목이었다. 대륙 출신의 재학생 비율이 높아지면서 토론 수업을 하면 꼭 논쟁이 벌어졌다. 꽉 막힌 일방적 주장을 늘어놓는 학생은 어김없이 대륙 출신의 왕족이나 고위 귀족이었다.

새파란 어린놈이 어리석은 백성이란 소리를 지껄일 때마다 뒤통수를 후려치고 싶었다.

오늘은 조교가 나오지 않는 날이라 교수실은 잠겨 있었다. 문을 열고 안으로 들어가자마자 에릭은 조교의 책상에 높이 쌓인 노트들을 발견했다.

"아, 맞다. 과제가 있었어."

채점을 해야 조교가 정리해서 학점을 낼 수 있을 것이다.

과제 검사를 조교에게 맡기는 교수들이 많지만, 에릭은 학생의 성적 관리는 모두 직접 했다. 가끔은 적당히 게으름을 피우고 싶은데 타고난 성격 때문에 잘 안 되었다. 차라리 몸이 피곤한 것이 속 시원했다.

과제물을 한 무더기 들어서 테이블에 옮겨 놓고 소파에 앉아 채점을 시작했다. 점수가 매겨진 과제물이 빠르게 쌓여 올라갔다.

똑똑, 노크 소리가 들렸다. '예.' 하고 대답하자 문을 열고 들어오는 사람은 앨런이었다.

"왔냐."

에릭은 짧은 인사만 건네고 다시 과제로 시선을 내렸다.

앨런은 가끔 에릭을 만나러 덴버에 왔다. 에릭이 동부에 오지 않으니 친구 얼굴을 보려면 어쩔 수 없이 앨런이 움직여야 했다. 가끔 연락 없이 갑자기 방문해도 늘 어제 만났다가 오늘 보는 것처럼 어색함이 없었다. 그들은 그만큼 오래된 친구였다.

"에릭, 성주님께서 네게 하실 말씀이 있다고 하신다."

"음. 말해, 귀로는 듣고 있으니까."

"직접 네게 하실 거야."

"나 지금 바쁘다."

"결례했군. 오랜 시간을 빼앗지는 않겠네."

낯선 목소리가 들리는 방향으로 에릭이 고개를 돌렸다. 친구 녀석 옆에 처음 보는 남자가 서 있었다. 푸른 머리카락, 그리고 보라색 눈동자. 누구인지 짐작하기는 어렵지 않았다. 놀라서 자신도 모르게 벌떡 일어났다.

"정 시간이 안 되면 하던 일을 계속하게. 귀로는 들을 수 있다고 했으니 그래도 되고."

태도를 지적하며 비꼬는 건가. 에릭은 눈을 가늘게 뜨고 보라색 눈동자와 시선을 마주쳤다. 요즘 대륙에서 온 신분 높은 제자들의 건방진 태도에 은근히 속이 뒤집히던 터였다. 성주라는 권위에 자신이 바로 꼬리를 내릴 거라고 생각했다면 단단히 착각한 것이다.

"그 정도도 곤란하겠나?"

묻는 어조가 담담했다. 에릭은 눈에 들어간 힘을 풀었다. 흘 끗 앨런을 보니까 안절부절못하는 기색이었다. 친구를 곤란하 게 하고 싶지 않았다.

"아닙니다. 귀한 분께서 오셨는데 홀대할 수 있겠습니까. 장 소를 옮기시겠습니까?"

"이곳도 괜찮네."

안쪽의 닫힌 문을 열고 들어가면 에릭의 개인 연구실이었다. 중요한 손님을 맞이하기에 더 알맞았다. 그러나 에릭은 안으로 들어가자고 권하지 않았다. 안이 너무 엉망이었다. 조교가 나름 대로 깔끔하게 정돈해 둔 이곳이 차라리 나았다.

소파 테이블에 잔뜩 쌓인 과제물을 대충 치우고 에릭은 론과 소파에 마주 앉았다. 앨런은 경비를 서겠다며 복도로 나갔다.

"에릭 바실입니다. 성주님께 인사드립니다."

"바실 수장의 아들이라고 들었네. 바실 수장은 통 그런 이야 기를 하지 않아서 말이야."

"그런 분이지요. 엄연히 전 동부를 떠난 사람이니까요. 어쩐 일로 저를 찾아오셨습니까?"

이리저리 재고 탐색하고 싶지 않아서 에릭은 대놓고 물었다.

"나를 위해서 일할 생각 없나?"

직접적인 대답이 되돌아왔다. 젊은 성주의 내심을 가늠해 보 려 했으나 도무지 표정에서는 아무것도 읽을 수가 없었다.

에릭은 철저한 정보를 바탕으로 신중하게 움직이는 편이었다. 갑자기 찾아온 터라 마음의 준비가 안 되었고 미리 수집한 정보도 없었다. 그래서 내심 지금 상황에 당황하고 있었다.

"레바스를 위해서가 아니라 성주님을 위해서, 입니까?"

론은 피식 웃었다. 핵심적인 것을 확인하는 에릭의 질문이 마음에 들었다.

"레바스를 위해서 일하는 사람은 많아. 난 내 사람이 필요하거든."

"제 무엇을 믿고 그런 제안을 하십니까?"

"못 믿지."

"……."

"자네를 모르는데 어떻게 믿겠어? 반대로 자네는 날 믿나?"

대체 무슨 말장난인가, 미간을 찡그리던 에릭의 표정이 진지하게 가라앉았다.

"못 믿습니다."

에릭의 대답 역시 평범하지는 않았다.

"신뢰는 한순간에 만들어지는 것이 아니니까."

"옳으신 말씀입니다."

날 믿고 내게 충성하라, 이런 말을 하지 않는다는 점에서 에릭은 레바스의 새 주인이 기본은 갖추었다고 판단했다.

"하지만 자네의 능력은 믿어. 앨런이 자네를 추천했다."

"앨런은 제 친구입니다만."

"그러니까 더 믿을 수 있다는 거지. 앨런이라면 개인적인 친분 때문이라도 자네의 능력을 축소하면 축소했지 부풀려서 내게 말했을 것 같지 않아."

에릭은 고개를 끄덕였다. 성주가 아주 정확하게 친구의 성격을 파악했다. 나이가 많지 않은 성주가 사람을 보는 통찰력이 제법이었다.

"그래도 일단은 자네가 어느 정도의 능력을 지녔는지 확인은 해 봐야겠지."

론은 들고 온 봉투를 테이블에 올려 에릭의 앞으로 밀었다.

에릭은 주저 없이 봉투를 열어 안의 내용을 확인했다. 예의는 지키지만 태도가 당당했다. 론은 그것도 마음에 들었다. 주관이 뚜렷할수록 맡은 일에 최선을 다하고 그런 자들은 비굴하지 않다고 생각했다.

"사울 왕국의 두 사람에 대한 정보가 그 안에 있네. 그들과 알시온 왕국의 연결고리를 찾아 주게. 아주 사소한 것이라도 상관없어."

"저는 그저 학원의 교수입니다."

난데없는 요구라서 에릭은 당황했다.

"날 찾아낸 사람이 자네라고 들었어."

"정확히는 제가 아는 사람들이 한 일입니다."

"학원의 교수가 그런 자들과 알고 지낸 것은 대륙의 정보에 상당한 관심이 있어서라고 생각했는데, 아닌가?"

에릭은 잠시 생각하다가 보고 있던 서류를 다시 봉투에 담았다. 그리고 테이블에 올려 성주의 앞으로 밀어냈다.

"저는 아직 성주님을 위해 일한다고 대답하지 않았습니다. 제가 왜 성주님의 시험을 통과해야 합니까?"

"강요는 아니야. 거절해도 상관없네. 그러면 자네는 이대로 교수로서 경력을 유지하겠지. 하지만 관심이 있다면 생각해 보게. 나는 내 사람을 얻고 자네는 기회를 얻고 서로에게 이득이니까."

서로 밀없이 시간이 지나갔다. 론은 작은 한숨을 내쉬며 서류로 손을 뻗었다. 망설이는 사람을 억지로 끌어당길 생각은 없었다.

론의 손이 닿기 전에 에릭이 봉투를 다시 잡았다.

"하나만 여쭙겠습니다. 레바스는 대륙으로 나갈 예정입니까?"

"내가 성주로서 가장 먼저 시작하는 일이 되겠지."

론의 대답은 확고했다.

'드디어.'

에릭은 올라가려는 입꼬리를 가까스로 끌어내렸다.

"시간제한이 있습니까?"

"내용이 충실하다면 시간은 상관없다."

빠르면 빠를수록 좋다는 말 대신 론은 반대의 대답을 했다. 마음은 급했다. 하지만 급할수록 돌아가라고 했다. 그에게 주어진 시간은 아직 충분히 있었다.

"성주님께서 말씀하신 기회, 잡아 보겠습니다."

에릭이 봉투를 챙겨 들었다.

*   *   *

말콤이 심장을 움켜쥐며 몸을 움츠렸다. 보고하러 들어와 있던 수하가 놀라 다가왔다.

"괜찮으십니까?"

"나가 봐."

말콤이 수하에게 손을 내저었다.

"의사를 부를까요?"

"됐으니 나가 봐! 부를 때까지 아무도 들어오지 마."

수하가 나가고 말콤은 왼쪽 가슴께를 문질렀다. 주인이 그를 부르고 있었다. 누가 허락 없이 들어오지는 않겠지만, 그는 문을 잠그고 책장에 설치한 장치를 조정했다. 책장이 돌아가면서 시커먼 통로가 드러났다.

말콤은 어두운 통로를 따라 걸었다. 얼마간 걷다 보니 온몸이 찌릿찌릿해서 그는 움찔 떨었다. 주인이 쳐 둔 결계에 들어섰다.

그의 심장이 뛰기 시작했다. 등부터 올라오는 스산한 감각은 항상 겪어도 익숙해지지 않았다. 공포와 환희, 도저히 어울릴 수 없는 두 가지 감각이 번갈아 그의 몸을 차지했다.

통로의 끝에 다다랐다. 그는 장치를 조작해 문을 열었다. 통로보다 어둑한 방이었다. 널찍하고 텅 빈 방, 오직 테이블 한 개만 중앙에 놓여 있었다.

테이블에는 여느 때처럼 앉아 있는 한 사람이 있었다. 까만 로브가 어둑한 방 안보다 더 까맣게 보였다. 눈에 보인다는 것이 오히려 기이했다. 방에는 창문이 전혀 없었다.

'빛을 두려워하지는 않으시던데……'

주인은 언제나 어둠을 고집했다. 그렇다고 햇빛이 주인에게 어떤 해를 미치는 것은 아니었다. 햇빛 아래에서 주인을 본 적이 있었다. 주인이 오히려 빛을 어둠으로 잡아먹는 것 같았다.

흔히 사람들은 빛이 어둠을 몰아낼 수 있다고 믿었다. 하지만 말콤의 생각은 달랐다. 빛에 물러나는 어둠은 어둠이 아니었다. 그리고 그의 주인은 진정한 어둠이었다.

"찾으셨습니까."

말콤은 다가가 허리를 숙였다. 긴장되어 입 안이 말랐다. 주인의 앞에 서면 온몸이 저절로 떨렸다.

—계집아이는?

말콤은 대답하지 못했다.

잠시의 침묵에 숨이 막혔다. 등이 식은땀으로 젖었다. 마른침을 삼키며 입을 열었다. 전에 했던 대답을 다시 하려고 했다. 시간이 더 필요하다는 말이었다.

"흐억!"

시야가 뒤집히는 현기증을 느끼며 짧은 비명을 질렀다. 말콤은 강한 힘에 목이 잡혔다. 눈앞까지 다가온 까만 로브 안에서 붉은 두 개의 빛이 번뜩였다.

—무능한 개는 거둘 필요가 없지.

쇠를 긁는 탁음이 섞인 음산한 소리가 귓가에 웅웅 울렸다. 사형선고였다. 말콤은 순간적으로 시야가 아득해졌다.

주변이 바뀌었다. 좁고 어두운 방이 아니었다. 멸망의 날처럼 하늘이 시뻘겋게 물들었다. 폭풍 속에 들어선 것처럼 강한 바람 속에서 말콤의 몸이 무력하게 흔들렸다.

말콤의 목을 쥔 손에서 뭉클뭉클 안개와 같은 검은 기운이 뿜어 나왔다. 사이한 보랏빛 기운이 감도는 거대한 손톱은 말콤의 목을 파고들 것처럼 날카로웠다. 로브로 덮여 있던 어둠의 힘이 거대하게 덩치를 키워 위로 쑥쑥 자라났다. 말콤은 공중에 매달려 닿지 않는 발을 버둥거렸다.

—네놈이 원하는 건 모두 주었다.

목이 눌려 숨이 제대로 쉬어지지 않았다.

―힘을 원해서 힘을 주었다.

끅끅거리는 말콤의 시야에 과거의 잔상이 스쳐 지나갔다. 몸
안에 충만한 힘을 느끼고 광소를 터뜨리던 자신을.

중독되어 빠르게 걷기조차 할 수 없는 몸이었다. 그의 핏속을
돌던 독소를 몰아낸 어둠의 힘이 비루한 그의 몸을 완성시켰다.
어떤 독도 그를 해칠 수 없게 되었다.

―복수를 원해서 복수를 해 주었고.

쇳소리가 섞인 목소리는 뱀의 울음소리처럼 차가웠다.

눈을 질끈 감았다가 뜨자 활활 타오르는 불이 보였다. 수십
채의 집이 타오르는 광경을 말콤은 희열에 차서 바라보고 있었
다.

―권력을 원해서 권력을 주었지.

노예조차도 멸시하는 비천한 태생이었다. 태어나면서 죄인의
핏줄이라는 낙인이 찍혔다. 죽어도 벗어날 수 없는 영원한 굴레
였다.

말콤은 과거의 자신을 파묻고 거대한 상단의 주인으로 다시
태어났다. 아래에 부리는 사람이 셀 수 없이 많아졌다. 영지가

없는 명예이지만, 작위도 받았다.

벌레 취급을 받던 그가 남작님이라는 소리를 들을 날이 오리라고 감히 상상조차 했겠는가.

—내가 네놈에게 원하는 것은 하나뿐이었다!

카발이 눈이 반쯤 풀린 말콤을 쥐고 흔들며 사납게 포효했다.

힘! 카발은 잃어버린 힘을 되찾아야 했다.

카발이 지닌 힘은 세상을 뒤엎을 정도로 강력했었다. 손짓 하나에 무덤 속의 수천 망자들이 몸을 일으켰다. 홀로 대군을 전멸시키는 어둠의 기사 수백을 거느렸다.

오직 힘을 되찾기 위해서 카발은 인간 따위에게 힘을 일부 나눠 주고 뒤로 숨었다.

카발의 분노를 받으며 말콤의 몸이 파들파들 떨렸다. 숨통이 막혀 컥컥거렸다. 온몸의 힘이 빠져나간다. 부릅뜬 말콤의 눈동자에 공포가 가득했다.

'아…… 안 돼!'

말콤은 자신의 온몸이 노인처럼 쭈글쭈글해지는 모습을 상상했다. 순식간에 바짝 마른 몸은 형체 없이 바스라질 것이다. 산 채로 생기를 빼앗기는 느낌은 늪에 빠져 항거하지 못하고 빨려 들어가는 것과 비슷했다. 끔찍한 공포였다.

쾅!

갑작스러운 충격이 온몸을 때렸다. 말콤은 막혔던 기도가 트이자 기침을 토했다. 자신이 바닥에 내던져졌다는 사실을 뒤늦게 깨달았다. 뻘겋게 뒤덮은 하늘이 사라졌다. 강한 회오리도 없었다. 어둡고 조용한 방이었다. 즉시 소매를 걷어 자신의 팔을 확인했다. 멀쩡했다.

"허억, 허억."

말콤은 껵껵거리는 숨을 삼키며 바닥을 기었다. 주인의 발치에 고개를 박았다. 차가운 얼음물에 빠진 것처럼 오한이 들어 주체할 수 없이 온몸이 마구 떨렸다.

—마지막 기회를 주겠다.

"예! 예! 감사합니다. 절대 실망시켜 드리지 않겠습니다!"

눈물 콧물이 저절로 나왔다. 말콤은 쿵쿵 소리가 나도록 바닥에 이마를 박았다.

정신없이 도망치다시피 방을 나왔다.

'안 돼. 이대로 끝날 수 없어.'

죽음이 두렵지 않아 기꺼이 악마에게 영혼을 팔았던 옛날의 말콤은 이제 없었다. 그는 지금 가진 것이 많았다. 잃을 것이 많으니 두려움도 많아졌다.

보고서를 넘기는 말콤의 손짓이 거칠었다. 내용이 도무지 마음에 차지 않는지 인상을 잔뜩 찌푸렸다. 수하는 눈치만 살피다가 말콤이 보고서를 책상에 내던지며 책상을 내리치자 움찔했다.

"이것뿐이냐?"

"죄송합니다. 단주님."

"대체 한 일이 뭐냐! 하란에 사람만 들여보내고 건진 것이 없어!"

수하는 대답하지 못하고 시선을 떨어뜨렸다. 수하를 노려보던 말콤은 벌떡 일어나 제자리를 서성거렸다.

아랫사람이 무능한 탓이 아니었다. 아무리 쥐 잡듯 몰아 봤자 답이 없다는 건 알고 있었다.

거침없이 대륙 곳곳을 샅샅이 뒤지고 다녔는데도 주인이 원하는 아이를 찾는 데 십 년이 넘게 걸렸다. 그것도 고작 그 아이가 하란으로 갔다는 정황증거뿐이었다.

하란은 훨씬 조건이 열악했다. 인력은 턱없이 부족하고 행동을 조심해야 하는 하란에서 원하는 답이 벌써 나올 수가 없었다.

문제는 십 년이 넘도록 인내한 주인이 작은 단서를 잡은 이후부터 조급증을 보이고 있었다.

'차라리 찾지 못한 편이 나았어.'

많은 시간과 노력과 돈을 쏟아부었다. 그러나 하란의 국경은 지독하게 단단한 철옹성이었다. 하란은 신분이 확실하지 않은 자의 입국을 불허하기 때문에 사람을 심기가 여간 어려운 일이 아니었다.

하란의 국경은 마법진 자체이므로 밀입국이 불가능했다. 하란을 환상의 땅으로 생각한 대륙인들이 지금 이 순간에도 꾸역꾸역 몰려가고 있을 것이다. 하지만 입국 허가 없이는 국경을 넘지 못했다.

대륙으로 나온 하란인을 만나는 일은 어렵지 않았다. 친분을 맺기도 쉬웠다. 그들은 철저한 장사치들이었다. 이득을 안겨 주면 누구와도 친구가 되었다.

그러나 그들과의 친분은 딱 거기까지였다. 그들은 하란에 해가 갈 만한 일은 절대 하지 않았다. 하란의 정보에는 딱 입을 다물고 손님으로 대륙인을 초대하는 일조차 몸을 사렸다.

몇 번 헛물만 켜다가 말콤은 다른 방법을 모색했다.

관광이나 유학의 목적으로 하란에 입국하는 귀족의 수행인으로 간자를 끼워 넣었다. 절대 공짜는 아니었다. 간자들이 먹고 자는 기본비용은 물론이고 귀족의 체류비까지 지원해 주어야 했다.

결코 적지 않은 비용이었다. 그러나 정작 원하는 정보는 실마리조차 잡지 못했다.

'사막에서 바늘 찾기도 이보다 낫지.'

대체 어디부터 시작해야 할지 감이 잡히지 않았다.

더구나 간자들은 기껏해야 귀족의 뒤치다꺼리를 하는 역할로 하란에 들어갔다. 고급 정보에 접근할 수 없을 것이다.

'쓰레기 같은 귀족 놈들.'

고작 데려가는 수행원에 사람 한둘 넣어 달라는데 대가로 받아 챙기는 액수가 한두 푼이 아니었다.

'버러지들. 네놈들 전부 내 발밑에서 목숨을 구걸할 날이 올 것이다.'

말콤의 눈에 잔인한 살기가 떠올랐다가 사라졌다.

'이 방법만은 쓰고 싶지 않았지만.'

지금껏 말콤은 가급적이면 자신을 드러내지 않으며 정보를 모았다. 이제는 수단 방법을 가릴 때가 아니었다.

*　　*　　*

카로는 집무실의 문을 두드린 후 잠시 기다렸다가 안으로 들어갔다. 그는 안쪽의 소파에 누워 있는 사내를 물끄러미 보다가 한숨을 내쉬었다.

온종일 소파에서 빈둥거리는 붉은 머리의 사내는 집무실의 주인이자 카로의 주인이었다.

카로는 책상으로 다가갔다. 책상 위는 먼지 한 톨 없이 반질반질 윤이 났다. 울적한 눈으로 텅 빈 책상을 응시했다.

'청소는 쉽겠어.'

거치적거리는 물건이 없으니 하녀가 마른 걸레로 한두 번 문지르면 끝날 것이다.

책상이 온갖 서류와 책으로 정신없이 어지럽던 때가 있었다. 넓찍한 책상이 펜 한 자루 둘 곳을 찾지 못할 정도로 좁았다. 오래전의 일도 아니었다. 새벽까지 집무실을 떠날 줄 모르는 주인에게 홍차를 올리며 그만 주무시라고 타박하던 일이 엊그제 같았다.

주인은 카로가 타 주는 홍차를 극찬했다. 주인께 맛 좋은 홍차를 올리는 일은 그의 즐거움이었다.

그러나 카로가 홍차를 타지 않은 지 꽤 되었다. 주인에게 말로는 못 하는 소심한 반항이었다. 주인은 왜 그러는지 안다는 것처럼 홍차를 요구하지 않았다. 그건 은근히 약이 올랐다.

카로는 소파로 다가갔다.

"각하."

부름에 대답은 들려오지 않았다. 카로는 어차피 주인이 잠들지 않았다는 사실을 알기 때문에 개의치 않고 말을 이었다.

"그랜트 상단주가 찾아왔습니다."

눈을 감은 붉은 머리의 사내, 아이작은 미간을 좁혔다.

"또?"

"예. 네 번째군요. 언제나처럼 각하께서 자리를 비우셨다고 전했더니 그랜트 상단주는 기다리겠다고 했습니다. 어찌하시겠습니까? 이번에도 기다리다가 제풀에 지쳐서 돌아가도록 내버려 둘까요?"

아이작은 눈을 뜨고 일어나 앉았다.

"날 만나자는 이유가 뭘까."

"이유야 많죠."

카로는 심드렁하게 대꾸했다.

"많다고? 어떤 이유?"

"오만가지 이유를 어떻게 다 나열합니까? 각하의 얼굴이 어떻게 생겼는지 궁금해서 찾아왔어도 이유가 될 텐데요."

아이작은 눈썹을 스윽 올렸다. 그의 보좌관은 평소에도 말투가 유순한 편이 아니었지만, 요즘 유난히 툴툴거렸다.

"봉급 올려 줘?"

"그런 거 아닙니다. 하는 일이 있어야 봉급을 받죠. 놀면서 돈만 받으려니 각하께 면목이 없습니다."

말을 돌려서 아이작을 비난하고 있었다. 열 번은 기본으로 꼬아 말하는 사람들을 겪으며 살았다. 그들과 비교하면 카로의 말투 정도는 솔직 담백했다.

하지만 두 사람의 신분 격차를 감안하면 카로는 매우 무례했다. 아이작은 카로의 태도를 지적할 생각이 없었다. 그의 보좌관은 어릴 때부터 건방졌다.

카로는 유모의 아들이며 젖형제였다. 어릴 때는 치고받고 싸우기도 했다. 그러면 거의 아이작이 졌다. 얻어맞고 코피가 터지는 일도 많았다. 아이작의 부친은 아이들 싸움에는 관여하지 않는다며 상관하지 않았다.

그때는 그게 야속했다. 아버지가 아들의 편을 들어주어야 한다고 생각했다. 더구나 카로는 일개 유모의 아들 아닌가. 철없던 어린 시절의 생각이었다. 나중에는 아버지께 감사했다. 그가 든든한 친구이자 수하를 얻을 수 있는 데에 아버지가 도움을 준셈이 되었다.

"내가 쉰다고 할 때 찬성했잖아."

"아예 쉬라는 뜻은 아니었습니다."

카로는 볼멘소리를 했다.

아이작 펠릭스는 2년 전 부친의 뒤를 이었다. 타계한 펠릭스 후작의 슬하에 자식은 아들 둘뿐이었고, 아이작은 장남이자 후계자였다. 권력 있는 귀족 가문에 흔하다는 어떤 분쟁도 없이 그는 부친의 모든 것을 물려받았다.

펠릭스 후작은 수년간 건강 문제로 일선에서 물러나 있었다. 아이작은 이미 아버지를 대신해 많은 일을 처리했다. 스물 남짓한 나이부터 아이작은 훌륭히 자신의 능력을 증명했다.

펠릭스 후작이 타계하자 아이작은 고작 이십 대 중반에 후작이 되었다. 모두 젊은 후작이 야망을 드러내며 정계의 중심인물로 부상할 거라고 생각했다.

그러나 모두의 예측을 깨고 아이작은 칩거를 택했다. 아버지를 잃은 자식으로서 고통을 추스를 시간이 필요하다는 명분을 내세웠다. 젊은 펠릭스 후작의 행보를 모두 신선하게 받아들였다. 아이작이 수년간 아버지를 대신했다는 사실을 아는 사람들이 그를 효자라고 추켜세우며 호의적인 반응을 보였다.

당시에는 누구도 몰랐을 것이다. 펠릭스 후작의 칩거가 수개월이 넘어 2년이 되도록 길어질 거라는 사실을.

그토록 아이작을 만나려고 드나들던 사람들이 이제는 거의 찾아오지 않았다. 수도 번화가에 위치한 후작가의 저택이 한산한 별장 같았다. 카로는 이러다가 주인이 잊힐까 봐 겁났다.

"이 정도면 충분히 쉬시지 않았습니까?"

후작의 장례식을 마친 아이작은 몹시 지쳐 보였다. 새벽까지 일하다가 잠시 눈을 붙이고 다시 일하는 생활을 수년간 했다. 아이작이 당분간 쉬겠다는 말을 했을 때 카로는 적극적으로 찬성했다. 하지만 2년의 휴식은 너무 길었다.

아이작은 아무 말이 없었다. 카로는 숨죽인 채 주인의 대답을 기다렸다.

"……그랜트 상단주에게 가서 전해라. 내가 곧 가겠다고."

"예. 각하."

카로는 반색했다. 아이작은 칩거한 이후에 찾아오는 손님을 항상 만나지 않고 되돌려 보냈다. 드디어 주인이 누운 몸을 일으키려는구나. 카로는 기꺼운 마음으로 재빠르게 움직였다.

혼자가 된 아이작은 긴 한숨을 내쉬었다. 그가 오랜 시간 칩거한 이유는 사람들의 추측과 달랐다.

병석에 누워 있던 부친의 죽음은 예상했던 일이라 감당 못 할 슬픔은 아니었다. 아버지를 대신해 일하느라 쌓인 피로는 며칠 놀고먹으니 싹 풀렸다.

그는 자신의 길을 찾지 못해서 방황하는 중이었다. 아주 오래전부터 그는 방황하고 있었다.

그는 권력욕 때문에 수년간 아버지를 대신해 후작 대행의 역할을 해낸 것이 아니었다. 단지 자식으로서 도리를 다했을 뿐이다.

몇 년 전에 그는 가문을 떠나 대륙 곳곳을 여행할 계획을 세웠다. 가문은 동생이 이어 받아도 된다. 아버지가 건재했다면 실행했을 계획이었다.

아이작은 일어나서 창가로 다가갔다. 창밖에 보이는 풍경은 날씨만큼 스산했다. 앙상하게 드러낸 나뭇가지가 그의 심정을 대변했다.

'살아 계셨다면…… 스물넷인가.'

아무리 상상하려고 해도 장성한 모습이 그려지지 않았다. 아이작의 머릿속에 그분은 영원히 열세 살이었다. 아이도 어른도 아닌 애매한 시기.

위가 아릿하게 쓰려서 그는 인상을 썼다. 울컥 분노가 치밀어 이를 악물었다. 여전히 그는 화가 났다. 억울했다. 분했다. 그렇게 허무하게 사라질 생명이 아니었다.

권세 있는 명문가의 장남으로 태어나서 좌절을 경험한 적이 없는 그는 상당히 오만했었다. 정치는 타협이라고 아버지께 배웠다. 왕과 귀족은 서로 원하는 것을 주고받는 관계일 뿐이라고 생각했다.

그런 그가 유치하다고 비웃던 꿈을 꾸기 시작했다. 희망을 보았다. 고여서 썩어 악취가 풍기는 이 나라를 바꿀 수 있다고 믿었다. 기사가 아니면서 기사가 주군에게 충성하는 기쁨이 무엇인지 알게 되었다. 진심으로 모시고 싶은 주인을 가슴에 품었다.

「아버지. 어차피 주실 거 미리 주시면 안 됩니까?」

그는 아버지께 작위를 달라고 했다가 아버지가 던진 필통에 이마가 깨졌다. 힘없고 어린 자신이 싫어서, 그분을 지킬 수 있는 힘을 어서 갖고 싶어서 조급했다.

주인의 죽음을 알리는 비보를 전해 들은 날, 아이작은 자신의 가슴속에서 무언가가 파삭 깨지는 소리를 들었다. 꿈을 잃은 그의 절망은 어떤 말로도 설명할 수 없었다.

호되게 앓고 깨어난 그의 가슴은 버석하게 말라 버렸다. 더는 이 나라를 위해 무엇도 하고 싶지 않았다.

"각하."

어느새 카로가 곁으로 다가왔다.

"이번이 네 번째라고 했지?"

"예."

"여전히 용무는 말하지 않고?"

"각하께 드릴 말씀이라고만 하고 입을 다물었습니다."

아이작은 몸을 돌려 응접실로 향했다. 속으로는 그랜트 상단주가 자신을 왜 네 번씩이나 찾아왔는지 이유를 찾아보았다.

그랜트 상단주, 말콤 그랜트 백작은 대륙의 거상이었다. 수완이 좋은지 거래하는 나라들과 매우 좋은 관계를 유지했다. 어느 왕국에서 상단의 이름을 딴 백작의 작위도 받았다고 했다. 돈으로 발라 받은 작위겠지만, 그만큼 그랜트 상단이 지닌 영향력이 만만치 않다는 소리였다.

그런데 아이작이 보기에 그랜트 상단주는 이해할 수 없는 행보를 보였다.

'왜 하필 알시온인가.'

그랜트 상단의 본점과 상단주의 저택이 이 나라에 있다. 이득을 중시하는 상인이라면 해서는 안 될 일이었다. 알시온 왕국은 상인이 활동하기에 불리했다.

어느 나라의 조건도 알시온보다는 나을 것이다. 알시온은 지리적인 위치도 좋지 않고 국가 정책이 폐쇄적이었다. 전통적으로 상업을 천시하며 주먹구구식으로 징수하는 세금이 무거웠다.

'대체 얻고자 하는 이득이 뭘까.'

그랜트 상단은 알시온에서 영향력을 행사할 욕심도 없는 듯했다. 권력과 유착하려는 모습이 없었다. 권력자들에게 먹이는 뒷돈이 한두 푼이 아닐 텐데 그걸 회수하려 하지 않았다.

상인은 이득에 따라 움직인다. 범죄로 검은 돈에 손을 대는지 은밀히 조사했지만, 적어도 알시온에서는 아니었다.

분명히 그랜트 상단이 알시온에서 얻는 것이 있을 터였다. 그게 무엇인지 모르겠다. 이유를 모르니 상대의 속을 읽을 수도 없다. 아이작은 꾸준히 그랜트 상단을 주시해 왔다.

'몸을 사리고 있어.'

아이작의 느낌이었다. 그랜트 상단은 눈에 띄기를 원하지 않는 것처럼 조용했다.

응접실로 들어가자 소파에 앉아 있던 중년 남자가 즉시 일어나 정중히 고개를 숙였다.

"인사를 드리게 되어 영광입니다, 각하."

직접 얼굴을 마주 보는 것은 처음이지만, 아이작은 이미 취득한 정보로 상단주의 인상착의를 파악하고 있었다.

"만나서 반갑소. 그랜트 상단주의 명성은 익히 들었소."

"명성이라니 당치 않으십니다. 펠릭스 후작 가문이야말로 왕국 최고의 명문가 아닙니까. 각하께서는 붉은 매의 영광을 실현하실 분이라고 들었습니다."

펠릭스 후작 가문의 인장은 붉은 매다. 초대 가주의 붉은 머리카락에서 비롯되었다고 알려졌다. 그래서 아이작이 태어났을 때 후작은 몹시 기뻐했다. 아이작의 선명한 붉은 머리카락을 보고 아들이 가문의 영광을 재현할 것이라고 생각했다.

어느 정도의 의례적인 인사말이 끝나자 아이작은 본론을 꺼냈다.

"바쁜 사람을 여러 번 발걸음하게 해서 면목이 없소. 한데 상단주가 그토록 날 만나려는 이유를 모르겠소."

"염치 불고하고 각하께 긴히 청할 일이 있습니다."

"사람을 잘못 찾아온 것 같군. 내게는 상단주의 청을 들어줄 힘이 없소."

"그런 일조차 파악하지 않고 어찌 각하를 뵈러 왔겠습니까. 충분히 해 주실 수 있는 일입니다."

말콤은 가져온 책을 테이블에 올렸다.

"확인하시고 제가 드릴 선물에 흥미가 있으시면 부디 제 이야기를 들어 주시기를 바랍니다."

책자를 펼쳐서 훑어보는 아이작의 표정이 미묘하게 변했다.

"……어디서 난 정보요?"

"제가 직접 수집한 것입니다."

"직접? 상단주께서 대륙 곳곳에 발 닿지 않은 곳이 없다는 말은 들었지만, 하란까지 다녀온 줄은 몰랐소."

말콤이 내민 책은 하란의 정보였다.

"절 과대평가하십니다. 정확히는 제가 직접 다녀온 것이 아니라 하란에 들인 사람들로부터 받은 정보입니다."

"지금 하란에 세작을 들여보냈다고 말하는 거요?"

말콤은 허허 웃었다.

"세작이라니요. 당치 않습니다."

말콤은 그간 하란으로 들어간 왕족이나 귀족의 수행원으로 몇 사람을 끼워 들여보냈다고 설명했다.

"책을 보시면 알겠지만, 사실 대단한 극비는 아닙니다. 하란에서 지내며 파악한 풍속이나 풍경 등을 정리한 것에 불과하지요. 하지만 하란의 정보는 알려진 것이 거의 없으니 관심 있는 이에게는 제법 유용한 정보라고 생각합니다."

"무슨 이유로 내가 하란에 관심이 있다고 생각하시오?"

"아우님인 후작가의 둘째 도련님께서 하란으로 유학을 가셨다고 들었습니다."

아이작은 말없이 내용을 들추어 보다가 책을 덮었다.

"맞소. 하란에 관심이 있소. 즉, 거래를 하자는 거군."

"그저 각하께 감히 청을 드리러 왔을 뿐입니다. 너그러우신 각하께 저는 작은 선물을 드리는 것이지요."

아이작은 피식 웃었다. 많은 귀족을 상대한 경험 덕분인지 확실히 말콤은 귀족과 거래할 줄 알았다. 우월적 지위에 관한 자부심이 높은 왕족이나 귀족은 절대 상인 따위와 동등한 위치에서 거래하지 않았다. 귀족과 처음 거래하는 상인이 저지르는 가장 흔한 실수가 그것이었다.

"나는 깔끔하게 주고받는 거래가 좋소. 하란의 정보에 관심 있으니 내게 무엇을 바라는지 말해 보시오."

말콤은 젊은 후작의 표정을 살폈다. 정말 후작이 하란의 정보에 관심이 있는지, 말콤이 제시하려는 거래 자체에 흥미를 보이는지 아무것도 읽을 수 없었다. 작위를 물려받아 권력을 막 손에 쥔 풋내기의 거만함도 없었다. 은근히 치켜세운 아부에도 기꺼위하는 기색이 없었다.

말콤은 표정과 태도를 더 진중하게 바꾸었다. 입에 발린 말로 구워삶을 상대가 아님을 알았다.

"좀 긴 이야기가 될 텐데 괜찮으십니까?"

"알다시피 시간은 많소."

말콤의 이야기는 자신의 젊은 시절부터 시작되었다. 어디서 태어났고 어떻게 상인이 되었고 거대한 상단을 이루기까지의 간략한 일대기였다. 말을 하는 중간에 한숨을 쉬기도 하고 아련한 눈으로 허공을 응시하기도 했다. 고된 지난 삶을 돌아보는 모습이었다. 누구도 말콤이 거짓을 말하고 있다고는 생각할 수 없을 것이다.

꾸며 낸 과거는 꾸준히 덧붙이고 앞뒤가 맞지 않는 부분을 수정하면서 이제는 완벽히 한 사람의 인생이 되었다. 이제는 말콤도 가끔 진짜 자신의 과거로 혼동될 때가 있었다.

"부를 이루면 모든 것이 완벽할 거라고 생각했습니다. 하지만 막상 이루고 나니 허전하더군요. 혈육이 그리워졌습니다."

헤어져 찾지 않았던 가족의 소식이 알고 싶었다. 많은 시간과 노력을 들여 드디어 하나뿐인 누이동생의 행방을 알게 되었으나 이미 늦었다. 누이는 이 세상 사람이 아니었다. 그런데 누이에게는 아이가 있었다.

"조카를 하란의 마법사가 데려갔다는 거요?"

"위험한 일을 겪을 뻔한 조카를 도와준 것 같습니다. 참 감사한 일이지요."

"그럼 하란에 조카의 일을 물어보면 될 것 아니오."

"당연히 그리했습니다. 하지만 시간이 지나도 변변한 답변을 받지 못하고 있습니다. 저는 일개 상인일 뿐입니다. 그들에게 제 문제는 급하지 않은 일이겠지요."

"이야기를 들으니 더욱 알 수 없군. 대체 내가 도울 수 있는 일이 무엇이오?"

"저는 상인입니다. 항상 이득을 생각합니다. 먼 훗날에 얻을 이득을 얻고자 하란에 사람을 보내서 정보를 모았습니다. 뒤늦게 조카의 존재를 알게 되었고 조카를 찾는 일에 도움이 될 거라고 생각했습니다. 그런데 그들은 신분이 낮은 자들이라 모을 수 있는 정보에 한계가 있습니다. 후작가의 둘째 도련님께서 하란에 유학을 가셨지요. 하란의 사교계 정보를 얻으실 수 있을 겁니다."

"상단주의 논리에는 맹점이 있소. 조카를 찾는 일과 하란의 사교계 정보의 관련성이 뭐요?"

"감히 말씀드립니다. 사교계에 떠도는 풍문이 반드시 고상하지는 않다고 알고 있습니다. 심기를 불편하게 해 드렸다면 송구합니다."

아이작은 쓴웃음을 지었다. 고상한 사교계의 풍문 따위는 들어 본 적도 없다. 입만 열면 누군가를 물어뜯기에 바빴다. 범죄를 모의하는 경우도 다반사였다.

"개의치 않소. 계속하시오."

"저는 하란의 사교계도 크게 다르지 않다고 생각합니다."

아이작은 고개를 끄덕였다. 어차피 그곳도 사람이 사는 곳이었다.

"제 조카는 매우 아름답다고 합니다. 제 혈육이라서 드리는 말씀이 아니라 하란의 마법사가 조카를 도와준 일도 관련이 있다고 들었습니다. 용병이 아이를 납치하려고 했더군요. 그리고 조카는 기이한 병에 걸렸습니다. 어찌된 영문인지 소녀의 모습에서 성장이 멈추었습니다. 자라지 않는 아름다운 소녀. 어찌 생각하십니까?"

"······흥미롭군."

파티를 즐기는 사교계 인사들의 괴로움은 무료함이었다. 그들은 끊임없는 자극을 원했다. 사교계에 시시콜콜한 소문이 떠돌고 기괴한 이야깃거리에 열광하는 이유는 그래서였다.

"조카가 하란에서 숨어 지내는 것만 아니라면 사교계의 이야깃거리가 될 겁니다."

아이작은 말콤의 말이 일리 있다고 생각했다.

"제가 원하는 것은 조카의 소식입니다. 하란의 사교계에서 나오는 어떤 다른 정보도 감히 바라지 않습니다."

"조카를 찾으면 어쩔 셈이오?"

"조카는 이제 제게 남은 유일한 혈육입니다. 그 아이가 하란에서 행복을 찾아 살고 있다면 지켜봐 주고 싶습니다. 그렇지 못하다면 데려오려고 합니다. 그저 바라는 점이라면 그 아이가 세상에 혼자가 아니라는 사실을 알려 주고 싶습니다."

진심으로 조카를 걱정하는, 자애로운 숙부의 모습이었다.

생각해 보겠다는 말로 대화를 마무리 지었다. 확답을 주지 않았는데도 말콤은 하란의 정보 책자를 두고 갔다. 아이작은 깔끔하게 정돈된 책을 읽으며 생각에 잠겼다.

"그랜트 상단주가 무슨 일로 온 겁니까?"

어지간히 궁금했는지 카로가 슬그머니 와서 물었다. 아이작은 들은 그대로 말해 주었다.

"어떻게 생각해?"

카로가 고개를 갸웃했다.

"이상한데요."

아이작은 픽 웃었다. 그가 카로를 보좌관으로 부리는 이유는 단지 어릴 때부터의 인연 때문만은 아니었다. 카로는 머리 회전이 빠르고 상황을 보는 시야가 넓었다. 때로는 아이작이 생각도 못 한 부분을 지적하곤 했다.

"그래. 이상하지."

「신분으로 사람을 판단하는 우를 범하지 마라.」

아버지의 가르침이었다. 아이작은 신분의 편견에 갇혀 말콤을 장사치라고 얕잡아 보지 않았다.

말콤은 대륙을 아우르며 장사를 하는 사람이었다. 다양한 국적과 계층의 사람들을 만났을 것이다. 사람을 상대하는 일에 노련한 자였다. 그런데 어설픈 애송이가 할 만한 짓을 했다. 지나치게 자신의 패만 전부 내보이는 불리한 거래를 제안했다.

'내게만 제안한 것은 아니겠지.'

아마 말콤은 하란에 유학을 보낸 여러 나라의 왕족이나 귀족에게 모두 같은 제안을 했을 것이다. 어리석다. 장차 적이 될지도 모를 자에게 자신의 약점을 드러냈다. 제안을 들은 누구라도 그랜트 상단주가 애달프게 찾는 조카를 이용할 방법을 골몰할 것이다.

'얻는 게 없어.'

조카를 핑계로 노리는 것이 따로 있다고 보기에는 다른 정보는 필요하지 않다고 못 박았다. 말콤은 제 약점만 만천하에 드러냈다.

'모든 손해를 감수할 만큼 조카를 찾는 일이 중요한가?'

자식도 아니고 조카였다. 아직 자식이 없다고 들었지만, 골골한 노인이 아니었다. 마음만 먹으면 지금이라도 자식을 볼 수 있다.

인정에 휘둘리는 자였다면 지금과 같은 거대 상단을 일구지 못했을 것이다. 아이작은 진심으로 조카를 걱정하는 숙부의 모습을 한 말콤을 믿지 않았다.

"그런데 각하께 불리한 제안은 아닙니다."

"그러니까 더 이상하지."

"또 의심병이 도지셨군요."

카로가 어깨를 으쓱했다.

"그랜트 상단에 대해 알아봐. 초점은 상단주 개인에 맞추어서. 사소하고 개인적인 정보라도 좋아."

"예. 탈탈 털어 보겠습니다."

카로는 순순히 대답했다. 구시렁거리기를 잘하지만, 시키는 일에 군말은 없었다.

"그리고 그랜트 상단주와 말씀을 나누시는 중에 왕궁에서 사람이 왔습니다."

카로는 미간을 굳힌 주인에게 봉투를 내밀었다. 내용을 확인하고 다시 봉투에 넣는 아이작의 표정은 더 차가웠다.

비록 지금은 정계에서 한발 물러서 있지만, 펠릭스 후작가는 무시할 수 없는 세력이었다. 타계한 후작이 닦아 놓은 기반은 여전히 탄탄했다.

아이작이 지닌 개인의 능력도 매력적이었다. 아이작은 후작 대행으로서 자신의 유능함을 충분히 증명했다. 신분과 능력. 둘 중 하나를 가진 자는 넘쳐 나지만 둘 모두를 가진 인재는 귀했다.

두 왕자는 칩거한 아이작을 포섭하려는 시도를 멈추지 않았다. 정기적으로 선물과 서신을 보내 아이작을 제 사람으로 만들기 위해 공을 들였다.

아이작은 누구에게도 확답을 주지 않고 점점 노골적으로 대립하는 두 왕자의 충돌을 관망하는 중이었다.

아이작은 봉투를 하찮은 물건처럼 카로에게 툭 던졌다.

"언제나처럼 답장 보내."

"예, 예. 얼마나 각하의 필체를 흉내 내서 썼는지 이제는 제가 각하 대신 결재해도 모를 겁니다. 중병으로 제대로 걷는 일조차 힘들다고 언제나처럼 써서 보내겠습니다. 죄스럽고 안타까운 심정을 듬뿍 담아야겠지요. 그래야 두 왕자께서 펠릭스 후작 가문이라는 탐스러운 먹잇감을 포기하지 못하고 악다구니처럼 싸울 테니까요."

무례한 이죽거림에도 대꾸가 없었다.

'정말 어쩌려고 이러십니까.'

후작은 변했다. 카로의 젖형제에서 친구가 되었다가 이제는 주인이 된 아이작 펠릭스는 사람이 바뀐 것처럼 달라졌다.

걸음을 뗄 무렵부터 아이작의 곁에 있었던 카로는 아이작이 어떤 사람인지 잘 알았다. 그는 타고난 사냥꾼이었다. 발톱을 감출 줄 아는 사나운 맹수였다.

타계한 펠릭스 후작은 정계를 잡아 흔드는 권력자였다. 검 대신 혀로 상대를 난도질한다는 평을 들었다. 아이작은 철들기 전부터 부친을 따라다니며 정치를 배웠다. 열다섯 살 즈음에는 이미 어떤 주제로 토론을 해도 막힘이 없는 수준에 이르렀다.

사람들은 아이작이 제 아버지를 뛰어넘을 것이라고 말했다.

청찬에 인색한 펠릭스 후작마저 아들에 대한 기대를 감추지 않았다. 카로 또한 아이작의 능력을 의심하지 않았다.

카로가 아이작을 주인으로 순순히 받아들일 수 있었던 것도 그래서였다. 자신보다 뛰어나니까 주인이 될 자격이 있다고 생각했다.

아이작이 알았다면 '내가 널 거둔 거지.'라고 코웃음을 치면서 우쭐거렸을 거다. 그게 아니꼬워서 속내를 말하지 않았다. 자신이 잘난 것을 무척 잘 아는 주인은 가끔 재수가 없었다.

어느 날, 아이작은 무척 상기된 표정으로 말했다.

「카로. 내가 주인으로 모실 분을 찾았어. 난 그분과 왕국
의 미래를 만들고 싶어.」

설레어하는 아이작의 웃음을 보며 카로는 놀랐다. 애늙은이 같고 냉소적인 아이작에게 이런 모습이 있었나, 싶었다.

다른 사람에게 정신이 쏙 빠진 아이작을 지켜보는 일이 가끔은 즐겁지 않았다. 하지만 부푼 꿈과 미래를 말하는 모습이 눈부셔서 좋은 마음이 더 컸다.

그러나 모든 것이 무너졌다. 아주 오래전이지만 카로는 날짜까지 기억했다. 비극적이고 충격적인 사건이 벌어진 날이었다.

「내 빛이 죽어 버렸어. 이제 난 어쩌지, 카로.」

아이작은 모든 희망을 잃어버린 사람 같았다. 카로는 어떤 위로의 말도 건넬 수 없었다.

그날을 기점으로 아이작은 변했다. 겉보기에는 크게 다르지 않았다. 하지만 늘 곁에서 보는 카로는 느낄 수 있었다.

부친의 죽음이 젊은 후작에게 큰 충격이 되었나 보다고 사람들은 말했다. 카로는 아이작의 변화가 이미 오래전부터 시작되었음을 알고 있었다. 그저 후작의 타계를 기점으로 드러났을 뿐이었다.

이유를 아는데도 맥을 놓은 아이작을 보면 속이 터지는데 다른 사람은 오죽할까.

후작 부인은 의욕 없이 빈둥거리는 아들에게 실망해서 얼마 전 영지로 내려가 버렸다.

"각하. 그때 그 사건은 두 왕자님과 관계가 없습니다."

무심하게 죽어 있던 아이작의 눈에 날카로운 빛이 스쳐 지나갔다. 금기와 같은 그때의 일을 카로가 꺼낸 것은 처음이었다.

"아시지 않습니까."

"……."

두 왕자는 당시에 매우 어렸다. 어떤 음모를 주도적으로 꾸밀 나이가 아니었다.

하지만 엄밀히 아니라고 할 수 있을까. 결과적으로는 두 왕자를 위해 다른 사람이 저지른 일이라면 두 왕자에게 아무런 죄도 없다고 말할 수 있는가.

"선택하셔야 합니다."

"주제넘다."

나지막한 한마디였다. 카로는 긴장된 숨을 삼켰다. 후작은 관대한 편이었지만, 넘지 말아야 할 선이 있었다. 그 선을 넘었을 때도 후작이 너그럽게 넘어갈지 알 수 없었다.

"돌아가신 어르신께서 말씀하셨지요."

카로는 물러서는 대신 한마디를 덧붙였다.

"모든 선택이 최선일 수는 없다. 최악을 피하기 위해 차악을 택해야 하는 순간이 더 많다고."

꾸벅 고개를 숙이고 카로가 나간 후에 아이작은 풀썩 소파에 앉았다. 두 손으로 얼굴을 감싸 쥐었다가 헛웃음을 터뜨렸다.

"내게 그분은 유일한 선택이었어."

아이작은 힘없이 중얼거렸다.

"선택, 해야지. 하고말고."

그는 싸늘하게 뇌까렸다. 고개를 들어 천장을 보았다. 천장 너머 하늘 어딘가를 응시했다.

"아버지. 궁금하신가요? 제가 무슨 선택을 할지."

많은 사람이 죽은 당시의 사건은 외교 문제로 비화되어 흐지부지 마무리되었다.

「도와주세요. 아버지. 아버지는 하실 수 있잖아요.」

아이작은 펠릭스 후작에게 사건의 진상을 조사해 달라고 매달렸다. 마음만 먹으면 아버지에게는 충분히 그만한 힘이 있었다. 원통한 죽음을 명백히 드러내 죄상을 찾아내서 죗값을 치르게 하고 싶었다. 그것만이 아이작이 할 수 있는 유일한 일이었다.

「아이작. 세상일은 반드시 옳고 그름으로 판단할 수 있는 것이 아니다.」

후작은 아들의 간절한 부탁을 외면했다. 혼자 힘으로라도 하겠다는 아이작을 가두어 저택 밖으로 나가지 못하게 했다.

감금에서 풀려났을 때는 이미 모든 것이 끝나 있었다. 현장은 말끔히 정리되어 증거는 모두 사라졌다.

그날 이후 아이작은 가슴 깊은 곳에 결코 꺼지지 않을 분노를 심어 두었다. 겉으로는 웃었고 아무렇지 않은 듯 일상으로 돌아왔다. 미심쩍게 바라보던 시선은 시간이 지나면서 사라졌다. 누구도 아이작이 가슴속에 한 자루 비수를 감추었다는 사실을 알아차리지 못했다.

"지켜보세요. 아주 재미있으실 테니까요."

아이작은 쿡쿡 웃음을 터뜨렸다. 허무하고 차가운 웃음이었다.

그는 소파에 널브러지듯 기대앉아 창밖을 바라보았다. 무력하게 지나가는 시간의 흐름을 지켜보았다. 서서히 저무는 하늘을 보며 일어났다.

그는 뒤뜰로 나갔다. 그가 단 하루도 빼놓지 않고 반드시 같은 시간에 챙기는 일이 있었다.

장정 서넛이 죽은 멧돼지를 갈고리에 꿰어 질질 끌고 가다가 아이작을 보고 고개를 숙였다.

"오늘 식사는 그놈인가? 어디서 난 거지?"

"근방에서 농작물을 망가뜨리다가 잡힌 놈입니다. 적당히 값을 치르면 팔겠다기에 사 왔습니다."

"잘했군. 하던 일을 해라."

"예. 주인님."

장정들이 다시 영차 영차 소리 내어 멧돼지를 옮겼다. 그들을 뒤로한 채 아이작은 뒤뜰의 거대한 철창 감옥으로 향했다. 원래 있었던 별관을 개조해서 만들었다.

아이작은 철창 앞에 바짝 다가서서 안을 들여다보았다. 감옥은 매우 넓었다. 어두운 깊은 안쪽은 한낮에도 잘 보이지 않았다. 하지만 거대한 덩치가 자리를 차지하고 누워 있는 모습은 보였다.

자물쇠로 잠긴 문을 열고 장정들은 멧돼지를 안으로 끌고 들어갔다. 매일 하는 일이면서도 그들은 잔뜩 겁에 질려 있었다. 어서 빨리 나가고 싶어 서두르는 기색이 역력했다.

깊이 끌고 들어갈 용기가 없는 사내들은 입구 근처에 대충 넣어 두고 나왔다. 아이작이 가 보라고 손짓하자 줄행랑을 쳤다.

아이작은 안쪽의 거대한 짐승을 불렀다.

"얀."

짐승이 천천히 일어났다. 어슬렁거리며 앞으로 나왔다.

사람들이 근처에도 가고 싶지 않아 하며 기겁할 만큼 거대한 늑대였다. 앞발이 사람의 얼굴보다 크고 길게 난 송곳니는 사람의 뱃가죽 정도는 쉽게 관통해서 등으로 튀어나올 정도로 날카로웠다.

늑대는 은회색 눈동자로 아이작을 바라보았다. 적대감은 없었다. 깊이 가라앉은 눈을 보면 가끔은 궁금했다.

「얀은 지금 무슨 생각을 하고 있을까.」

옆에서 카로가 듣더니 뚱하게 대꾸했다.

「짐승이 무슨 생각 같은 걸 하겠습니까?」

아이작도 과거에는 그렇게 생각했다. 짐승은 짐승일 뿐이라고.

"넌 아직도 기다리고 있구나. 그렇지?"

이제는 멸종되었다고 알려진 거대 늑대의 마지막 후손이었다. 아득히 먼 옛날에는 숲의 신으로 숭상 받았을지도 모른다. 아이작은 흔히 말하는 '짐승'의 범주에 얀을 포함해서는 안 된다고 생각했다.

주인을 잃고 사살될 위기에 처한 짐승을 아이작이 고집을 부려서 데려왔다. 짐승은 아이작을 알아보았다. 다른 자들에게 사납게 이를 드러내다가 아이작을 보고 얌전해졌다. 하지만 데려오고 며칠이 지나도록 물 한 모금 입에 대지 않았다. 굶어 죽을 작정으로 보였다.

늦은 밤, 아무도 모르게 아이작은 늑대를 보러 갔다. 별관은 한창 개조 공사 중이라서 늑대는 사슬에 단단히 묶여 있었다. 몰래 가져온 연한 송아지 고기를 코앞까지 들이밀어 주는데도 늑대는 꿈쩍도 하지 않았다.

「나도 너처럼 굶어 죽어 버릴까. 차라리 그러고 싶구나.」

아이작은 늑대 앞에 주저앉아서 한참을 울었다. 진이 빠질 때까지 울다가 고개를 드니까 늑대가 빤히 그를 바라보고 있었다. 그리고 고기에 코를 대고 냄새를 맡더니 먹기 시작했다.

그날 이후 늑대는 밥을 먹었다. 다만, 아이작이 곁에 있지 않으면 먹이를 거들떠보지도 않았다. 늑대의 밥을 챙기는 일이 아이작에게 중요한 일과가 되었다.

늑대가 죽은 멧돼지를 커다란 입으로 덥석 물었다. 거대한 이빨에 씹혀 우두둑 뼈가 부러지는 소리가 났다. 시뻘건 피가 늘대의 하얀 털을 물들였다. 아이작은 마치 중요한 의식이라도 지켜보는 것처럼 꼼짝하지 않고 늑대가 식사를 모두 마칠 때까지 서 있었다.

5장

르웨나 레바스

르네젤에게 주문 제작을 의뢰했던 소품의 나머지 일부를 모두 받기까지는 시간이 꽤 걸렸다. 마지막 물건이 도착하면서 커다란 상자도 함께 왔다.

"주문한 외출복은 다 받았는데, 뭐지?"

아델이 의아해하며 리본을 풀어 열어 보니까 드레스가 한 벌 들어 있었다.

"이건 주문한 적이 없는데……."

상자 안에 르네젤의 간단한 서신도 들어 있었다.

—아가씨를 뵙고 돌아오는 길에 갑자기 떠오른 디자인이었어요. 아가씨를 위한 드레스이니 부담 없이 받아 주

세요.

"자꾸 받기만 하니까 미안하네."

드레스를 입고 거울 앞에 섰다.

"아가씨. 정말 귀여워요."

말해 놓고 멜은 슬그머니 아델의 눈치를 살폈다. 귀엽다는 표현이 대개가 아이를 묘사하는 일에 쓰이다 보니까 혹시 본의 아니게 아가씨의 심기를 불편하게 했을까 봐 걱정했다.

하지만 아델은 전혀 기분이 상하지 않았다. 그런 표현법에 일일이 신경 쓰는 편도 아닐뿐더러 거울 속에 비친 모습은 정말 귀엽다는 말에 꼭 맞았다.

지금껏 르네젤이 만들어 보낸 드레스는 크기만 작을 뿐 성숙한 분위기였다. 그런데 오늘 보낸 드레스는 흰 바탕에 레이스로 장식하고 알록달록한 꽃 자수로 가슴과 허리에 포인트를 넣어 그야말로 소녀에게 어울리는 옷이었다.

거울 속의 아델은 겉모습대로 귀여운 어린 소녀였다. 잘 어울리지만, 기분은 씁쓸했다.

"아가씨. 이것도 함께 해 보세요."

멜이 소품을 권했다. 함께 도착한 하얀 긴 챙이 달린 모자를 쓰고 분홍색 손가방을 들었다. 맞춘 것처럼 드레스와 소품들이 어우러졌다.

'분위기가 달라졌네.'

사소해 보이는 소품 하나가 생각보다 큰 변화를 가져다주었다.

소녀에서 숙녀로 가는 경계에 걸쳐진 느낌이 풍겼다. 오히려 억지로 어른인 척 화려한 드레스보다 잘 어울렸다.

아델은 자신의 모습이 만족스러워서 미소 지었다. 문득 르네젤이 방문했을 때 했던 말이 떠올랐다.

「모두 아가씨와 친해지고 싶어 할 거예요.」

'정말일까? 나도 사교계에 나갈 수 있을까?'

거울을 바라보며 생각에 잠긴 아델의 곁으로 멜이 바짝 다가와 말했다.

"아가씨. 성주님께서 보낸 하녀가 왔어요."

"벌써?"

얼마 전 갑자기 쓰러진 이후에 그는 일정을 조금 여유롭게 조정했다. 아델이 느끼는 변화는 컸다. 최소한 하루에 한 번, 점심이나 저녁을 매일 같이 먹고, 오후에 시간을 내어 차를 마시며 대화를 나누었다. 꼬박꼬박 하루에 몇 번씩은 얼굴을 보았다.

아델은 옷을 갈아입지 않고 그대로 중앙탑으로 건너갔다. 그가 거금을 지불한 선물을 제대로 보여 주고 싶었다.

"아가씨를 모셔 왔습니다."

소파에 기대앉아 출입문 쪽으로 고개를 돌렸다가 론의 눈썹이 꿈틀했다. 아델은 여느 때와 마찬가지로 치맛자락을 들어 그에게 정중히 인사하고 맞은편에 얌전히 앉았다.

하녀들이 테이블에 찻잔을 놓고 간단한 간식을 차렸다. 론은 눈앞의 소녀를 찬찬히 뜯어보았다. 옷차림의 변화가 이렇게 다른 느낌을 가져올 수 있다는 것이 신기했다.

"잘 어울려요?"

"……잘 어울려."

"레온이 준 선물이에요. 모자하고, 가방하고."

"외출 차림이군."

"그러게요. 모자도 양산도 잔뜩 샀는데 살 때는 쓸 일이 있으려나, 생각했거든요. 그런데 이렇게 받고 나니까 써 보고 싶어졌어요. 지난번에 레온이 물어본 적 있잖아요."

"뭘?"

론은 짐작하면서도 모르는 척했다.

"사교 활동이요. 하고 싶으면 도와주겠다고……."

론은 차를 마시면서 머릿속으로는 수많은 생각을 했다.

그때 괜히 관심을 가질 만한 말을 했다. 말을 돌려 볼까. 안 된다고 하면 더 역효과가 날지도 모른다.

"네가 원하면 도와주겠지만 준비가 필요하니까 당장은 곤란해."

"어떤 준비를 해야 돼요?"

"교양, 화술, 춤 등 배울 것들이 많아. 당연히 한두 달로 숙달하기는 힘들고."

교양이라면 이미 아델이 지닌 수준으로 충분했다. 사교 파티에서 사람들이 떠드는 화제는 거창하지 않았다. 누구나 동감할 만한 소소한 일상 이야기가 대부분이었다.

말솜씨는 하다 보면 느는 것이고 사람들이 꼭 달변가에게 호감을 갖는 것은 아니었다.

춤을 전혀 몰라도 상관없었다. 소녀 아델에게 굳이 춤을 권하는 사람은 없을 것이다.

"사교계의 유명인들에 대해서도 대강 알아야 하지. 사람들의 얽힌 관계를 알아야 실수가 없을 테니까."

사교계의 정보에 정통한 사람은 많지 않았다. 정보를 쥐고 사람들에게 퍼뜨리는 사람을 대체로 사교계 유명인사라고 불렀다. 모든 사람이 사교계 정보를 알 필요가 없었다. 아무리 유명한 스캔들이 터져도 모르는 사람은 있는 법이다.

"예상하지 못한 상황에 대처하는 법도 알아 둬야 해. 흔히 사교계는 칼 없는 전쟁터라고 하지."

아델이 사교 파티에 참석하게 된다면 당연히 론 역시 참석할 것이다. 대가문이 배경으로 버티고 있는 상속녀 아가씨를 감히 건드릴 사람은 없을 것이다. 누군가에게는 전쟁터이지만, 누군가에게는 즐거운 놀이터가 되는 곳이 사교계였다. 아마 아델이 사교계를 살벌하다고 느낄 일은 없을 것이다.

론이 말한 것들은 사교계에서 정점이 되고 싶다면 갖추어야 할 조건들이었다. 반대로 사교계를 휘두르는 위치에 관심이 없다면 필요 없는 조건들이었다. 그는 거짓을 말하지 않았지만 교묘했다.

"음. 역시 어렵군요."

아델은 시무룩하게 고개를 끄덕였다. 순순히 수긍하는 모습을 보면서 론은 양심이 콕콕 찔렸다.

"나가자."

내가 놀아 주면 되는 거지, 론은 생각했다.

"네?"

론은 일어나면서 하녀를 불렀다.

"집사에게 전해라. 외출 준비하라고."

아델은 하녀가 대답하고 나가는 모습을 휘둥그레 커진 눈으로 바라보다가 도무지 믿을 수 없다는 표정으로 그에게 물었다.

"지금요? 바쁘지 않으세요?"

"잠깐 시간을 빼는 정도는 괜찮아."

"너무 갑자기잖아요."

"거창할 게 뭐가 있어. 우리는 잠시 나갔다가 들어오는 거야."

혼란스럽게 흔들리는 아델의 시선이 이리저리 배회했다. 모든 것을 갖춘 안락한 보금자리인 레바스 성의 바깥은 미지의 세상이었다.

론은 아델의 곁으로 가서 앉아 있는 아델에게 손을 내밀었다.

"싫다면 억지로……."

그가 말을 채 끝내기도 전에 그의 손 위에 작은 손이 냉큼 올라왔다. 망설임 없이 그의 손을 잡고 아델이 그를 올려다보았다. 흔들림이 없는 무구한 눈빛이었다.

론은 요즘 새로운 자신의 모습을 발견하는 중이었다. 자신이 아이에게 이렇게 약한 줄 몰랐다. 이 세상에서 오직 그만 믿을 수 있다는 눈으로 아델이 바라볼 때마다 기이한 희열을 느꼈다.

'지킨다.'

지킬 것이다. 다른 누구도 절대 그의 역할을 빼앗을 수 없었다. 의무와 죄책감에서 시작했으나 어느새 그런 건 아무래도 상관없었다.

문이 열리고 제드가 하인들을 데리고 들어왔다. 하인들은 모두 잔뜩 옷을 들고 있었다.

"뭐지?"

"외출 준비하라는 성주님의 부르심을 받고 왔습니다."

"마차를 준비하라는 소리였어."

"아가씨 혼자 외출하십니까?"

"나도 같이 간다. 멀리 나갈 건 아니야."

제드가 눈을 부릅떴다.

"설마 성주님. 지금 그 모습으로 완벽한 외출복 차림을 하신 아가씨를 에스코트하신다는 겁니까? 정녕 그러실 셈입니까?"

평소에 성주의 앞에서 다소 주눅이 들어 있던 제드가 물 만난 고기처럼 형형한 눈으로 목소리를 높였다.

론은 아델과 자신의 옷차림을 번갈아 보다가 한숨을 쉬었다. 그의 차림이 꼴불견일 정도로 형편없지는 않다. 평소 입혀 주는 대로 입기 때문에 옷차림에 문제가 있다면 집사의 잘못일 것이다. 하지만 이대로 위에 코트만 걸쳐 나가면 되지 않느냐고 했다가는 파렴치한 범죄자 취급을 당할 분위기였다.

아델이 웃음을 터뜨렸다.

"준비가 안 된 사람은 성주님이었네요."

론은 떨떠름하게 제드에게 물었다.

"시간이 얼마나 걸리지?"

"아가씨께서 오래 기다리지 않으셔도 됩니다."

론은 옷도 마음대로 입을 수 없는 자신의 처지를 새삼 자각했다.

"네 방에 가 있어. 데리러 갈게."

남쪽 탑으로 돌아가는 길에 아델은 난감과 당황이 번갈아 떠오르던 그의 표정을 생각하며 쿡쿡 웃었다.

*　　　*　　　*

말이 아닌 마력으로 움직이는 마차(魔車)는 하란의 대표적인 마법 물품이었다. 대륙의 왕족이나 귀족들이 앞다투어 구매하는 인기 품목이기도 했다. 차이점이라면 하란에서 마차는 대중화되었고 대륙에서는 사치품이었다.

특수 제작된 고급 마차는 흔들림이 거의 없었다. 마차 안에 앉아서 아델은 긴장한 낯빛이었다. 그녀는 커튼을 살짝 걷어서 차창 밖으로 지나가는 정경을 보았다. 어느새 마차는 번화한 거리에 들어섰다.

성의 탑 꼭대기에 올라가도 볼 수 없는 풍경이었다. 레바스 성은 시가지에서 다소 떨어진 위치에 있었다. 멀리서 보면 벌판에 거대한 성이 우뚝 서 있는 모양새였다.

"오래전에는 종종 할머니와 나왔어요."

왜 그걸 잊고 있었을까, 아델은 입 안으로 중얼거렸다. 창밖의 거리 풍경이 낯설지 않았다.

시마는 젊었고 훨씬 기운이 넘칠 때였다. 아델을 안고 걸으며 화려한 상가들이 늘어선 거리를 구경시켜 주었다.

처음부터 아델이 남쪽 탑에 틀어박혀 꼼짝하지 않은 것은 아니었다. 아무것도 무섭지 않고 호기심만 넘치던 어린 시절이 있었다.

"그러고 보니 레온도 하란에 온 지 얼마 안 되었잖아요. 혹시 처음 나와 보는 거예요?"

"맞아. 처음이야."

하란에 와서 내내 밀려드는 일을 감당하느라 다른 데 눈 돌릴 틈이 없었다.

일은 물론 많았다. 하지만 론은 성의 주인이며 최고 권력자였다. 그를 야단칠 사람은 존재하지 않았다. 마음만 먹으면 얼마든지 빈둥거릴 수도 있는 자리였다.

그는 자처해서 일에 매달렸다. 조금이라도 빨리 주변 상황을 파악하고 성주로서 권력을 완벽히 손에 쥐고 싶었다.

하지만 얼마 전, 데보라가 가져온 돌 때문에 긴 꿈을 꾸고 난 이후에 그는 초조함에서 벗어났다.

길고 긴 싸움이 될 것이다. 형제의 죽음에는 복잡한 사건과 사람이 잔뜩 얽혀 있을 뿐 아니라 그의 과거와도 연결되었다. 인내심이 필요하다는 사실을 깨닫고 그는 한발 뒤로 물러서기로 했다. 오래달리기에 필요한 것은 속도보다는 지구력이니까.

"그런데 지금 어디 가요?"

"어디 가고 싶어?"

"레온은요?"

"글쎄. 뭐가 있는지 모르니 어디 가고 싶은지도 모르겠다."

"저도요. 으음. 아! 케이크. 맛있는 케이크를 먹을 수 있는 곳이요."

론은 내부의 벽을 두드렸다. 마부석과 연결된 작은 문이 열렸다. 마부에게 조용히 차와 케이크를 먹을 수 있는 적당한 곳으로 길을 잡으라고 했다. 마부가 대답한 후 문이 닫혔다.

"교사들은 언제 올까요?"

아델은 얼마 전에 마법학과 마법공학을 배우고 싶다고 가정교사의 초빙을 부탁했다.

"시간이 좀 걸릴지도 몰라. 마법을 가정교사에게 배우는 경우가 거의 없다더라."

"왜요?"

마법 공부에는 돈이 많이 들었다. 이론만으로 배우기에는 한계가 존재하므로 반드시 실험을 동반해야 하는데 실험에 쓰이는 재료들이 무척 값비쌌다. 마법사라면 대개 마탑에서 지원해주지만, 일반인이 마법을 공부하는 경우는 대개 둘 중 하나였다.

학원을 다니는 내내 장학금을 받을 만큼의 수재거나 학비에 구애받지 않을 만큼 부유하거나.

마법사는 마탑에서만 제자를 육성했다. 마법을 전공한 일반인이 수재라면 학원에서 교수로 일할 테고 부유하다면 가정교사로 일할 만큼 돈이 필요하지 않을 테니 교사를 구하기가 여의치 않았다.

그의 대략적인 설명을 듣고 아델은 탄식했다.

"학원에서 배우는 것이 일반적이군요."

내가 이렇게 세상 물정을 모른다고, 아델은 자조적으로 웃었다.

"학원에 가야 배울 수 있다면 생각해 볼게요."

"포기한다고?"

"아뇨. 학원에 가겠다고요."

"……그렇게 배우고 싶어?"

외출도 두려워하는 아이가 낯선 사람들이 우글대는 곳도 감당하겠다는 말에 그는 놀랐다. 교사를 구해 달라고 했을 때는 그저 흥미로 배우려는 줄 알았다.

가정교사를 구하다가 대충 알아보니까 마법을 가르치는 종합 학원은 수가 많지 않았다. 수준이 높고 보안이 잘 되어 있는 곳은 공립보다는 사립인데 전부 수도 '고난'에 모여 있었다. 성에서 다니기에는 워낙 머니까 기숙 생활을 해야 한다.

"갑자기 왜 마법이 배우고 싶어졌어?"

"……듣고 비웃으면 안 돼요."

아델은 다짐을 받고 망설이다가 발그레한 얼굴로 말했다.

"교수가 되고 싶어요."

자신의 신체적인 약점을 극복하고 싶다고 말하는 아델은 달콤한 꿈을 꾸는 아이처럼 들뜬 기색을 감추지 못했다.

아델의 장래희망을 들으며 그는 겉으로는 내색하지 않았으나 속으로는 언짢았다.

'간섭이 지나치시군.'

이번에도 대현자였다. 그에게는 아델이 성년이 지나면 당연히 성에서 내보내야 한다는 것처럼 말하고, 아델에게는 독립의 꿈을 심어 놓았다.

"곧 교사를 구할 수 있을 거야. 확정되면 말하려고 했지만, 말이 오가는 사람이 있어."

론은 기대 가득한 표정을 짓는 아델을 보며 생각했다.

'부르는 대로 보수를 준다고 하면 구할 수 있겠지.'

성에 돌아가는 즉시 담당자를 닦달해야겠다.

교사를 구하지 못하면 정말 아델은 학원을 가겠다고 할지 모른다. 그는 아델을 자신의 시야 밖으로 내보낼 생각이 전혀 없었다.

"마법을 배우는 데 그렇게 돈이 든다고는 생각 못 했어요. 마법 재료는 제 돈으로 살게요."

"넌 그런 건 걱정하지 마. 하고 싶은 건 다 해. 지원해 줄 테니까."

마차는 3층 규모의 찻집 건물 앞에 멈추었다.

마부와 동석한 하인이 안으로 들어가서 지배인을 데리고 나왔다. 지배인의 정중한 안내를 받으며 그들은 누구의 눈에도 띄지 않고 방으로 들어갔다.

적당한 크기의 방은 너덧 사람 정도가 앉을 수 있는 둥근 테이블이 있고 거리를 향한 방향의 한쪽 벽에 큼직한 유리창이 있었다. 지배인이 내구 구조의 특수성을 설명했다.

"유리에 마법 처리를 해서 밖에서는 안을 볼 수 없습니다."

둘만 남게 되자 아델은 벌떡 일어나서 창가로 달려갔다.

'와아, 많다.'

사람들이 잔뜩 있었다. 번화한 중심지에 위치한 찻집이었다. 2층의 방에서는 바깥이 한눈에 보였다. 다양한 높이로 솟아 있는 건물들과 거리를 바쁘게 오가는 사람들의 모습을 구경하느라 아델은 창가에 붙어 움직이지 않았다.

'저럴 때 보면 영락없이 아이 같군.'

아이처럼 아무것도 모르다가 놀랍도록 수준 높은 지식을 드러내기도 하고, 천진난만한 호기심을 드러내다가 초연한 어른처럼 굴었다. 론은 아델의 다양한 모습에 아직 완전히 적응하지 못했다.

똑똑, 문을 두드리는 소리가 들리자 아델은 재빠르게 다시 의자에 앉았다. 조금 전까지 유리창에 달라붙어 고개를 두리번거리던 모습을 감추고 새침하게 컵을 들었다.

론은 테이블에 찻잔을 내려놓는 직원에게 말했다.

"테이블을 옮겨 줄 수 있소? 창문 가까이로."

직원은 기꺼이 요청에 따라 주었다. 곧 몇 명이 더 들어와 테이블을 옮기는 작업을 했다.

물러서서 기다리며 아델은 들고 있는 손가방을 만지작거렸다.

'귀찮게 가방이나 양산을 들고 다니는 이유를 알겠어.'

손에 쥐고 있어야 하는 물건은 넘치는 감정을 담아 주는 역할을 했다. 가슴 안쪽이 간질거렸다.

그가 배려해 주는 방식은 할머니와 달랐다. 할머니는 항상 아델에게 호불호를 묻고 원하는 대로 해 주었다. 그는 종종 일방적으로 일을 처리했다. 그의 방식도 좋다고, 아델은 생각했다.

직원들은 테이블을 옮기면서 계속 시선을 돌리며 호기심 가득한 눈으로 아델을 구경했다.

'역시 이건 불편해.'

아델은 쓴웃음을 지으며 시선을 피해 슬그머니 그의 옆으로 붙었다. 성에서 지낼 때는 이렇게 노골적으로 흘끔거리는 사람이 없었다.

갑자기 아델의 시야가 가려졌다. 아델은 고개를 들었다. 그가 아델을 뒤로 감추듯 섰다. 그의 듬직한 등을 바라보면서 아델은 손가방을 쥔 손에 힘을 주었다.

'레온이 날 지켜 줄 거야.'

불편했던 사람들의 시선이 갑자기 아무렇지도 않았다.

창가에 가까이 붙인 테이블에 앉아서 아델은 막 들어온 케이크를 바라보며 행복했다.

'세상에. 정말 예쁘다.'

오늘 방문한 찻집은 화려하고 아름다운 모양의 케이크로 유명한 곳이었다. 둥근 케이크 위에 크림으로 만든 꽃이 잔뜩 피어났다. 망가뜨리는 것이 아까워서 포크를 쥔 아델의 손이 케이크 위를 빙빙 돌았다.

"레온은 어떤 꽃이 좋아요? 접시에 담아 줄게요."

"난……."

됐다고 하려다가 비장한 표정으로 포크를 쥔 아델을 보니까 사양할 수가 없었다. 그는 케이크의 한가운데를 차지한 붉은 장미를 가리켰다.

"엇. 으음. 어렵지만 해 볼게요."

아델은 일어나서 케이크 주변을 빙빙 돌며 가운데의 장미 한

송이를 조심스럽게 캐냈다. 접시 위에 망가지지 않게 옮겨 담은 후 뿌듯하게 웃었다.

아델이 노란 꽃을 잘라서 자신의 접시에 담는 동안 론은 붉은 크림 덩어리를 난감하게 보았다. 그다지 먹고 싶지 않았다.

"레온."

"응."

론은 케이크의 끄트머리만 살짝 찍어 입에 넣었다가 표정을 굳혔다. 달고 느끼하고 꽃향기도 났다.

"전에 본 적이 있다고 했잖아요. 꽃의 노래……"

"꽃의 노래?"

"아, 그건 내가 붙인 이름이고 노란색 빛무리요. 정원에서 봤던 거."

론은 고개를 들었다.

"요즘도 정원에 자주 나가?"

"아뇨."

"그럼 최근에 그걸 본 적이 있어?"

아델은 고개를 저었다. 멜이 가져다준 꽃점 화분 때문에 작은 빛무리가 나타났지만, 지금 그걸 말하면 안 될 것 같았다. 그는 어쩐지 화가 난 것처럼 보였다.

"그럼 갑자기 그건 왜 물어?"

"꽃모양 케이크를 보니까 생각이 나서……. 그게 뭔지 알아요? 말해 주면 안 돼요?"

"그 빛. 언제부터 나타났지?"

"할머니가 쓰러지셨을 즈음이었어요."

"……."

아델은 생각에 잠긴 그의 눈치를 살폈다.

"나도 그게 뭔지 잘 몰라."

"하지만 본 적 있다고 했잖아요. 그리고…… 그리고 다른 사람이 있을 때는 나타난 적이 없었단 말이에요. 레온 말고는요."

"너는 그 빛이 왜 나타나는지 모르지? 나도 그래. 나도 이유는 몰라."

짐작 가는 부분은 있었다. 론의 어머니가 가진 능력이었다. 론이 직접 그 빛을 불러낸 적은 없었다. 부르는 방법도 모른다. 다만, 어머니가 부른 빛무리가 다른 사람이 나타나면 사라져도 그가 있을 때는 사라지지 않았다. 어머니의 능력이 아들인 그에게 조금이나마 이어졌다고 가정할 수 있을 것이다.

"거짓말."

"거짓말 아니야."

"거짓말이잖아요. 내게 말해 주지 않는 게 있잖아요."

아델의 감정이 격앙되었다. 그가 자신을 속이려고 한다는 사실에 화가 났다. 말해 주지 않는 것도 속이는 것이다.

대현자도 그랬다. 아델을 대륙에서 처음 만났을 때의 이야기를 제대로 말해 주지 않았다. 왜 자신에게 모두 입을 다물려고 하는지 모르겠다.

"그리고 제대로 알지 못한다면서 왜 싫어해요? 이상한 능력이 있는 내가 껄끄러운 거예요?"

아델의 진짜 속마음이었다. 혹시 그가 자신을 꺼림칙하게 볼까 봐 겁이 났다.

"그렇지 않아."

"레온이 내게 거짓말을 하면 나도 할 거예요. 말해 주지 않으면 나도 레온과 아무 말도 안 하겠어요."

유치한 협박이었다. 그러나 론에게 아주 충분히 효과가 있었다.

론은 무겁게 한숨을 내쉬고 단단히 토라진 아델의 표정을 살폈다. 대충 넘어갔다가는 쉽게 풀릴 것 같지 않았다.

"이상한 능력이 아니야. 아델, 너는 일종의 특별한 재능……을 가진 거지."

론은 자신이 한 말에 당황했다.

재능. 그게 이렇게 단순하게 정의할 수 있는 것이던가.

"재능이라고요?"

"그래. 아주 드물어서 잘 모르는 재능이지."

막상 말을 꺼내기 시작하니까 술술 내용이 이어졌다.

"마법으로 예를 들자. 지금은 대부분의 사람이 마법이 어떤 능력인지 알아. 하지만 평생 마법을 본 적이 없고 마법이 뭔지 모르는 사람들만 사는 마을에 마법사가 나타났다고 하자. 그들은 마법을 처음 보면 어떤 반응을 보일까?"

"놀라고 무서워하겠죠."

"네가 가진 능력이 그래. 아는 사람이 거의 없어."

차분한 그의 목소리를 듣고 있으니 아델도 어느새 흥분이 가라앉았다.

"그럼 레온은 나와 비슷한 재능을 가진 사람을 만난 적이 있는 거군요?"

"……맞아."

그는 어딘지 모르게 힘겹게 대답했다. 하지만 아델은 자신과 비슷한 사람을 만난다는 기대감에 벅차서 그의 무거운 반응에 신경 쓸 겨를이 없었다.

"누구였어요? 어떤 사람? 만날 수 있을까요?"

"만날 수 없어. 영원히."

"아…….."

아델은 말문이 막혀서 입을 다물었다. '죽었나요?'라고 대놓고 묻지는 못했다.

"빛무리 말고 다른 현상은 없었어?"

아델은 망설이다가 고개를 저었다.

"정말 없었어?"

아델은 정원에서 넝쿨이 자라났던 일을 더듬더듬 설명했다. 하지만 이상한 꿈 이야기나 얼마 전에 화분에 꽃이 자라난 일은 말하지 않았다. 이야기를 들으며 론은 미간을 찌푸렸다.

'어머니와는 좀 다르군.'

아무래도 그의 어머니보다 아델이 가진 능력이 훨씬 큰 것 같았다.

"아델. 네 재능은 특별해. 잘못된 게 아니야."

론은 묘한 기분에 휩싸였다. 어쩌면 이런 말을 진심으로 해 주고 싶었던 사람은 어머니였다. 당신은 특별하다고, 당신은 아무런 잘못을 하지 않았다고.

"하지만 난 네가 관심을 두지 않았으면 좋겠다."

"놀라고 무서워하니까?"

"음."

"내 잘못이 아니잖아요."

아델은 부루퉁하게 입을 내밀었다.

"그리고 내가 의도하는 것도 아니에요. 어떻게 하는 건지도 모르겠고."

"그러니까 정원에 혼자 나가지 마. 할 수 있는 일이라도 해야지."

"그래서 혼자 나가지 못하게 한 거였어요?"

론은 고개를 끄덕였다.

"와, 교활해."

그의 눈썹이 스윽 올라갔다.

"그런 소리를 들을 만한 짓은 안 했는데."

"제대로 설명해 주지 않고 듣는 사람이 오해하게 했잖아요. 밤에 침실에서 나왔던 건 내가 잘못한 거니까 그것 때문인 줄 알고 불합리하다고 생각했어도 말하지 못한 거였다고요."

구시렁대는 아델을 보며 론은 대수롭지 않게 말했다.

"못 나가게 한 것도 아닌데 뭘. 그만 돌아갈까?"

"불리하면 말 돌리고."

아델은 일어나면서 종알종알 그에 대한 불만을 터뜨렸다.

"아델. 다음에 또 나오자."

"다음? ……언제요?"

"내일은 안 되겠고……. 사흘 후에는 시간이 되겠다."

이러면 더 골을 내지 못하겠다. 그는 역시 교활한 어른이었다. 금방 기분이 풀린 내색을 하고 싶지 않은데 웃음이 나오는 건 어쩔 수 없었다.

돌아오는 마차 안에서 아델은 아까부터 계속 궁금했던 것을 물었다.

"레온이 알았던 그 사람도, 다른 사람들이 무서워했어요?"

아델은 호기심과 의문이 가득한 눈으로 그를 보았다.

"……그렇지는 않았어."

론은 하고 싶지 않은 이야기이지만 아델의 호기심은 당연했다. 아델 자신과 관련된 문제이니까. 어차피 이야기가 나온 이상 어느 정도 아델이 납득할 수 있는 정도까지는 알려 줘야 할 것이다.

"네 재능은 특별하고 사람들이 잘 모른다고 했지."

"네."

"그런데 조금 다른 곳도 있어. 네가 가진 능력을 가졌던 옛사람이 신비한 기적을 일으켰고 그게 대대로 이야기가 되어 전해졌지."

"아……. 전설, 신화, 이런 것이 되었군요."

"비슷해."

"그럼 레온이 알았던 그 사람은 존경을 받았겠네요."

"처음에는 그랬겠지. 그런데 생각해 봐. 전설이나 신화가 되었다면 그게 평범했을까? 평범한 사람이 가질 수 없는 신비한 능력이었을 거야."

"그렇겠지요."

"그런데 그 사람은 그렇게 대단하지 않았어. 남들보다 조금 특별했을 뿐. 사람들은 멋대로 기대했다가 기대에 미치지 못하자 비난했지."

지독한 가뭄으로 바짝 말라 버린 농작물 앞에, 불이 나서 새카맣게 타 버린 숲에, 병으로 열매가 다 썩어 가는 나무 앞에 그의 어머니를 세워 기적을 일으키기를 강요했다. 어머니는 신이 아니었다. 고작 할 수 있는 일이라고는 봉오리가 진 꽃잎을 활짝 피우는 것뿐이었다.

어머니는 순수하고 나약했다. 기대에 미치지 못하는 자신을 원망하고 사람들의 비난에 괴로워했다. 쉽게 상처받으면서 쉽게 사람을 믿었다. 그는 시드는 꽃처럼 말라 죽어 가는 어머니를 곁에서 지켜봐야 했다.

"그 사람은 불행했어."

노란 빛무리와 함께 사라진 어머니.

론은 정말 어머니가 그 빛과 사라졌는지는 알지 못했다. 직접 그 광경을 본 것은 아니니까.

어느 날 어머니가 사라진 이후 다시는 빛무리를 보지 못했고, 차라리 어머니가 누구도 찾지 못하는 곳으로 사라졌기를 바랐다.

사람들은 그의 어머니가 붉은 호수에 몸을 던졌다고 생각했다. 실제로 어머니의 실종 후 한동안 호수 근처를 대대적으로 수색했다.

시체는 발견되지 않았다.

"난 네가 그 사람처럼 되지 않기를 바라는 거고. 무슨 뜻인지 알아들었지?"

"네……."

아델은 정말 묻고 싶은 질문이 있었지만, 끝내 묻지 못했다.

'그 사람은 레온과 무슨 관계였어요?'

아델이 계속 곁눈질하는 것을 알아차리지 못하고 론은 생각에 잠겼다. 그가 태어나고 자란 곳에 퍼져 있는 전설이었다. 대륙을 널리 돌아다녀 보았더니 다른 곳에는 그런 전설이 없었다.

'전설의 내용을 조사해 봐야겠어.'

어릴 때 들었던 것이라 내용이 가물가물했다. 어머니의 일을 들추고 싶어서가 아니라 아델 때문이었다.

전설이 무엇인지 조사하다 보면 능력을 조절하는 법을 알 수 있을지도 모른다. 그러면 봉인도 할 수 있겠지.

그 노란 빛무리를 다시는 보고 싶지 않았다.

*　　　*　　　*

보강이 예상 시간을 훌쩍 넘어서 끝났다.

'이번 학기에는 전부 멍청이들만 모였어.'

보강이라니. 에릭은 철저하게 실리를 추구하는 인간이었다. 정해진 시간을 넘겨 수업하는 것도 질색이었다. 쓸데없는 시간과 노력이 들어가는 보강 따위에 그의 여가 시간을 허비하고 싶지 않았다.

자신의 연구실 문 앞에서 그는 고개를 갸웃했다. 어두운 복도에 문틈에서 새어 나오는 빛이 선명했다. 손잡이를 잡아 돌리니 역시 잠겨 있지 않았다.

"교수님."

앉아 있던 조교 비앙카가 에릭을 보며 일어났다.

"왜 안 갔어?"

"손님이 오셔서 안에 모셨습니다. 손님을 혼자 둘 수 없어서요."

주인이 없는 연구실에 들여놓을 손님이라면 몇 명 되지 않았다.

에릭은 굳게 닫힌 안쪽 문을 흘끔 봤다가 비앙카에게 물었다.

"누군데?"

"항상 오시던 기사님께서……."

비앙카를 바라보는 에릭의 눈이 가늘어졌다. 조교를 뽑을 때 면접을 보러 왔던 비앙카는 '조교로서 해야 할 일은 최선을 다하겠습니다. 하지만 교수님의 개인 비서가 될 생각은 없습니다.'라고 당차게 말했다.

조교는 대개 교수의 온갖 잡일을 맡아 했다. 정당한 보수를 받지 못하는 비서나 다름없었다.

옳지 못한 관행이지만, 에릭은 세상의 불합리를 개선하려는 정의파가 아니었다. 하지만 본인마저 불합리에 따를 생각도 없었다. 다른 교수였다면 비앙카에게 건방지다고 했겠지만, 에릭은 실력 있는 보조자가 필요했을 뿐이었다. 우수한 졸업 학점을 보고 망설임 없이 비앙카를 뽑았다.

조교가 된 비앙카는 만족스러운 보조자였다. 군더더기 없이 딱 자신이 할 일만 했다. 이렇게 늦은 시간까지, 교수의 손님 때문에 남아 있는 일은 평소답지 않았다. 다른 손님이었다면 교수의 부재를 이유로 되돌려 보냈거나, 꼭 만나야 한다고 고집하면 에릭이 보강하고 있는 교실 앞에 데려다주었을 것이다.

그전부터 앨런이 방문하면 비앙카의 시선이 계속 따라붙는 것을 느꼈다.

"연애 상대로 별로 추천해 주고 싶지 않아."

갑자기 정곡이 찔린 비앙카의 얼굴이 새빨갛게 물들었다.

"무…… 무슨 말씀이신지."

"꽉 막히고 재미없거든."

"아닙니다. 그런 건……. 교수님께서 오셨으니 전 그만 가 보겠습니다."

빨갛게 물든 얼굴로 허둥지둥하면서 아니라고 해 봤자 변명으로 들릴 뿐이었다.

"아니야? 관심 있으면 소개해 줄 생각은 있는데."

다급히 나가려던 비앙카가 우뚝 멈추어 서서 슬쩍 고개를 돌렸다.

"……놀리시는 거죠?"

"우리 꽤 오래 함께 일하지 않았던가? 내가 헛소리하는 인간으로 보여?"

비앙카는 고개를 저었다. 비앙카는 시간이 지날수록 에릭의 조교로 채용된 자신이 얼마나 운이 좋았는지 깨달았다. 교수의 자녀 숙제까지 했다는 다른 조교의 하소연에 '그런 일까지 해?'라고 말할 수 없어서 말없이 듣기만 했다.

에릭 교수는 잔정이 없고 기본적으로 성격이 냉랭하지만, 합리적인 사람이었다. 가끔 독단적이기는 해도 비앙카는 에릭의 결정이 부당하다고 생각한 적은 없었다.

"관심 있으면 있다고 해. 난 아니라고 빼는 사람에게 알아서 자리 마련해 주지는 않아."

"……미혼이신가요?"

"아무렴 내가 불륜을 조장할까."

"……따로 연인이나 정혼자나……."

"없어."

"관심 있습니다."

괜히 한 번 더 사양하면 예의상 한 번 더 권하지 않을 에릭 교수의 성격을 알고 있었다. 에릭이 씨익 웃었다. 비앙카는 얼굴이 달아올라서 고개를 숙였다.

"녀석에게 말해서 조만간 시간 내라고 해 볼게. 근데 내가 해 주는 건 거기까지야. 꾀어서 연애하는 건 재주껏 해."

"그런 건 알아서 합니다!"

버럭 소리친 비앙카의 얼굴이 다시 벌겋게 물들었다.

"뭐해? 가 봐."

쭈뼛거리며 서 있던 비앙카는 화들짝 놀라더니 재빠르게 사라졌다. 그런데 문이 닫히자마자 다시 문이 열리더니 비앙카가 에릭에게 꾸벅 고개를 숙였다. 다시 닫히는 문을 보면서 에릭은 키득거렸다.

'비앙카 정도면 괜찮아.'

야무지고 성실했다. 고지식한 부분은 친구 녀석을 닮았다. 둘을 나란히 세워 놓은 모습을 상상하니까 제법 어울렸다.

에릭은 문을 열고 안으로 들어갔다. 소파에 반듯하게 앉아 있던 검은 머리의 청년이 시선을 돌렸다. 에릭은 열린 문에 기대어 생각했다.

'문제는 이놈이지.'

도통 삶의 재미를 어디에서 찾는지 알 수 없는 녀석이었다. 이 무뚝뚝한 녀석과 연애하려면 비앙카가 꽤 마음고생 할 것이다.

"이 시간에 어쩐 일이야?"

"너야말로. 늦은 시간에 수업이라니 별일이다."

"나도 하고 싶어서 한 게 아니야."

에릭은 구시렁거리면서 교재를 책상에 던지자마자 아차 싶었다. 그의 책상은 무너지기 일보 직전의 상태였다. 아슬아슬하던 균형이 깨지며 잔뜩 쌓여 있던 책이 와르르 무너졌다. 일부가 바닥으로 떨어지고 일부는 책상을 덮쳤다. 에릭은 짜증스럽게 난장판이 된 책상을 노려보았다.

"나가자. 배가 고프니 더 신경질이 나네. 저녁 먹고 갈 시간 되지?"

"평소에 정리 좀 하라니까."

"난 치우면 집중 안 돼."

앨런은 품에서 서신을 꺼내 내밀었다.

"성주님께서 전하라고 하셨다."

"그럼 그렇지. 네가 갑자기 웬일인가 했다."

에릭은 낚아채듯 서신을 받아 대충 주머니에 쑤셔 넣었다. 못마땅하게 미간을 찌푸리는 앨런에게 툭 내뱉었다.

"뭐."

"좀 더 예의를 차릴 수는 없겠냐?"

"야. 그럼 내가 벌벌 떨면서 무릎 꿇고 두 손으로 받아야 하는 거냐?"

"그런 말이 아니라."

"네 주인이지 아직 내 주인은 아니거든. 그리고 난 너처럼 바짝 엎드리는 건 취향에 안 맞아. 앞으로도 그건 기대하지 마."

에릭은 앨런의 곁을 지나쳐서 문을 열었다.

"가자고. 배고파."

앨런은 작은 한숨을 푹 쉬고 뒤를 따라갔다.

「그놈은 천성이 꼬였어.」

바실 수장이 제 아들의 흉을 볼 때 항상 하는 말이었다.

앨런도 그 말에 어느 정도는 동감했다. 어릴 때부터 에릭은 매사에 냉소적이었다. 어린 시절이 불우했으면 영향을 받았나 하겠지만, 아니라는 걸 안다.

앨런은 어릴 때부터 에릭의 집에 드나들었다. 바실 수장은 성품이 훌륭한 분이고 가모께서는 온후하고 다정한 분이었다. 남다른 점이라고는 에릭의 위로 누나가 셋이 있다는 것이지만.

문득 에릭이 제 누나들을 칭할 때 이를 갈며 하던 말이 떠올랐다.

「그 마녀들!」

아름답고 다정한 누님들을 에릭이 왜 그렇게 질색하는지 지금도 여전히 알 수 없었다.

덴버는 작은 도시였다. 도시에서 수용 가능한 인구를 넘어선 사람이 몰리기에 공간의 낭비가 없었다. 나무 한 그루를 심으니 그 땅에 가판대를 설치했다.

좁은 땅에 있을 만한 것은 다 있었다. 고상함과 비천함, 화려함과 낙후함이 공존했다. 대리석으로 길을 닦은 학원가에서 멀지 않은 곳에 흙먼지가 날리고 악취가 진동하는 빈민촌도 있었다.

앨런은 덴버에 올 때마다 인간의 모든 모습이 이곳에 있다는 생각이 들었다.

학원가를 벗어나자 마치 변신을 하듯 화려한 유흥가가 드러났다. 두 사람은 분리되는 방을 갖춘 주점으로 들어갔다. 주점이지만, 식사도 가능했다. 식사를 하면서 에릭은 내일도 보강해야 한다고 투덜거렸다.

"멍청한 머릿속에 새겨 주는 최선의 방식은 반복 학습이지."

"의외다. 학생들이 이해하건 말건 네가 맡은 부분만 하면 신경 쓰지 않을 줄 알았는데."

"나도 책임감은 있다."

말실수를 한 건가, 잠시 고민한 앨런은 덧붙인 에릭의 말에 말문이 막혔다.

"학생은 고객이야."

"……."

"비싼 수업료를 냈으니까 돈 낸 만큼은 가져갈 수 있게 도와
줘야지. 학원에서 내게 그러라고 보수를 주는 거니까."

이 말을 다른 교수들이 들었다면 그다지 유쾌하게 생각하지
않을 것 같았다. 에릭이 교수가 된다고 했을 때 의외였다. 학생
들을 위해 헌신하는 자애로운 스승의 모습은 에릭에게 전혀 어
울리지 않았다. 하지만 이제는 이해가 갔다. 에릭이 어떤 마음가
짐으로 교수 생활을 하는지 알겠다.

"그분. 용병이었다지?"

"음? 아아……."

"비밀인가?"

"아니, 딱히. 일곱 가문의 수장들은 다 알아. 굳이 화제로 삼지
않을 뿐이지."

"금기 사항이야?"

"성주님은 개의치 않으신다."

"그분 말이야."

시선을 마주치는 앨런을 물끄러미 보다가 에릭은 고개를 돌
렸다. '비밀이 많은 사람이다.'라는 말은 그저 속으로만 삼켰다.
말해 봤자 귀담아 듣지도 않을뿐더러 이상한 말 하지 말라고 타
박이나 듣지 않으면 다행이었다.

"가져온 서신 말고 따로 전하는 말씀은 없었어?"

"없어."

"무슨 내용인지 궁금하지는 않냐?"

"내가 관심 가질 부분이 아니다."

에릭은 피식 웃었다. 곁눈질할 줄 모르는 녀석이었다. 가끔은 답답했지만, 변함이 없는 친구를 보고 있으면 안심이 되었다. 세상의 모든 것이 변해도 친구만큼은 그대로이기를 바랐다.

"언제 시간 또 나냐?"

"글쎄."

"중요한 일 있으니까 조만간 시간 내 봐. 지극히 사적인 일이지만 아주 중요해."

여자를 소개해 준다고 하면 헛소리 취급할 게 뻔해서 말을 돌렸다. 성격만큼 예의도 바른 녀석이라서 앞에 여자를 앉혀 두면 면전에서 벌떡 일어나지는 못할 것이다. 반 확답으로 약속을 잡아 놓고 가볍게 술 한 잔 마신 후에 헤어졌다.

에릭이 거주하는 집은 학원에서 교수들에게 임대해 주는 사택이었다. 침대 하나로 꽉 차는 비좁은 침실은 응접실까지 포함해도 동부의 바실 저택에 있는 그의 방보다 작았다. 하지만 덴버에서는 이 정도 규모면 호화로운 편이었다.

옷을 갈아입으려다가 주머니에 넣은 서신이 손에 잡혔다. 그는 벗은 코트를 팔에 걸치고 소파에 앉아 봉투를 열었다.

내용은 길지 않았다.

서신을 읽으면서 에릭의 표정이 묘해졌다.

"알시온 왕국에서 전해지는 전설?"

조사하라는 내용이 뜬금없었다.

'왜 알시온 왕국일까.'

무슨 이유인지 성주는 알시온 왕국에 관심이 많았다.

대륙의 다양한 나라들이 하란을 대하는 방식은 제각각이었다. 대단히 호의적이고 적극적으로 하란의 문물을 받아들이는 나라가 있는가 하면 비교적 폐쇄적인 나라도 있었다. 알시온은 폐쇄적인 쪽에 속했다.

'개척되지 않은 시장이기는 하지만…….'

당연한 일이지만, 호의적인 나라는 하란의 많은 가문들이 진출했다. 후발 주자로 끼어 봤자 큰 이득을 기대할 수 없다.

하란이 대륙에 진출한 지 수십 년이 지났다. 어지간한 나라는 전부 문을 열고 하란을 맞이했다. 대륙의 가장 남쪽, 하란으로부터 멀리 떨어진 나라 중에는 여전히 배타적인 곳이 있었다.

'알시온에 직접 가 보는 게 나으려나.'

에릭은 서신을 다시 봉투에 넣었다. 그리고 구겨져 있는 봉투를 가만히 보다가 테이블에 놓고 손으로 꾹꾹 누르며 접힌 부분을 폈다. 속으로는 왜 이 짓을 하고 있나, 투덜거렸다. 예의를 갖추라는 에릭의 말이 마음에 걸려서는 절대 아니었다.

몇 개월 만에 본 친구는 새 주인의 충견이 되어 있었다. 일전에 앨런은 레바스 가문의 새 주인이 될 자가 어떤 인물인지 모르는 상태에서도 주인으로 모시겠다고 말했다. 동물로 분류하면 앨런은 틀림없이 개과에 속했다.

하지만 의무감으로 충성하는 것과 진심으로 따르는 것은 드러나는 표정이나 태도에서 차이가 있을 수밖에 없다. 딱딱한 표정을 짓던 녀석이 성주에 관해 말할 때는 진심으로 즐거워 보였다. 이러니저러니 해도 에릭은 친구의 안목을 믿었다.

'곱게 자란 도련님보다는 재미있겠지.'

주인이 어떤 비밀을 갖고 있는지 하나씩 알아내는 일은 무척 흥미로울 것이다. 반복적으로 암기한 내용을 구술하는 수업이 지겹던 참이었다. 말귀를 못 알아듣는 멍청이들을 가르치는 일도 슬슬 지루하다.

'슬슬 가 볼까.'

평생 교수로 살 생각은 처음부터 없었다.

＊　　　＊　　　＊

전당은 하란의 수도 '고난'에 위치한 공공 건축물이었다. 적게는 수십 명에서 많게는 수천 명까지 수용 가능한 다양한 크기의 홀을 갖추었다. 누구나 비용을 지불하면 홀을 빌려서 다양한 목적의 연회를 열 수 있었다.

자택을 개방해서 파티를 열기 곤란한 사정이 있거나 많은 사람을 초대하는 큰 규모의 파티를 열기 위해서 가문들은 대개 전당의 홀을 빌렸다.

전당에서는 일 년 내내 크고 작은 파티가 열렸다. 그리고 오늘은 좀 특별한 파티가 열렸다. 동부의 대가문 레바스에 충성하는 일곱 가문 중 하나인 몬트 가문에서 주도하는 파티였다.

동부는 성주의 타계 이후에 한동안 애도하며 자제하는 분위기였다. 오랜만에 열린 규모 있는 파티에 기다렸다는 듯이 사람들이 잔뜩 몰렸다.

"사람이 많네."

캘빈은 움직이는 사람들에게 방해가 되지 않으려고 벽 가까이에 서 있었다. 천 명을 수용하는 넓은 홀에 빈틈이 없었다. 빽빽한 사람의 무리를 봐서 그런지 오랜만에 입는 꽉 끼는 옷이 더 답답했다.

"성공적인 파티야. 과연 몬트 수장이시군."

캘빈은 곁에 있는 친구를 향해 들고 있던 샴페인 잔을 치켜 올렸다.

"글쎄. 어머니의 능력이 아닌데."

갈색 머리의 청년, 트래버 몬트가 어깨를 으쓱했다.

"반사적 이익을 봤을 뿐이지."

사람들은 파티에 목말라 있었다고, 트래버는 돌려 말했다.

"그래도 몬트 가문의 파티가 아니었으면 이 정도는 아니었을 테지."

"주변을 봐. 동부인만 있는 게 아니야."

하란의 사교계는 대가문의 영역에 따라 나뉘어 있었다. 사교계는 서로 침범하지 않는 암묵적인 규칙이 있었다. 그래서 동부의 가문에서 주최하는 파티에는 참석자 대부분이 동부인이었다.

그렇다고 사교계끼리 전혀 교류가 없는 것은 아니었다. 모든 사교계를 섭렵하려는 마당발이 매개체가 되었다. 넓은 인맥을 자랑하는 사교계 인사들이 지역을 가리지 않고 유명한 자리에 모두 고개를 내밀었다.

"당연하지. 몬트 가문에서 여는 파티니까."

"그런 이름값을 감안해도 유난히 많다는 생각 안 들어?"

캘빈은 평소에 사교 활동이 활발한 편이 아니지만, 명문가 출신이다 보니까 중요한 자리에는 거의 참석했다. 그러면 마주치는 사람들은 거의 비슷했다. 그런데 친구의 말을 듣고 사람들을 보니까 아는 얼굴보다 모르는 얼굴이 더 많았다.

"저들이 다 어머니를 보려고 이 자리에 온 건 아니라고."

"그러면?"

"동부의 새 주인을 오늘 볼 수 있을지도 모른다고 생각하는 거지."

"몬트 수장께서는 뭐라고 하셔?"

"오시지 않을 거라는데 모르는 일이지. 이 정도 규모의 파티면 첫 등장의 자리로 나쁘지 않잖아. 이제 슬슬 사교 활동을 하실 때가 되지 않았나? 넉 달인가? 성에만 틀어박혀 있다니. 나라면 진즉 뛰쳐나왔을 거야."

주변을 둘러보던 캘빈의 표정이 살짝 변했다.

"네 어머니 말씀이 맞아."

"왜?"

"저기."

캘빈이 턱짓하는 방향으로 시선을 돌린 트래버가 '과연.' 하고
중얼거렸다.

막 파티홀로 한 쌍의 남녀가 들어오고 있었다. 검은 머리의 남
자가 여인을 에스코트해서 들어오자 사람들이 빠르게 주변에
몰려들었다. 앨런은 금세 사람들에게 파묻혀 보이지 않았다.

캘빈과 트래버는 말을 주고받았다.

"성주님이 오늘 참석할 예정이라면."

"형님이 여인을 에스코트해서 오셨을 리가 없지. 그분을 곁에
서 보좌했을 테니까."

"형수님 되실 분?"

트래버의 물음에 캘빈은 고개를 저었다.

"미인인데. 네 형님의 취향인가?"

"어머니의 취향이겠지."

형의 연인은 아닐 것이다. 형에게 연인이 생겼다면 진즉 호들
갑스럽게 어머니가 소식을 전했을 테니까.

"형님이 어머니의 말씀을 거역 못 하거든."

어머니께 달달 볶이다가 어쩔 수 없이 참석했을 형이 조금은

안 되었다. 어머니의 관심은 결혼 적령기의 형에게 집중되었다. 서운하기보다는 다행이었다.

트래버가 키득거렸다.

"변함없이 인기 폭발이구나."

"뭐……."

항상 보던 광경이라 캘빈은 놀랍지 않았다.

코우 가문의 부자는 동부를 넘어선 하란 전역에서 이름 높은 기사였다.

하란에서는 3년마다 대단히 큰 규모의 검술 및 마창 시합을 개최했다. 누구나 참가 가능하지만, 스무 살부터 스물아홉 살까지 나이 제한이 있었다.

형제의 아버지인 마커스 코우는 이십 대에 총 세 번 참가해서 세 번 모두 우승한 전설적인 인물이었다. 아들인 앨런 코우가 처음 출전해서 우승을 거머쥐었을 때만 해도 사람들은 그 아버지에 그 아들이라며 감탄했다.

그런데 작년의 시합에서도 앨런이 우승하자 사람들은 열광했다. 후년의 시합에서도 과연 앨런이 우승해서 마커스가 이룬 영광을 재현할 것인지 관심이 집중되었다.

워낙 잘난 아버지와 형을 둔 캘빈은 자신의 재능이 그들에게 미치지 않는 사실을 알고 한때 방황했다. 이제는 지난 이야기였다. 그저 주어진 모습대로 살기로 했다.

"브로디 양이군."

트래버가 가리키는 방향을 보니까 모여 있는 여인들의 무리 속에 스텔라가 보였다. 눈이라도 마주칠까 봐 캘빈은 얼른 눈을 돌렸다. 전부터 눈이 마주치면 다가와서 아는 척을 했다. 남들 앞에서 매몰차게 인사도 받지 않고 외면하기는 어려웠다. 이유가 어찌 되었든 숙녀에게 무례한 태도는 지탄을 받았다.

"오늘은 모친이 참석하지 않은 모양이네."

"브로디 양에게 관심 있어?"

"설마. 얼마 전에 누님께 재미있는 이야기를 들었는데 사실 같기도 하고 뜬소문 같기도 하고."

"뭔데?"

"누님이 참석한 티파티에 브로디 부인도 참석했는데 조사관이 와서 브로디 부인을 데려갔다는 거야. 그 후에 난 소문에 따르면 브로디 일가가 레바스 성에서 나올 때 성의 소유물을 허락 없이 가지고 나왔고, 레바스에서 절도로 고발했다고 하더라."

캘빈은 미간을 찌푸렸다. 정말 한심하고 수치스러운 짓이었다. 그런데 설마 정말 그런 짓을 했겠느냐는 말은 나오지 않았다. 브로디 일가라면 그러고도 남았다.

"소문이 사실이면 대체 뭘 가져간 걸까? 어지간하면 레바스에서 고발이라는 극단적인 조치를 할 리가 없잖아."

"여어, 친구들."

캘빈과 트래버가 고개를 돌렸다. 다가온 청년이 히죽 웃었다.

"쓸쓸한 놈들. 사내 녀석 둘이 뭘 그렇게 속닥거리냐."

마틴 룩스는 동부의 일곱 가문 중 하나인 룩스 가문 출신이었다.

어쩌다 보니 셋 모두 일곱 가문 출신이었다. 그들을 비딱한 시선으로 보는 일부 사람은 끼리끼리만 몰려다닌다고 뒷말을 했다.

셋은 남의 말에 개의치 않았다. 그들은 마음이 맞아서 친구가 되었지 배경을 두고 계산해서 함께 어울리는 것이 아니었다.

"내가 네 녀석들에게 소개해 주려고 미인을 데려왔지."

캘빈과 트래버가 황당하다는 표정을 지었다.

'정신 나간 놈.'

그리고 마틴의 곁에 서 있는 붉은 머리의 '미인'에게 정중히 사과했다.

"이 녀석의 무례한 헛소리는 귀담아 듣지 마세요."

"지금 턱을 주먹으로 날려도 됩니다."

강렬한 붉은 머리의 청년이 가볍게 웃었다. 미형의 외모를 지녔지만 틀림없는 남자였다. 마치 여인을 대하듯 표현한 마틴의 말투는 매우 경박하고 무례했다.

"괜찮습니다. 유쾌한 분이라서 악의가 없다는 건 알고 있습니다."

"그래. 너희는 날 나쁜 놈으로 몰고 가지 마."

"닥쳐라."

"새털보다 가벼운 자식."

셋이 투덕거리는 모습을 보며 붉은 머리의 청년이 빙긋 웃었다.

"정말 가까운 친구분들이군요. 보기 좋습니다."

트래버가 캘빈과 머쓱하게 마주 보다가 붉은 머리의 청년에게 물었다.

"혹시 대륙에서 오셨습니까?"

"아······. 한눈에 보이는가 보네요. 드러내지 않으려고 조심은 하는데······. 레슬리 펠릭스입니다. 대륙에서 왔습니다."

하란이 대륙과 교류를 시작한 이래로 하란에 입국하는 대륙인의 수는 꾸준히 늘었다. 신분이 확실하지 않으면 입국 허가를 해 주지 않기에 대륙인은 왕족이나 귀족이 아니고서는 하란에 입국하기가 거의 불가능했다.

"펠릭스 군은 유학생이야."

마틴이 소개말을 덧붙였다.

하란에 입국하는 대륙인의 유형은 크게 둘이었다. 관광의 목적이거나 유학생이거나. 최근에는 유학생의 수가 늘고 있었다.

"그리고 펠릭스 군은 고국에서 상당한 고위 귀족 가문 출신이지."

마틴이 굳이 말하지 않아도 그쯤은 짐작했다.

대륙 출신의 왕족이나 귀족은 말투나 태도가 고풍스러웠다. 하란의 사람들이 일상에서 쓰지 않는, 마치 연극에서나 볼 것 같은 말투로 느릿하게 말했다.

하란에는 왕족도 귀족도 없었다. 대가문이 일국의 왕과 같다지만 지배자라기보다는 담당하는 지역의 관리자에 가까웠다. 물론 하란에도 상류층과 하류층을 구별하는 계급이 있으나 대륙의 신분제도와는 맥이 달랐다.

하란의 사람들은 대륙의 수직적인 신분제도를 조소하면서도 동경하는 모순된 감정을 품고 있었다. 그래서 최근 사교계에서는 대륙 출신의 왕족이나 귀족들과 친분을 맺는 일이 한창 유행이었다.

"대륙 어디에서 오셨습니까?"

"알시온 왕국입니다."

"알시온……. 남대륙에 있는 왕국이군요. 규모가 큰 숲을 이웃 나라와 국경으로 두고 있는. 이웃한 나라가 아마 리피노 왕국이었던가."

트래버가 아는 척을 했다.

"아시는군요. 놀랐습니다. 하란에서 워낙 거리가 멀고 잘 알려진 나라가 아니거든요."

레슬리는 유학 생활을 하면서 자신의 고국을 이 정도로 아는 사람을 처음 만났다.

"제가 대륙에 관심이 많아서요. 그리고 좀 특이했거든요. 두 나라가 숲을 끼고 있으면서 불확실한 국경을 유지한다는 것이요. 그 넓은 숲을 개발하지도 않고요."

"붉은 호수의 숲은 신성시되는 곳이라서요."

"전설 같은 건가요? 재밌네요."

대화를 나누다 보니까 그들은 빠르게 친해졌다.

대륙에서 온 유학생들은 신분이 높아서 그런지 뿌리 깊은 우월 의식에 사로잡혀 있거나 하란의 문물에 자격지심을 느끼거나 둘 중 하나였다. 그런데 레슬리는 그런 것이 없었다.

셋이 레슬리에게 호감을 갖는 만큼 레슬리도 마찬가지였다.

대륙에서 왔다고 하면 이득을 얻을까 계산해서 접근하는 이들이 대부분이었다. 때로는 얕잡아 보기도 했다. 유일하게 마음이 맞아 친구가 된 사람이 마틴이었다.

마틴이 자신의 친구들을 소개해 준다고 했을 때는 내심 걱정했다. 그런데 역시 비슷한 사람들끼리 무리가 되어 모이는 것인가 보다. 마틴의 두 친구는 모두 유쾌하고 선한 사람들이었다.

"여기는 대륙인이 거의 보이지 않네."

레슬리가 파티장 내부를 둘러보며 중얼거렸다.

"동부 사교계는 처음인가?"

"다른 곳도 딱히 많이 가 보지는 않았어."

레슬리는 쓴웃음을 지었다. 대륙의 유학생들은 출신 국가의 국력과 자신의 신분에 따라 등급을 매겨 하란에 와서도 신분놀이를 했다. 그들과 어울리고 싶지 않아서 멀리했더니 어느새 혼자가 되었다.

"동부의 사교계는 대륙인들에게 인기가 없어. 동부의 대가문은 대륙에 나가지 않았거든."

레슬리는 대륙인으로서 괜히 부끄러웠다. 오직 이득에 따라 움직이는 대륙인을 한심하다고 생각해 왔다. 친구는 이득으로 사귈 수 있는 것이 아니다. 그런데 대륙의 유학생들은 모두 이득만 생각하고 움직였다.

"레슬리. 필요하면 다른 지역 사교계에 다리 놔 줄게."

마틴의 말에 레슬리는 당황했다. 혹시 자신이 그런 목적을 가졌다고 생각하는 걸까.

레슬리가 대답을 망설이는데 트래버가 마틴의 어깨에 팔을 걸치며 말했다.

"부담 갖지 마. 이 녀석이 발이 넓거든. 유일한 재능이랄까. 그리고 제 능력을 자랑하고 싶어 안달하지."

"날 우습게 보는 건 너네뿐이야!"

레슬리는 긴장을 풀고 웃었다. 그들의 태도와 말에서 삐딱함이나 조롱은 느껴지지 않았다.

'좋은 사람들을 알게 되었구나.'

레슬리는 하란의 문물을 배우려고 유학생이 되었다. 인맥을 만들거나 이득을 만들기 위해서가 아니었다. 그래서 딱히 사교 활동의 필요성은 느끼지 못했다.

'형님은 갑자기 왜 그런 걸 알아보라고 하셨을까.'

고국에서 형님의 서신을 받았다. 젊은 나이에 후작이 된 형님이 레슬리에게는 동경의 대상이었다.

'사교계의 소문이라니.'

꼭 알아내라고 강요하지는 않았다. 그저 기회가 되어 듣게 되면 알려 달라고 했다. 모처럼의 형님의 부탁이라 레슬리는 사명감에 불타올랐다.

*　　*　　*

르웨나 레바스.

레바스 가문의 초대 가주 이름이었다.

아델은 그녀가 어떤 사람이었는지 알고 싶었다. 하지만 아델의 호기심을 해결해 줄 사람이 없었다.

레바스 가문의 남은 혈족은 레온뿐인데 그는 고작 몇 개월 전에 레바스 가문의 사람이 되었다. 아델보다 많이 알 것 같지 않았다. 처음에는 서재를 뒤졌다. 가주가 전대 가주의 일대기를 정리하는 일은 하란의 오랜 전통이었다. 대를 이어 내려가면 가주의 전기는 묶여서 가문의 역사서가 되었다.

서재에 비치된 역사서는 아델이 기대한 것과 달랐다. 내용의 일부를 발췌해서 큰 흐름만 정리한 것이었다. 레바스 가문의 역사가 워낙 오래되다 보니 한 권에 담기 위해서는 상당 부분을 생략할 수밖에 없었다.

'원본은…… 가문의 방에 있겠구나.'

가문의 방 안에는 고서를 잔뜩 보관한 방이 있었다. 아델은 자신에게 고서를 읽을 자격이 있는지 확신할 수 없었다. 그가 원래 허락한 것은 초상화였다.

"가문의 방에 있는 고서를 읽어도 될까요? 레바스 가문의 역사가 궁금해서요."

오후에 차를 마시면서 아델은 그에게 조심스럽게 허락을 구했다. 그가 안 된다고 하면 어쩌나 걱정했다.

"얼마든지."

그의 허락이 너무 간단해서 오히려 아델이 당황했다.

"그러면 안 돼요. 가주만 들어갈 수 있는 비밀 방이잖아요. 기밀문서도 잔뜩 있을 거예요. 아무나 들어가서 보면 안 된다고요."

"네 말이 앞뒤가 안 맞는 건 알지?"

허락을 구하면서 허락하면 안 된다고 말하는 모순을 알면서도 아델은 그의 지적에 불만스럽게 입을 내밀었다.

"……됐어요. 안 읽어도 괜찮아요."

아델은 찻잔을 내려놓고 일어났다.

"방에 돌아갈게요."

"앉아."

아델은 서서 그를 보다가 그가 또 한 번 앉으라고 말하자 다시 앉았다. 론은 잔뜩 골이 난 표정을 짓고 있는 아델을 이해할 수 없었다. 그들이 나눈 대화의 어떤 점이 문제가 있었는지 모르겠다. 그렇다고 아델이 평소에 변덕이 심하다거나 사소한 문제로 심술을 부리는 성격은 아니었다.

"갑자기 왜 그래?"

"……."

"말하지 않으면 몰라."

"……가문의 방은 가주에게 대단한 보물이잖아요. 쉽게 허락해 주지 마요."

아델은 그와 시선을 마주치지 않으려고 살짝 고개를 숙여서 그의 표정을 볼 수 없었다. 하지만 분명히 그는 황당한 눈으로 자신을 보고 있을 것이다.

"알아요. 이상한 억지를 부리고 있다는 거."

줄곧 신발 속에서 밟히는 모래알처럼 그녀를 불편하게 하는 문제가 있었다. 그는 지나치게 욕심이 없었다.

아델은 처음에 자신이 받은 유산의 의미를 제대로 몰랐다. 제레미에게 이것저것 배운 후에 비로소 할머니가 남긴 유산의 막대함을 알았다.

유언장이 공개된 날에 브로디 공이 내보인 반응이 오히려 솔직했다. 누구나 제 것을 빼앗기면 화를 낸다. 그런데 레온은 아델에게 남겨진 유산을 너무 대수롭지 않게 넘겼다.

물론 그가 재물에 크게 욕심이 없는 사람이라서 그럴 수도 있다. 하지만 반지를 받고 나서 뭔가 아니라고 생각했다. 그건 재물과는 또 다른 영역이었다.

"레온이 좀 더 욕심냈으면 좋겠어요. 소중하지 않으면 욕심도 나지 않으니까, 레온에게는 레바스 가문이 소중하지 않은 것 같아서······."

횡설수설한 아델의 중얼거림을 론은 잠자코 들었다. 대체 무슨 소리냐는 말이 나오지 않았다. 불시의 습격을 받은 것처럼 그는 말문이 막혔다.

그에게 레바스는 수단이었다. 그리고 깊은 죄책감의 뿌리였다. 주인의 자리를 차지하고 있으면서도 그는 멀찍이 마음의 거리를 두려고 안간힘을 썼다.

누구도 속내를 알 수 없을 거라고 생각했다. 그런데 아무것도 모르는 아이에게 들켰다. 아델이 어린 외모만큼 순수하기 때문에 오히려 본능적인 느낌으로 아는 것인지도 모른다.

아델은 어깨를 축 늘어뜨렸다. 두서없이 떠들다 보니까 자신이 무슨 말을 하는지도 모르겠다.

"미안해요. 이상한 말이나 하고."

"그 문제가 네게 왜 중요하지?"

아델은 흘끔 시선을 들었다. 그는 심란해 보였다.

"할머니는 레바스 가문을 정말 사랑하셨으니까요. 레온도 그래 주기를 할머니께서 바라실 테니까요."

"······소중하지 않아서가 아니야."

솔직히 욕심이 나서 문제였다. 그래서는 안 된다고 생각하면서도 고작 몇 개월 만에 그는 레바스가 갖고 싶어졌다.

레바스 대가문이 지닌 오랜 전통, 그것에 자부심을 지닌 사람들, 안정적인 지배력과 레바스의 지배를 신뢰하는 동부인들, 가문에 충성스러운 가신들.

대륙에서 이제 더는 찾아볼 수 없는 '이상적인 왕국'이었다. 그가 한때 꿈꾸었던 모든 것이 여기 있었다. 냉정해지려고 하는데도 시간이 지날수록 마음이 기울었다. 뻔뻔하게도 진짜 주인이 되고 싶었다.

네 것이 아니다. 그는 끊임없이 자신에게 타일러야 했다.

"너라서 허락한 거야. 하지만 네 말대로 중요한 곳이니까 규칙은 정하는 게 좋겠지. 네가 그곳에서 무엇을 알게 되든 너 혼자만 아는 걸로 하자. 비밀을 지킬 수 있지?"

아델은 강하게 고개를 끄덕였다.

"꼭 지킬게요. 아무에게도 말 안 해요."

가문의 방으로 가면서 아델은 달아오르는 뺨을 손등으로 문질렀다. 어쩌면 주제 넘는 소리를 했다. 그런데도 그는 타박하지 않았다. 자신이 받는 특별 대우가 솔직히 기쁘다.

할머니도 물론 아델이 바라는 모든 것을 해 주었다. 그만큼 아델도 할머니께 예쁘게 보이려고 애썼다. 자신이 친손녀가 아니니까 노력해야 한다고 생각했다. 그런 노력이 그녀를 힘들게 한 것은 아니지만, 마음 한구석에 불안함이 있었던 것 같다.

그런데 상황이 달라졌다. 아델은 부유한 상속녀였다. 그녀는 재산관리인으로부터 자신이 가진 재물로 얼마나 많은 일을 할 수 있는지 배우고 있었다. 레바스 성이 아니어도 얼마든지 살 곳을 마련할 수 있었다.

그에게 잘 보이려고 애쓰는 마음의 부담이 없었다. 그가 잘해주면 감사한 것이 아니라 기뻤다. 부유하다고 오만해져서가 아니었다. 자존감이었다. 할머니가 자신에게 준 힘이 무엇인지 조금씩 깨달았다.

고서의 방에 들어가서 아델은 가주의 전기부터 찾아보았다.

"겨우?"

찾은 기쁨은 잠시였고 곧 실망했다. 2대 가주가 작성한 초대 가주의 전기는 매우 얇았다.

작은 테이블에 앉아서 책을 펴고 첫 장의 몇 줄을 읽자마자 아델은 좌절했다.

"……뭐라고 쓰여 있는 거야, 대체."

수백 년 전에 쓰인 책은 현재 쓰는 문자로 작성되지 않았다. 아델이 전혀 접해 본 적 없는 문자였다.

망연자실해 있다가 아델은 벌떡 일어나 다른 고서와 문서를 뒤졌다. 역시 가문 설립의 초반에 기록된 모든 자료는 생소한 문자로 쓰여 있었다. 아델은 시작도 전에 큰 난관에 부딪쳤다.

"어쩌지……."

아델은 고서의 방에 혹시 문자를 해독하는 교본이라도 있나 싶어서 찾아보았다. 뒤져도 원하는 것은 나오지 않았고 실망한 아델은 시무룩했다. 그러다가 그녀는 몹시 흥미로운 노트를 발견했다.

"할머니의 일기……."

시마가 평생 쓴 일기 수십 권이 나란히 꽂혀 있었다. 아델은 한참을 망설였다. 결국 호기심을 참지 못하고 노트를 들고 테이블에 앉았다.

첫 페이지를 펼치자마자 아델은 내용에 정신없이 빠져들었다. 익숙한 할머니의 필체로 할머니의 인생이 담담하게 그려져 있었다.

똑똑.

테이블이 울리는 소리에 놀라 아델은 고개를 들었다.

"레온……."

마주친 그의 보라색 눈이 살짝 가늘어졌다. 그는 한쪽 손을 테이블에 올려 몸을 기대고 상체를 숙인 자세로 아델을 내려다보고 있었다.

"어쩐 일이에요?"

아델은 눈을 동그랗게 뜨고 얼떨떨한 표정으로 물었다.

"지금 몇 시인 줄 알아?"

"네?"

"저녁 먹을 시간이 한참 전에 지났어."

아델이 도통 올라오지 않으니 바깥에서 안절부절못하던 하녀가 결국 성주에게 알렸다.

"아……. 시간이 그렇게 지난 줄 몰랐어요."

론은 테이블에 쌓인 책과 노트를 보고 더 나무라지 않았다. 책을 읽다가 순식간에 시간이 뛰어넘는 경험을 그도 많이 겪어

보았다.

"그렇게 재미있어?"

"원래 읽고 싶었던 게 아니었는데 읽다 보니 빠져들었어요."

아델은 민망한 웃음을 지으며 읽지 못한 책을 들어서 흔들었다.

"이걸 읽고 싶었지만, 전혀 못 읽겠더라고요. 처음 보는 글자로 쓰여 있어요."

론은 받아서 초대 가주의 전기를 펼쳤다. 첫 페이지를 눈으로 쭉 훑더니 말했다.

"고어로 쓰였군."

"고어요?"

"현재 쓰이는 대륙어의 근간이 되는 언어지. 최초의 통일 언어야. 현재 대륙 대부분 나라에서 대륙어를 공용어로 쓰게 된 기반이 되었어."

"지금은요?"

"쓰지는 않지만 대륙 대부분의 왕족이나 귀족은 배워. 왕실이나 오래된 가문에 전해 내려오는 고서가 대부분 고어로 쓰였으니까."

"내가 원하는 책을 읽으려면 고어부터 배워야 되는군요."

아델은 한숨을 푹 내쉬었다. 그리고 페이지를 넘기는 그를 의아하게 보았다. 눈동자가 움직이는 모양이 마치 내용을 읽는 것 같았다.

"혹시 레온은 그 책, 읽을 수 있어요?"

"대충은."

"정말요? 그럼 나한테 고어를 가르쳐…… 아니다. 바쁜데 그럴 시간 없죠. 고어를 배우고 싶어요. 교사를 구해 줘요."

"가르쳐 줄게."

"무리해서 시간 내지 않아도 괜찮은데……."

소녀의 하얀 볼이 발갛게 상기되었다. 말로는 괜찮다고 하면서도 뚜렷하게 기쁜 내색을 감추지 않았다. 눈에 빤히 보이는 소녀의 내숭이 귀여워서 론은 웃지 않을 수 없었다.

"그런데 레온은 고어를 어디서 배웠어요?"

그가 순간 당황하다가 시선을 돌렸다.

"올라가자."

아델은 기분이 이상했다.

'왜?'

어려운 질문이 아니었다. 그가 말을 돌리는 이유를 알 수 없었다. 문득 아델은 그가 하란으로 오기 전, 어떤 삶을 살았는지 전혀 모른다는 사실을 깨달았다. 그는 단 한 번도 자신의 과거를 이야기한 적이 없었다.

석실을 나와서 아델은 두 팔을 여는 그의 목을 안았다. 얼마든지 계단을 혼자 오르내릴 수 있다는 걸 알지만, 아델은 그의 호의를 사양하지 않았다. 론은 아델을 안고 계단을 올랐다.

"다음에 내려올 때는 모래시계를 가지고 와."

"한동안 올 일이 없을 거 같아요. 고어를 모르면 읽을 수가 없어서요."

"전부 고어로 쓰이지는 않았을 텐데. 고어로 쓰이지 않은 다른 건 관심 없어?"

"보고 싶은 것이 가문의 설립 초기라서요. 언제부터 가르쳐 줄 거예요? 배우는 데 오래 걸릴까요?"

"문법을 알면 사전으로 단어를 찾아가며 읽을 수 있을 거야. 그런데 내가 고어를 가르쳐 준다는 건 너와 나만 아는 일로 하자."

"……그럴게요."

아델은 왜냐고 묻지 않았다. 물어서 그가 대답해 주지 않으면 조금 상처를 받을 것 같았다.

계단을 모두 올라와서 론은 아델을 내려 주었다. 아델은 그의 옷자락을 붙들며 고개를 들었다.

"레온. 나, 내 뿌리를 찾고 싶어요."

"갑자기 왜?"

"갑자기가 아니에요. 계속 고민했어요."

데보라에게 물어봤다가 석연치 않은 대답을 들은 이후에 아델은 갈등했다. 데보라가 무엇을 감추고 말해 주지 않는지 알고 싶은 마음과 막연한 두려움 때문에 그저 모르는 척 덮고 싶은 마음 사이에서 갈팡질팡했다.

그런데 지난번에 꽃의 노래에 대한 그의 이야기를 듣고 나서 아델은 자신이 누구인지 더 명확하게 알고 싶어졌다.

"내가 어디에서 왔는지, 내 부모님이 어떤 사람이었는지 알고 싶어요. 내게 친척이 있을지도 모르잖아요."

"대현자님께서 주변 상황을 알아보지 않고 널 데려오지는 않으셨을 거야."

"대현자님은 내게 말씀해 주지 않는 것이 있어요."

론의 눈동자가 설핏 흔들렸다.

"무엇을?"

"그걸 알고 싶어요. 도와줄 수 있죠?"

론은 아델이 하란으로 오기 전의 일에 관심을 두는 것이 마땅치 않았다. 어린 나이에 겪었던 비극적인 사건을 기억하기를 바라지 않는다. 만에 하나 친척이 존재한다 해도 부유한 상속녀가 된 아델에게 선의로 접근할 가능성은 극히 낮을 것이다.

"……그래. 한번 알아볼게."

아델의 눈동자 속에 굳건한 고집이 보였다. 어떻게 해서든 알아내려고 할 것이다. 차라리 그가 통제할 수 있는 상황 안에 두는 편이 낫겠다.

저녁 식사를 마치고 아델은 남쪽 탑으로 돌아왔다. 하녀 몇이 모여서 숙덕이다가 아델이 다가오니 수다를 멈추었다. 아델은 그들을 지나치며 하녀들이 슬그머니 등 뒤로 책을 감추는 모습을 보았다.

'책을 읽는다고 뭐라고 하지는 않는데.'

하녀들의 반응이 예민하다고 생각했다. 무슨 책인지 궁금해서 잠자리를 봐 주러 들어온 멜에게 물었다. 멜은 당황해서 어물거리다가 웃었다.

"연애소설이에요. 서로 다른 책을 사서 바꾸어 보거든요."

"그런데 왜 숨겨?"

"음....... 성년이 지나야 볼 수 있는 책이라서요. 아마 아가씨께 보이기가 민망해서 그랬을 거예요."

"그렇게 어려운 책이야?"

"어려운 게 아니라....... 아가씨. 연애소설 읽어 보셨어요?"

"성년이 지나야 볼 수 있다며."

"아뇨. 모든 책이 그렇지는 않아요."

"연애소설이 뭔지는 모르겠어. 할머니의 서재에 있었다면 읽어 봤겠지."

"거기에는 없을 거 같은데....... 아가씨. 제가 한 권 빌려 드릴까요? 아가씨가 읽어도 되는 책이 있어요."

"응. 빌려줘."

책 읽는 것을 좋아하니까 아델은 흔쾌히 대답했다.

멜이 가져다준 책은 독특했다. 책의 크기가 작고 표지는 가죽이 아니라 얄따란 종이로 만들었다. 손때가 묻은 표지는 낡아서 너덜너덜했다. 견고하지 못하고 볼품없는 책이었다.

"기사와 아가씨?"

제목만으로는 도통 내용이 짐작가지 않았다. 아델은 침대에 앉아서 책을 폈다. 자기 전에 앞에만 조금 읽을 생각이었다. 그러나 아델은 처음 의도와 다르게 마지막 페이지를 넘길 때까지 책을 손에서 놓을 수 없었다.

"재밌다."

'끝'이라는 글자를 보며 아델은 중얼거렸다. 지금껏 이런 책은 읽어 본 적이 없었다. 할머니의 서재에 이런 이야기책은 없었다. 유치한 것 같기도 하고 우연의 연속인 사건의 전개가 말이 안 된다고 생각하면서도 눈을 떼지 못했다. 남녀 주인공이 왜 끊임없이 싸우다가 마지막에 결혼하게 되는지 모르겠다. 그런데 어쨌든 재미있었다.

몇 번이고 반복해서 읽다가 새벽에 잠이 들었다. 몇 시간 잠들지 못했는데 아침에 일찍 눈을 떴다. 설레어서 도통 깊은 잠을 잘 수 없었다.

문이 열리는 소리를 듣자마자 아델은 침대에서 벌떡 일어나 앉았다. 세숫물을 가지고 들어온 멜이 움찔 놀랐다.

"어머, 아가씨. 일찍 일어나셨네요."

"멜. 이 책, 이런 거 더 있어?"

아델이 책을 들고 흔들었다. 멜은 흥분한 아델을 멀뚱히 보다가 키득거렸다.

"재밌죠? 그거 유명해요. 연애소설의 고전이랍니다."

"역시. 고전이었구나."

아델은 진지하게 고개를 끄덕였다.

"정말 재밌어. 다른 책도 있어?"

"앗, 우리 아가씨, 큰일 났네. 연애소설에 맛 들리면 잠 못 잔다고요."

멜은 아델의 열렬한 반응을 몹시 흡족해했다. 그리고 매일 한두 권의 책을 아델에게 가져다주었다. 멜의 말대로 아델은 연애소설에 완전히 푹 빠졌다.

*   *   *

—워낙 오래전의 일이라 나도 기억이 가물가물하군. 하지만 기록이 있으니 찾아볼 수 있을 거라네. 당장 마탑에 돌아가기가 여의치 않으니 시간은 걸리겠어.

론은 읽은 서신을 다시 봉투에 넣었다. 데보라의 서신이었다.

아델의 부탁 때문에 론은 데보라에게 연락을 넣었다. 마침 데보라는 대륙으로 나간 상태였다. 마탑에서는 서신을 전해 주겠다고 했다. 그리고 생각보다 훨씬 빠른 시간 안에 데보라의 답장이 도착했다.

"좀 늦게 와도 괜찮은데."

그는 아쉬움을 담아 중얼거렸다.

아델이 원하는 것은 뭐든 해 주고 싶다. 다만, 아델이 바라는 것이 더 세속적이고 물질적이라면 좋았을 것이다. 아이의 부탁은 그를 간혹 갈등하게 했다.

마법사는 일반 사람과 시간의 개념이 달랐다. 자신의 일에 몰두해서 수년의 세월을 훌쩍 보내는 일이 다반사라고 했다. 론은 데보라 역시 그런 식으로 잠시 아델을 잊어 주었으면 했다. 그래서 아델의 일로 데보라에게 연락해서 자꾸 일깨우고 싶지 않았다.

'얼마 남지 않았어.'

아델의 성년 생일까지 반년 정도 남았다. 아델은 여전히 아이의 모습을 한 채 작고 약했다. 그 아이를 떨어뜨려 놓으면 도무지 안심이 안 될 것 같다.

'문제는 대현자님이란 말이지.'

익숙한 환경을 버리고 낯선 곳으로 발을 내딛기를 두려운 건 당연한 감정이었다. 아델도 살아온 레바스 성을 떠나고 싶지 않을 것이다. 아이는 그다지 모험을 좋아하는 성격이 아니었다. 그리고 진짜 원하는 것을 쉽게 말하는 성격도 아니었다. 원하는 것보다는 올바른 쪽을 택할 것이고 대현자의 의견을 받아들일 것이다.

'마법사는 내가 어쩔 수가 없으니 아델의 생각을 바꿔야 해.'

대륙 출신인 그에게 여전히 마법사는 생소했다. 하란에서 마법사가 차지하는 위치는 미묘했다. 그들은 권력자가 아니지만, 영향력이 엄청났다.

용병으로 대륙 곳곳을 다니는 동안 하란의 마법사들을 적지 않게 스쳐 지나가며 보았다.

대륙에 진출한 하란인은 크게 두 유형이었다. 장사치든가, 마법사든가. 상인의 목적은 뚜렷했다. 마법 물품을 팔아서 이득을 챙겼다. 하지만 마법사는 도통 목적을 알 수 없었다. 외교관에 준하는 지위를 받아 대륙 곳곳을 누비고 다녔다. 그들이 딱히 어떤 일을 한다고 들어 본 적이 없다.

막연히 하란의 마법사들은 대륙에서 뭔가를 찾고 있을지도 모른다고 생각했다. 그리고 지금은 그게 뭔지 알 것 같다.

'어쩌면……..'

괴물. 그의 등에 치명적인 상처를 입히고, 그의 형제의 목숨을 앗아간 무시무시한 괴물. 그 괴물의 힘은 절대 자연스럽지 않았다.

그는 여전히 악몽에 시달렸다. 전에는 공포에서 벗어나지 못한 나약한 마음 탓으로 여겼다. 그런데 단지 그런 이유만은 아닌 것 같다.

시간은 망각을 가져온다. 론이 괴물의 공격을 받은 때가 십수 년 전이었다. 그런데 여전히 눈을 감으면 생생했다. 당시에 느꼈던 시커멓고 끈적끈적한 어두운 기운을 떠올리면 욕지기가 치밀었다. 마치 끈질기게 그에게 들러붙어 있는 것 같았다. 괴물이 가진 진정한 힘은 무력이 아니라 기괴한 기운일지도 모른다.

그래서 어쩌면. 하란의 마법사들이 찾고 있는 것이…….

'알려야 하나.'

증거가 없고 어떻게 설명해야 할지도 막막했다.

'우선은 에릭이 뭔가를 알아낸 후 생각하자.'

아직은 정보가 더 필요했다.

집사 제드가 들어왔다.

"성주님. 가정교사 두 분이 도착했습니다."

"안으로 모셔라."

드디어 아델을 가르칠 마법학과 마법공학 교사를 구했다. 참 애먹었다. 과할 정도의 거액의 보수를 제안해서 겨우 계약했다. 마법학 교사는 여자이고 마법공학 교사는 남자였다. 두 사람 다 나이가 지긋했다.

"만나 뵈어 영광입니다. 성주님."

두 사람은 호기심이 가득한 학자의 표정으로 론과 인사를 나누었다. 화제의 대상인 레바스 대가문의 새 주인은 생각했던 것보다 훨씬 젊었다.

"어려운 결정을 해 주셨소. 두 분께 감사드리오. 성에서 지내는 동안엔 어떤 불편도 없을 거라고 약속하겠소."

"허허. 과분한 대가를 받았으니 도리어 감사하지요."

"한 명의 제자만 가르치면 되니 학원보다 여건은 훨씬 좋습니다."

"나중에 다시 학원으로 복귀할 수 있도록 조치할 테니 그 부분은 걱정할 필요 없소."

"괜찮습니다. 학원이야 언제든 돌아가면 그만인 것을요."

대수롭지 않게 말하는 태도가 학원에 큰 미련은 없어 보였다. 론은 가정교사를 구하기 어려웠던 이유가 그들이 교수직에 집착하기 때문이라고 생각했다. 그래서 그들의 태도가 의아했다.

"불편한 질문이 아니라면, 왜 가정교사직을 몇 번 고사했는지 물어도 되겠소?"

"연구실 때문이지요."

전혀 생각해 본 적이 없는 대답이 돌아왔다.

두 교사의 말에 따르면 학자들은 자신의 연구실에 갖는 애착이 대단했다. 특히 마법학이나 마법공학처럼 마법에 관한 학문은 마법을 동경하지만 재능이 없어서 마법사는 되지 못한, 정말 좋아해서 전공자가 된 경우가 대부분이었다. 그래서 그들은 연구실에서 먹고 자며 폐인처럼 연구에 몰두했다.

학원에서는 교수들에게 연구실을 주고 비용의 일부를 지원했다. 교수가 몸담은 학원을 좀처럼 떠나지 않는 이유도 연구실 때문이었다.

"그럼 두 분은 학원에 있는 연구실을 포기하고 가정교사직을 맡은 것이오?"

"학원에서 주는 연구실은 제한이 많아서 말이지요. 학자라면 누구나 개인 연구실을 갖고 싶어 합니다."

론이 제안한 보수가 개인 연구실을 충분히 만들 정도가 되었기에 두 사람은 가정교사직을 받아들였다고 했다.

'연구실이라⋯⋯.'

생각지 못한 꽤 좋은 정보를 들었다.

*   *   *

들는 수업이 늘면서 아델의 하루가 매우 바빠졌다. 마법학과
마법공학은 생소하고 어려워서 꾸준히 예습과 복습을 하지 않
으면 수업을 따라가기 어려웠다. 그와 약속했던 고어도 배워야
했다.

시간이 나면 틈틈이 자수 연습을 했다. 꾸준히 연습했더니 솜
씨가 제법 늘었다. 캘빈에게 선물로 줄 손수건을 조만간 만들 생
각이었다.

일과를 마치고 저녁에는 멜이 빌려주는 소설을 읽었다. 연애
소설 읽기는 이제 아델의 즐거운 취미가 되었다.

바쁘니까 시간은 금방 지나갔다. 새해를 넘겨 두 달이 훌쩍 지
나갔다.

"오늘은 성주님께서 시간을 내기가 어렵다고 하십니다."

중앙탑에서 하녀가 아델에게 성주의 말을 전하러 왔다.

"그래. 알았어."

차분한 대답으로 하녀를 다시 내보낸 후 아델은 뾰로통하게
입을 내밀었다.

'매일 바쁘대.'

새해가 되면서 그는 부쩍 일이 많은 것 같았다. 원래 매일 차

를 마시는 오후에 고어를 가르쳐 주었는데 요즘은 사나흘에 한 번 정도로 줄었다.

꼬박꼬박 최소한 하루에 한 번은 같이 식사를 하니까 얼굴은 매일 본다. 하지만 식사 시간은 짧았다. 밥을 먹는 중에는 별다른 대화를 나눌 틈도 없었다. 그래서 그에게 고어를 배우는 시간을 고대하며 기다렸다.

그가 설명해 주는 나지막한 목소리가 듣기 좋아서 내용을 전부 이해했는데도 모르겠다고 한 적이 몇 번 있었다. 그러면 그는 짜증 없이 차근차근 처음부터 다시 설명해 주었다.

'잠깐 마주 앉아 있는 것도 어색했던 때가 있었지.'

그게 언제였는지 기억나지 않았다.

'가문의 방에 가서 마무리나 해야겠다.'

시간이 비어서 아델은 가문의 방에 갔다. 그동안 아델의 고어 실력이 꽤 늘었다. 사전을 옆에 펴고 더듬더듬 읽을 수 있을 정도가 되었다.

천천히 한 문장씩 읽으면 내용의 이해보다는 문장의 해석에만 치중하게 되었다. 그래서 번역본을 만들어야겠다고 생각했다. 열흘 전부터 만들기 시작한 번역본이 이제 거의 완성 직전이었다.

"드디어 끝났다!"

아델은 마지막 문장을 쓰고 나서 힘껏 기지개를 켰다. 초대 가주의 전기는 얇아서 할 만했다. 더 길었다면 엄두를 내지 못했을 것이다.

완성된 번역본으로 전체를 다시 속독했다. 빠르게 읽었더니 확실히 내용이 머리에 들어왔다.

'이 전기를 쓴 사람이…… 초대 가주님이 초상화 속에서 안고 있었던 아기겠지?'

아들이 자신의 어머니를 무척 사랑했다는 건 확실히 알겠다. 전기의 모든 내용은 어머니에 대한 숭배와 경탄, 애정으로 가득했다. 전기라기보다는 사모곡에 가까웠다.

'중요한 내용은 전혀 없어.'

기대한 만큼 실망도 컸다.

전기는 르웨나 레바스가 가문을 설립한 이후를 다루었다. 아델이 궁금했던 것은 르웨나의 정체였다. 하지만 내용이 너무 빈약했다. 르웨나가 어디서 태어났고 어쩌다가 대마법사 하란을 따라오게 되었는지, 어떤 업적으로 하란의 건국에 일조했는지도 나오지 않았다.

'남편이 누구인지도 없고.'

르웨나는 가문을 세울 당시에 혼자였다. 아마 가문 설립 당시 이미 임신한 상태였을 것이다. 르웨나가 가주의 자리에 오른 후에 결혼한 기록은 없었다. 2대 가주는 사모곡을 노래하면서 부친에 대해서는 전혀 언급하지 않았다.

이해가 가지 않았다. 르웨나의 눈동자는 보라색이 아니었다. 레바스 혈통의 유전적인 특징인 보라색 눈은 르웨나가 아니라 르웨나의 부군으로부터 물려받은 것이 틀림없었다. 그렇다면 르웨나의 부군은 레바스 가문의 역사에 매우 중요한 인물이었다.

'티움에 대해서도 나오지 않아.'

할머니의 유산을 받으면서 아델은 티움의 비밀을 알게 되었다. 레바스 가문의 초대 가주가 만들었다는 티움은 분명히 대단한 업적이었다. 어머니를 무조건 찬양하고 싶은 아들의 마음이라면 전기에 반드시 기록했을 것이다. 그러나 티움에 관한 내용을 다루기는커녕 초대 가주가 마법공학자였다는 사실도 언급하지 않았다.

아델은 다른 가주들의 전기를 뒤져서 티움의 기록을 찾아보았다. 3대 가주의 전기에 내용이 있었다. 고어로 쓰지 않아서 금방 읽을 수 있었다.

─초대 가주께서는 발명한 마석의 사용권을 마탑에 위탁했고…… ……마탑은 오랜 연구 끝에 마석이 품은 마력을 활용할 방법을 알아냈다. 이제는 마법사가 마력을 부여하지 않아도 마석을 이용해 마법 물품을 사용할 수 있게 되었으며…… ……혁명이었다. 마석의 활용은 무궁무진한 가능성을 품고 있었다. ……작은 씨앗이 싹을 틔워 거대한 나무로 자라는 것처럼 마석이 품은 가능성을 상징하는 의미로 티움이라고 이름 붙이기로 하였다. ……가주께서는 마탑과 협의하여 티움의 사용

으로 얻는 모든 수익의 반을 레바스 가문이 배당받기로 하였다. 계약은 마탑과 레바스 가문, 둘 중 하나가 존속하는 한 이어질 것이다.

'삼대 가주의 전기이니까 사대 가주가 집필했겠지.'

내용으로 미루어 추측하면 티움의 본격적인 사용은 3대 가주 때부터였다. 아마 그 이전에 티움은 용도가 불확실한 독특한 발명품에 불과했을 것이다.

'초대 가주는 티움을 업적이라고 생각하지 않았을까? 그래서 전기에 기록하지 않은 건가?'

아델은 다시 한 번 르웨나의 전기를 천천히 읽어 보았다. 그리고 흥미로운 구절을 발견했다.

─가주께는 특별한 능력이 있었다. 동부의 너른 벌판에 황금색의 물결이 사라진 적이 없었다. 풍부한 식량이 창고에 넘쳐 동부인 모두를 배부르게 먹였다.

'흠. 초대 가주님은 농업에 특별한 재능이 있었던 건가.'

벨소리를 들으며 아델은 생각에서 깨어났다. 어느새 두 시간짜리 모래시계의 모래가 모두 아래로 떨어졌다. 시간이 되면 알람이 울리는 마법 물품이었다.

시간 가는 줄 모르고 있다가 론이 데리러 온 이후에 아델은 한 번 더 같은 실수를 했다. 그 뒤로 반드시 모래시계를 갖고 내려가기로 그와 약속했다. 아예 출입구를 지키는 기사가 아델이 모래시계를 갖고 있다는 것을 확인한 후에 들여보내 주었다.

아델은 서둘러서 테이블에 늘어놓은 책을 대충 정리하고 가문의 방을 나왔다. 곧 수업 시간이었다.

제레미는 여전히 아델에게 역사를 가르쳤다. 그가 역사를 전공한 학자는 아니지만, 그의 수업에 아델은 만족했다.

그는 원래 재산관리인으로서 레바스 성에 왔으나 딱히 할 일이 없었다. 성 안에서만 지내는 아델은 돈을 쓸 곳이 없었다. 먹고 자는 기본비용은 모두 성주가 부담했다.

제레미가 가진 권한은 재산을 유지하는 소극적인 관리뿐이므로 적극적인 투자는 할 수 없었다. 아무도 건드리지 않는 재산 내역을 확인하고 정기적으로 보고서만 작성하면 되었다.

그래서 제레미는 본업보다는 교사라는 부업에 더 많은 시간을 쏟고 있었다. 아델은 가르치는 보람이 있는 학생이었다. 처음에는 가진 지식으로만 가르쳐도 충분했으나 아델의 배움이 깊어지면서 질문이 날카로워졌다. 충실한 수업을 위해 제레미는 새삼 다시 역사를 공부 중이었다.

"선생님. 하란의 건국 초기 역사를 자세히 알고 싶은데 오늘은 그 주제를 다루어 주실 수 있나요?"

"그러지요. 무엇이 알고 싶나요?"

"혹시 레바스 대가문의 시조께서 여인이라는 사실을 아세요?"

"그럼요."

"역사서에 그런 내용도 있어요?"

"공식 교재에서 다루는 내용은 아니지만, 역사에 관심을 두는 학생이면 이런 저런 책을 뒤지다가 대개는 알게 된답니다. 레바스 대가문은 특별하니까요."

아델은 고개를 끄덕였다.

제레미가 입바른 말을 한 것이 아니었다. 레바스 대가문의 특별함은 누구나 인정한다. 최초의 일곱 대가문 중에서 지금껏 문을 닫지 않고 이어 내려오는 유일한 대가문이었다. 혹자는 레바스의 역사를 하란의 역사라고 말하기도 했다.

"사실은 제가 레바스 대가문의 설립 초기에 관심이 가서 조사하고 있어요."

"참고할 자료가 없어서 어려울 텐데요."

"가문에 대대로 내려오는 자료들이 있어요. 성주님께서 제가 봐도 좋다고 허락하셨어요."

"정말인가요? 부럽군요."

아델은 진심으로 부러워하는 제레미의 반응이 의아했다.

"선생님은 역사를 전공하시지도 않았잖아요. 역사에 그렇게 관심이 많으셨어요?"

제레미가 허허 웃었다.

"레바스의 역사에 관심 없는 사람을 찾기 힘들 겁니다."

제레미는 사람들이 레바스에 갖는 호기심을 설명했다.

최초의 일곱 대가문은 레바스를 제외하면 모두 가문의 불꽃을 잃었다. 간신히 이름만 유지하는 가문이 둘뿐이고 나머지는 그저 역사 속에 기록으로만 남았다.

하란에서는 누구나 자신의 이름으로 가문을 설립할 수 있다. 법적인 차별은 없었다. 유일한 예외적인 존재가 대가문이었다. '선택' 받아야 자격을 얻는 대가문은 관할 지역을 배타적으로 지배할 수 있었다.

많은 권한을 지닌 만큼 의무도 있었다. 대가문이 소멸하면 유산은 가문의 후손이 아니라 공공의 것이 되었다. 작성된 모든 문서와 기록은 세상에 공개했다. 수도의 중앙박물관에는 그동안 나타났다가 사라진 대가문이 남긴 모든 것들이 전시되어 누구나 볼 수 있었다.

"레바스는 여전히 건재합니다. 누구도 레바스 가문이 공개하지 않은 진짜 역사를 볼 수 없었어요. 당연히 사람들이 궁금해할 수밖에요."

아델은 얼떨떨한 표정으로 고개를 끄덕였다. 자신이 얼마나 귀한 자료를 자유롭게 보고 있는지 새삼 알게 되었다.

"동부에 존재한 대가문은 옛날부터 지금까지 레바스뿐이었습니다. 동부의 역사입니다. 다른 대가문과 교류가 없으니 다른 곳에서 자료를 얻을 곳도 없고요."

"대가문 사이의 교류는 금지하고 있잖아요."

대가문이 뭉쳐서 자신들이 지닌 특권을 굳건히 하는 것을 방지하기 위해서 하란의 건국법에서는 원칙적으로 대가문끼리의 사적인 교류를 금지했다. 대표적으로 혼인금지법이 있다. 일곱 대가문의 가주들은 본인이나 자녀의 혼인으로 인척이 될 수 없었다.

"법은 그러하지만 역사적으로 살펴보면 원칙을 철저히 지킨 대가문은 레바스밖에 없습니다. 오히려 지나칠 정도로 폐쇄적이지요."

"왜 동부에는 대가문이 하나뿐일까요?"

하란의 지역은 방위에 따라 크게 넷으로 나누었다. 대가문의 수는 총 일곱. 동부를 제외하면 다른 세 지역에 대가문 둘이 영역을 양분한다.

"대가문의 영역은 하란의 건국 당시에 결정되었다고 들었어요. 왜 레바스의 영역이 가장 넓죠? 이건 차별이 아닌가요?"

"단지 영토의 넓이만으로 차별이라고 할 수는 없습니다. 동부는 하란에서 가장 척박한 지역이니까요. 농사를 지을 수가 없어요. 지금도 동부는 모든 식량을 다른 지역에서 구매합니다."

'어?'

아델은 순간 가문의 방에서 읽었던 전기의 한 구절이 떠올랐다.

'너른 벌판에 곡물이 익어 간다는 말은 그럼 대체 무슨 의미였지?'

"혹시…… 농사가 가능했다가 못 쓰는 땅이 될 수도 있을까요?"

"글쎄요. 그 부분은 내 전공이 아니라 모르겠군요."

뭔가 이상했다. 아무리 아들이 어머니를 칭송하고 싶었다고
설마 없는 사실을 거짓으로 적어 넣은 것일까.

"비공식적으로 전해지는 야사에 따르면 레바스에게 동부를
준 것이 아닙니다. 대마법사 하란께서 땅을 일곱으로 나누어 일
곱 명에게 고르라고 하셨습니다. 아무도 동부를 택하지 않았습
니다. 레바스의 초대 가주를 제외하면요."

"말씀하신 야사에 레바스의 초대 가주에 관한 것도 있나요?"

제레미는 낮게 헛기침을 몇 번 하면서 말해도 되나 고민하는
기색이었다.

"선생님. 전 엄밀히 따지면 레바스 가문의 사람이 아니에요.
개의치 말고 말씀해 주세요."

"장소가 장소이다 보니까 조심스럽군요. 야사는 소문 같은 겁
니다. 깊이 담아 듣지는 마세요."

"네."

"워낙 널리 퍼진 야사라서 알 만한 사람은 다 압니다. 레바스
의 초대 가주가 낳은 아들이 대마법사 하란의 핏줄이었다는 말
이 있습니다."

"네? 정말요?"

"야사라니까요. 정말인지 아닌지는 스톤 양이 알게 되면 알려
줄래요? 레바스 대가문의 기밀문서에 접근 가능한 사람은 내가

아니라 스톤 양입니다."

수업을 마치고 방으로 돌아가면서 아델은 제레미가 해 준 이야기를 계속 생각했다.

'아니야. 그럴 리가 없어. 보라색 눈이 아니잖아.'

국사 교재의 표지를 열면 가장 첫 페이지에 하란의 건국 시조이자 위대한 대마법사인 하란의 초상화가 있었다. 흑갈색 머리카락에 흑갈색 눈동자를 지닌 남자였다.

'하지만 야사가 사실이라면 몇 가지 의문점이 해결이 돼.'

하란은 능력 우선주의에 가치를 두기 때문에 성별에 따른 차별이 적은 편이었다. 하지만 아예 없지는 않다. 하란이 막 건국되던 시기에는 차별이 더 컸을 것이다.

그런데 최초의 일곱 대가문의 가주 중에서 오직 르웨나만 여인이었다. 더구나 임신한 몸으로 남편도 없이 혼자 대가문을 설립하고 이끌었다. 도움을 준 사람이 있었을 것이다.

'조력자가 대마법사 하란이었다면.'

르웨나가 대마법사 하란의 연인이었다면 앞뒤가 맞아떨어졌다.

'그럼 왜 전기에 쓰지 않았을까.'

대마법사 하란은 평생 미혼이었다고 알려져 있다. 르웨나도 혼인의 기록이 없었다. 두 사람의 관계를 인정해도 명예에 흠이 될 일이 아니었다.

'단서를 찾을 곳은 역시 가문의 방이구나.'

6장
소녀의 마음

저녁 식사를 하면서도 아델은 계속 딴생각에 빠져 있었다.

"입에 안 맞아?"

론은 계속 접시 안의 수프를 숟가락으로 휘젓는 아델을 지켜보다가 말했다. 아델은 겸연쩍게 웃으며 고개를 내저었다.

"죄송해요."

론은 수프를 떠먹는 아델의 표정을 좀 더 유심히 살폈다. 딱히 우려할 만한 점을 찾지 못하자 그는 비로소 다시 식사에 집중했다.

론은 아델의 일거수일투족에 관심이 많았다. 요즘 충분히 시간을 내어 아델을 보살피지 못하는 사실이 마음에 걸렸다. 그는 할 일이 많았고 두 사람의 거처는 멀리 떨어져 있었다. 집이 좁으면 지나가다 얼굴이라도 보겠지만, 이 넓은 성에서는 일부러 만날 약속을 잡아야 했다.

데보라는 론에게 '먹이고 재워 주는 일'만으로는 부족하다고 말했다. 네가 과연 아델을 세심하게 돌볼 수 있겠느냐고 물었다. 걱정 말라고 자신 있게 대답했으나 사실 그는 점점 잘할 수 있을지 확신이 가지 않았다.

아델은 무던한 것 같다가도 예민할 때가 있었다. 전체적으로 보면 까다롭지 않았다. 되는 일과 안 되는 일을 확실히 구별했다. 그런 아델의 모습이 보통의 평범한 여자아이인지, 주변의 여건 때문에 괜찮은 척을 하는지 도통 알 수 없었다.

그래서 론은 수시로 아델의 시중을 드는 고용인들의 보고를 받았다. 뭘 하고, 기분은 어떻고, 식사는 제대로 하는지, 잠은 잘 자는지. 그가 현재 할 수 있는 최선이었다.

"수업은 할 만해?"

"어렵지만, 재미있어요."

"마법공학은 이론 수업만으로는 한계가 있다고 하던데."

"간단한 실습은 하고 있어요."

"그거로는 부족할 테니까 네 연구실을 만들까 해."

아델은 눈을 동그랗게 떴다.

"연구실씩이나……. 이제 겨우 배우기 시작했는걸요."

"교수가 되고 싶다며."

"네."

"마법공학은 이론보다 실습이 더 중요하다고 들었어."

마법공학에서 이론이 차지하는 비중은 아주 적었다. 갖가지 마법 재료들을 이용한 다양한 실험을 거치고 성공과 실패를 반복하며 자신만의 기록을 만들어야 하는 학문이었다. 그래서 마법공학은 천재 아니면 부유한 자만 배울 수 있었다. 마법 재료들의 가격이 엄청난 고가이기 때문이다.

"하지만 성 안에 실험실을 만들고 싶지 않아요. 돌벽에 시약 냄새가 밸 거예요."

"새로 지어야지. 환기가 잘되는 것이 가장 중요하다고 하니까 구조를 신경 써서 만들면 돼."

"어디에 만들어요?"

"그래서 네 의견을 들어보려고. 네 침실에서 가깝고 연구실을 따로 지어도 될 만한 곳이 있지."

"정원……이요? 하지만 그러면 정원을……."

"정리해야겠지."

잠시 대화가 끊겼다. 그사이 빈 수프 접시를 가져가고 하인들이 메인 요리를 내왔다. 먹음직스럽게 구운 생선 요리를 잘라 입 안으로 넣으며 아델은 생각에 잠겼다.

지난해 겨울로 접어든 이후 해를 넘기고 아직 날이 풀리지 않은 지금까지 정원에 나가 보지 않았다.

전에도 날이 추워지면 정원에 나가는 일이 뜸하긴 했으나 이처럼 오래 가지 않은 적은 처음이었다. 자꾸 하녀들이 쫓아오니까 성가셔서 나가지 않게 되었다. 가장 큰 이유는 할 일이 많아져서 무료할 틈이 없기 때문이었다.

지난가을에 같은 말을 들었다면 그럴 수 없다고 말했을 것이다. 그런데 수개월 동안 가지 않았더니 정원을 놀이터 삼아서 온종일 시간을 보냈던 일이 오래전의 일만 같았다.

그리고 어차피 성년이 되면 성에서 나가야 할 것이다. 정원은 그녀에게 더는 의미가 될 수 없었다.

"땅이 넓어서 큰 규모로 만들 수 있을 거야. 수업도 연구실에서 들으면 돼."

아델은 귀가 솔깃했다. 선생님과 직접 실험을 함께하며 수업을 들으면 확실히 효율이 높을 것이다.

"빠르게 공사를 시작하면 한 달 정도면 된다고 해. 너도 한 달 후면 이론 수업만으로는 부족할 시기겠지?"

"할머니가 만들어 주신 그네는⋯⋯."

"그건 그대로 두고."

아델은 고개를 끄덕였다.

론은 아델이 성에서 지내기를 원하면 누가 뭐라고 하건 개의치 않을 생각이었다.

가장 중요한 것은 아델의 의지. 아델이 이곳을 떠나기 싫어야 한다. 쉽게 레바스 성을 떠나지 못할 아델 소유의 무언가가 이곳에 있는 것이 가장 좋다는 결론을 내렸다.

그래서 론은 생각했다. 아델에게 연구실을 만들어 줘야겠다고. 아델이 도무지 두고 갈 수 없을 정도로 완벽하고 훌륭한 연구실을.

정원을 정리하는 것은 덤이었다.

방으로 돌아오면서 아델은 점점 들뜬 기분이 되었다.

'내 연구실.'

제안을 들을 때는 갑작스러워서 얼떨떨했지만, 곧 자신만의 연구실이 생긴다고 하니까 설레었다. 레바스 성과 별개로 새로 짓는다는 것도 좋았다.

"아가씨."

기다리고 있었는지 멜이 응접실 소파에 앉아 있다가 쪼르르 다가왔다.

"이번에 나온 새 책이에요."

"와아."

아델은 기뻐하며 멜이 주는 책을 덥석 받았다. 아델이 책을 읽는 속도에 비해 새 책이 나오는 속도는 매우 더뎠다. 꾸준히 매일 한 권씩 읽었더니 더는 읽을 것이 없어서 요즘은 읽었던 책을 다시 읽는 중이었다.

"기사와 도적. 또 기사네."

아델은 제목을 읽으며 중얼거렸다. 많이 읽다 보니까 다소 식상한 면도 있었다. 남자주인공은 압도적으로 기사가 많았다.

"멋지니까요. 기사님은 남자잖아요!"

"……당연히 남자겠지."

이해하지 못하는 아델을 보고 멜이 깔깔 웃었다.

"순진한 우리 아가씨. 제 말은 근사하다는 뜻이에요. 기사님들은 키가 크고 체격이 좋잖아요. 강인한 팔뚝, 떡 벌어진 어깨, 넓은 가슴 안에 폭 안길 수만 있다면!"

혼자 꺄악, 소리치며 얼굴을 붉히는 멜의 모습이 낯설었다. 도대체 뭐가 멋지냐는 솔직한 질문을 던지면 안 될 것 같았다.

'기사가 멋지다고?'

모르겠다. 아델은 성주의 집무실을 드나들면서 항상 제자리를 지키고 있는 기사들을 매일 보았다. 그들은 뻣뻣하고 말이 없었다. 딱딱한 인형 같았다.

멜이 앨런을 볼 때마다 몸을 배배 꼬는 것도 솔직히 이해 못했다. 앨런을 강직한 기사의 표본이라고 생각했지, 멋지거나 근사하다는 생각은 해 본 적이 없었다.

"이거 읽어 봤어?"

"네."

"어땠어? 아, 내용은 말하지 말고. 재밌어?"

"음. 상상까지는 아니고 중상?"

"기대된다. 지난번에 달빛소나타는 정말 최악이었단 말이야."

"아우, 아가씨. 그건 정말 지루했어요."

두 사람은 연애소설을 화제로 한참 수다를 떨었다.

"근데 아가씨는 연애소설을 무슨 재미로 보시는 거예요? 전 아가씨가 이런 소설 보시면 비웃을 줄 알았거든요."

"비웃다니?"

"음. 시시해서요. 소설은 그야말로 소설이잖아요. 상상 속 이야기요. 근데 아가씨는 현실이니까요."

"난 진짜 아가씨니까?"

"네."

멜이 멋쩍게 웃었다. 비꼬려고 한 말이 아니라는 걸 알기 때문에 아델은 개의치 않았다.

"난 그냥 이야기가 재밌어. 여주인공이 겪는 일이나 감정의 변화를 보는 것도 좋고."

소설 속의 여주인공은 심심할 틈이 없었다. 항상 많은 사람을 만나고 많은 사건에 휘말렸다.

아델은 자신과 전혀 다른 삶을 사는 또래의 아가씨의 삶을 엿보는 재미가 좋았다. 부러우면서도 즐거웠다. 책에 푹 빠진 동안에는 자기도 모르게 여주인공이 되어 화려한 사교 활동을 하며 넓은 홀에서 춤을 추었다.

"흠, 아가씨는 여주인공파군요."

"그게 뭐야?"

"소설을 읽는 두 가지 유형이 있거든요. 여주인공의 시선을 따라가면서 감정이입을 하거나, 남주인공에게 푹 빠지거나요. 하긴 아가씨 곁에는 남자주인공보다 훨씬 근사한 분이 계시니까요. 소설에 나오는 가짜는 시시하겠네요."

아델은 눈만 깜빡이며 멀뚱히 멜을 쳐다보았다. 멜은 아델의 의아한 시선을 알아차리지 못하고 신나게 떠들었다.

"제가 연애소설을 수백 권 읽었는데 정말 우리 성주님은 완전히 남자주인공 그 자체라니까요."

"······웅?"

"저희끼리 막 떠들 때 그래요. 소설 읽을 때 남자주인공을 누구로 상상하느냐고. 그러면 태반이 우리 성주님을······."

아델이 무표정하게 자신을 지그시 보는 모습을 보고 멜이 입을 다물었다.

"죄송해요. 아가씨. 성주님을 모욕하려는 뜻은 아니었어요."

아델은 말이 없었다. 멜은 등에서 식은땀이 났다. 속으로는 '이놈의 주둥이. 사고 칠 줄 알았지.'라고 중얼거렸다. 자신의 입을 호되게 때리고 싶었다. 멜이 고모인 마틸다 집사에게 불려 가면 늘 듣는 말이 있었다.

「네가 아가씨와 잘 지낸다고 네 지위를 망각하면 안 된다. 알겠니? 그분은 네 웃전이고 넌 고용인이야. 항상 말을 조심하고 또 조심해라.」

멜이 생각한 것과 다른 의미로 아델은 당황했다. 소설 속의 남자주인공을 현실의 인물로 대치할 생각은 해 본 적이 없었다. 소설은 그저 소설이었다.

"왜 성주님으로 상상하는데?"

"그…… 그건 주변에서 성주님보다 완벽한 남자는 볼 일이 없으니까요. 죄송합니다. 다시는 안 그럴게요."

"완벽……."

연애소설에 등장하는 남자주인공은 완벽했다. 외모와 능력이 출중하고 성격도 좋았다. 부족한 점이 많은 여자주인공을 향한 사랑은 한결같았다. 상상 속 이야기니까 가능하다고 생각했다. 하지만 멜의 말을 들으니 혼란스럽고 신기했다.

'다른 사람은 레온을 그렇게 생각하는구나.'

쩔쩔매는 멜을 보다가 고개를 저었다.

"상상하는 것마저 뭐라고 할 수는 없지. 괜찮아, 멜."

"아가씨."

멜의 눈이 감격으로 가득 차올랐다.

"하지만 입조심은 해. 마틸다 집사가 들으면 별로 좋아하지 않을 거야."

"네, 네. 그럼요."

멜은 또 말실수를 할까 봐 서둘러 물러갔다. 멜이 제 발 저려 쩔쩔매는 이유가 있었다. 멜이 하녀들과 떠드는 수다는 훨씬 노골적이고 저속했다. 일단 대상화하는 소설 자체가 달랐다.

멜이 아델에게 가져다주는 책은 '동화소설'이라고 불리는 순수한 연애소설이었다. 기껏해야 남녀 주인공이 포옹하거나 가벼운 입맞춤 정도만 나온다.

하지만 열대여섯 살만 되어도 그런 동화소설은 거의 읽지 않았다. 멜은 차마 순진한 아가씨를 노골적인 성애 묘사로 가득한 연애소설로 타락시킬 수 없었다.

아델은 침대에 앉아서 멜이 주고 간 소설을 펼쳤다. 평소라면 빠르게 금방 다 읽었겠지만, 좀처럼 속도가 나지 않았다. 책이 재미없어서가 아니었다. 결국 반쯤 읽다가 책을 내려놓고 누웠다.

"멜이 괜히 이상한 말 해서……."

소설을 읽을 때 아델이 감정을 이입하는 대상은 여주인공이었다. 남주인공은 항상 평면적이었다. 그런데 이번에는 달랐다.

자꾸 읽으면서 남자주인공이 나올 때마다 레온의 얼굴이 겹쳐졌다. 남자주인공이 레온의 얼굴을 하고 대사를 했다.

기분이 이상했다. 부끄럽기도 하고 민망하기도 했다. 멜에게 말한 것처럼 상상은 자유였다. 아델은 왜 자꾸 자신의 심장이 콩 콩 뛰는지 알 수 없었다. 싱숭생숭한 기분 때문에 한참을 뒤척이다가 겨우 잠들었다.

*　　*　　*

티움 판매 수익의 배당금은 매년 초에 정산했다. 티움의 판매는 마탑에서 관리하고 수익금은 중앙은행에서 계산하여 레바스에 내역을 발송했다.

론이 성주의 자리에 오른 이후 처음 받아 보는 배당금 내역이었다. 작년에 들어온 금액보다 많았다. 숫자가 너무 크니 돈이라는 실감이 나지 않았다.

그는 서랍에서 작은 나무함을 꺼냈다. 덮인 뚜껑을 열자 나무에 좁고 깊은 홈이 파여 있고 구멍마다 붉은색, 노란색 등의 다양한 색을 지닌 보석 같은 조각들이 박혀 있었다.

그는 가장 왼쪽의 것을 꺼냈다. 손가락 한 마디 크기의 아몬드 형태의 조각을 들고 관찰했다. 다듬어지기는 했으나 아주 매끄럽지는 않고 깎아 낸 면이 드러났다. 선명한 보라색이었다.

"보라색의 티움……."

대륙에 유통되는 티움은 전부 푸른색이었다. 그래서 하란에 오고 나서야 알게 되었다.

티움은 다양한 색을 지녔고, 색마다 질이 달랐다. 보라색이 가장 상품이고 푸른색은 가장 하품이었다.

「다른 건 상관없지만, 보라색의 티움은 보관에 주의하셔야 합니다. 분실하시면 좀 성가실 일이 생길 수 있습니다.」

나무함을 가져다주면서 루터가 말했다.

「성가시다니. 무슨 뜻이오?」
「보라색의 티움은 현재 유통되지 않습니다. 연구를 위해서 마탑에서만 관리하고 사용합니다. 강대한 마력이 들어

있기는 하지만 위험한 다른 용도가 발견되었기 때문입니다.」

론은 보라색의 티움을 관찰하면서 루터가 말한 주의 사항을 기억했다.

"마약이라니. 티움이 그렇게 사용될 수도 있었군."

루터는 널리 알려지지 않은 티움의 제작 비화를 말해 주었다.

티움은 원래 보라색이었다. 강한 마력을 담고 있으나 그게 꼭 좋은 건 아니었다. 마법 물품이 티움의 마력을 감당하지 못해서 과부하를 일으켰다.

뿐만 아니라 강력하고 순수한 마력은 사람의 정신에 영향을 미쳤다. 티움을 복용하면 마약과 같은 효과가 나타났다.

마탑은 연구를 거듭해서 마력의 등급을 낮추고 마약의 효능을 없애는 데 성공했다.

론은 나무함의 가장 오른쪽 끝에 박힌 푸른색의 티움을 꺼냈다.

"고작 최하급이란 말이지."

이 작은 돌조각이 대륙에 미친 영향은 어마어마했다.

이미 하란에서는 훨씬 오래전부터 마법 물품이 일상적으로 보급되었다. 티움의 판매로 원래부터 마탑은 돈을 쓸어 담고 있었다. 이젠 대륙의 돈까지 담기 시작했다.

마탑은 현명하게도 과욕을 부리지 않았다. 대륙에 직접 티움을 판매하지 않고 판매권을 위임해서 수익을 나누었다. 판매권을 나눠 가진 이들은 대륙에 진출하는 가문들이었다.

마탑이 돈을 버는 만큼 레바스 가문도 벌었다. 가만히 앉아 있어도 들어오는 재물이었다. 다른 가문들이 모두 대륙에 진출하는데 고고하게 동부에 틀어박힐 수 있는 이유였다.

"성주님. 바실 수장이 뵙기를 청합니다."

집사가 들어와서 고했다. 론이 나무함을 서랍에 넣는 중에 루터가 들어와서 책상 위에 봉투를 올렸다.

"이걸 왜 바실 수장이 가져온 거요?"

론은 내용을 확인하고 물었다. 안에는 수백 년 동안의 배당금을 정리한 표가 들어 있었다. 정리해서 가져오라고는 지시했지만, 루터가 직접 가져올 만큼 중요한 서류는 아니었다.

"배당금 부분은 제가 직접 처리해 왔습니다. 혹시 자료를 보시고 의문이 있으시면 답을 드리려고 합니다. 과도한 참견이었다면 물러가겠습니다."

"아니오. 잘 오셨소."

어차피 론은 자료를 먼저 보고 의문이 있으면 루터에게 물으려고 했다. 이만한 정보를 다룰 만한 사람은 루터뿐이니까.

'정말 알 수 없는 사람이야.'

루터 바실. 론은 도무지 그를 이해할 수 없었다.

정보는 힘이다. 루터는 힘을 가진 강자였다. 굳이 먼저 고개를 숙이고 약자를 자처할 이유가 없었다. 그런데 루터는 늘 이런

식이었다.

루터는 수십 년 동안 고문관으로서 온갖 중요한 일을 처리했다. 더불어 전대 성주가 의식이 없는 반년 가까이 어떤 잡음도 없이 동부를 이끌 만큼 유능했다. 동부에서 루터가 차지하는 부분은 매우 크고 확고했다.

그래서 론은 초반에 루터를 의심했다. 목적이 있겠지. 전대 성주의 손자를 찾아내 성주로 올렸으니 그만한 권력을 누릴 셈이겠지.

루터의 적극적인 도움도 훗날을 위한 투자로 보았다. 사실 루터가 아니었다면 론이 이렇게 단기간 내에 레바스 성에서 자리를 잡기 어려웠을 것이다.

지금 와서 의심이 완전히 사라진 것은 아니었다. 론은 기본적으로 남을 쉽게 믿지 않았다. 특히 권력자는.

하지만 루터에 대한 경계심은 점점 허물어지고 있었다. 루터는 론이 한 가지 의문으로 끊임없이 고뇌하게 하는 존재였다.

부패하지 않은 권력자가 존재할 수 있는가.

론은 복잡한 기분으로 서류를 펼쳤다. 페이지를 넘기면서 점점 만족스러운 표정이 되었다.

"깔끔하군."

백 년 전의 배당금을 최근의 배당금과 숫자로 단순 비교하기는 무리가 있다. 물가가 다르기 때문이었다. 그런데 그 부분을 감안해서 모두 현재 가치로 변환해서 정리했다.

"사무관 피터슨이 작성했습니다. 자료 정리에 일가견이 있는 사람입니다. 성주님께서 치하해 주시면 더 많은 능력을 발휘할 겁니다."

서류를 보면서 론은 피식 웃었다. 묻지 않았는데 굳이 아랫사람의 공을 내세웠다.

'내가 꽤 무던해졌어.'

예전이었다면 무슨 수작일까 의심했을 것이다. 그런데 루터가 자신의 관대함을 포장하거나 사무관 피터슨의 뒤를 봐주려는 꿍꿍이가 아니라 다른 사람의 공치사를 빼앗지 않으려고 그런다는 것을 이제는 안다.

"기억해 두겠소."

루터는 흘끔 성주의 표정을 살폈다. 짧은 대답에 담긴 느낌이 평소보다 부드러웠다.

성주는 대단히 영민한 사람이었다. 속내나 감정을 드러내는 법이 없었다.

하지만 느낌이란 것이 있다. 성주가 자신을 경계하는 것은 알고 있었다. 이유도 짐작했다. 단지 혈통을 이유만으로 주인의 자리에 올랐으니 유능한 아랫사람을 멀리 하는 것은 어쩌면 당연한 수순이었다.

차라리 불명예스럽게 내쳐졌다면 그냥 은퇴할 생각이었다. 그런데 그런 것도 아니고 계속 곁에 두면서 은근히 곁을 내주지는 않으니 안달이 났다.

'시간이 해결해 줄 문제이려나.'

루터의 시선을 알아차리지 못하고 론은 자료에 집중했다.

배당금은 처음 발생 이후 매년 늘어났다. 그리고 어느 순간부터는 정체되었다.

'하란에서 마법 물품이 이때부터 완전히 자리를 잡았군.'

수십 년 전을 기준으로 규모가 달라지기 시작했다.

'이때가 하란이 대륙에 진출한 시점인가.'

매년 급증하는 배당 수익금이 의미하는 것은 하나였다.

'착실히 집어삼키고 있어.'

이제 대륙인은 하란의 마법 물품 없이는 살지 못할 것이다. 무력을 동원하지 않고 하란은 대륙을 점령했다.

마법 물품은 대개가 생활의 편의를 도왔다. 그래서 처음에 대륙의 왕족과 귀족들은 하찮게 생각했다. 하란의 상인들이 내겠다는 세금에만 혹했다.

'예상은 했지만.'

론은 쓴웃음을 지었다. 이런 날이 올 거라고 예상했다. 막을 수 없으면 기회를 잡아야 한다고 주장했다. 하지만 어린 그의 말을 귀담아 들어 주는 사람은 없었다.

그가 마법 물품을 처음 본 것이 아홉 살 때였다. 그가 태어난 나라는 타국의 문물을 수입하는 일에 인색했다. 마법 물품처럼 신문물에는 반감이 더 컸다. 그래서 주변 나라보다 상당히 늦게, 그것도 아주 제한적인 개방을 했다.

"하란의 마법 물품 중에 대륙에 가장 영향을 미치는 것이 뭐라고 생각하시오?"

의외의 질문에도 루터는 당황하지 않았다. 잠시 생각한 후 대답했다.

"마차겠지요."

말이 끄는 마차(馬車)가 아닌, 마력으로 움직이는 마차(魔車).

"내 생각도 같소."

마차(魔車)는 마차(馬車)와 비교할 수 없이 기동력이 좋았다. 말처럼 먹지 않고 쉬지 않아도 되었다. 오랜 길을 떠나면 말 먹이만 한 수레를 끌고 가야 한다. 짐이 줄었다. 말과 다르게 병들지 않고 죽지도 않았다. 대륙을 아우르는 거상의 출현을 가능하게 했다.

론이 처음 본 마법 물품이 마차였다. 그때 느낀 충격은 아직도 잊을 수 없었다.

소년은 호기심이 많았다. 궁금한 것은 알아내야 직성이 풀렸다. 몇 년은 배워야 할 개념을 순식간에 이해하는 소년을 주변에서는 천재라고 치켜세웠다.

소년이 배움과 현실의 괴리를 느끼면서 비극은 시작되었다.

왕은 전능하지 않았다. 왕족과 귀족은 고귀하지 않았다. 비천한 상인이 힘을 얻고 몰락 귀족이 발생하는 시기였다. 신분은 절대적인 세상의 질서가 아니었다.

소년의 고국은 상인을 천시했다. 하지만 이미 세상의 흐름이 바뀌고 있었다. 소년의 눈에는 그냥 그게 보였다. 마차를 본 순간, 장차 일어날 엄청난 변화가 보였다.

어쩌면 소년은 자만했다. 아무리 머리가 좋다고 주변에서 말해도 자신이 아직 아이에 불과하다는 사실을 간과했다.

'바짝 엎드렸다면. 숨소리조차 내지 않았다면 뭔가가 달라졌을까.'

아니다. 몇 번을 생각해도 결과는 같았다. 아무리 생각해도 어차피 그의 자리는 없었다.

"배당금과는 다른 부분을 물어도 되겠소?"

"하문하십시오."

"하란은 왜 갑자기 대륙으로 나온 것이오?"

"하란 내부에서 성장이 한계에 이르렀습니다. 다른 활로가 필요했습니다."

"그 이유뿐이오?"

"비공식적인 다른 이유가 있다면 저는 알지 못합니다. 하지만 성주님께서는 아실 수 있습니다."

"무슨 뜻이오?"

"국경을 개방하기 전에 모든 마탑의 주인들과 모든 대가문의 주인들이 한자리에 모이는 회합이 있었습니다. 회합에서 무엇을 논의했는지는 알려지지 않았으나 이후에 대륙 진출이 시작되었습니다."

"가문의 방……."

"예. 분명히 기록이 있을 겁니다."

"알겠소. 나중에 찾아봐야겠군."

"그리고 성주님께 건의드릴 일이 있습니다. 성주님의 승계 사실을 대외적으로 공식화했으면 합니다."

"어떤 식으로 말이오?"

"규모가 큰 축하연 자리를 마련하는 것이 어떤지요?"

"좀 이르지 않소?"

"오히려 늦은 감이 있습니다."

대가문의 가주라고 꼭 사교 활동에 적극적일 필요는 없었다. 실제로 시마는 사교계에서 거의 존재감이 없었다.

그런데 론의 위치는 특수했다. 다른 대가문의 후계들과 다르게 하루아침에 하늘에서 뚝 떨어졌다. 어떤 사람인지 제대로 알려지지 않았다.

동부인들에게 대가문의 새 주인이 누구인지 정도는 알려 줘야 했다. 모르면 불안하고 불안하면 확신을 갖지 못할 것이다.

지금껏 레바스가 건재할 수 있었던 것은 동부인들이 확고한 믿음으로 지지한 덕분이었다.

"일곱 가문 수장들의 의견이 일치했습니다."

일곱 가문의 가주들이 모두 동의한 일은 아무리 성주라고 해도 거부하기가 쉽지 않았다. 불가능은 아니지만, 절차가 대단히 복잡했다.

론은 대가문의 시스템을 보면서 귀찮아서라도 독재를 포기하게 만든 건가, 하고 생각했었다.

"그렇게 하시오. 개최 장소는 전당이오?"

"예. 계획안을 올리도록 하겠습니다."

*　　*　　*

론은 문득 의문이 생겼다.

'레바스가 동부를 유지하는 예산에서 티움의 수익이 큰 부분을 차지한다.'

그러면 티움의 수익이 없었을 때는?

동부는 식량 전량을 다른 지역에서 구매했다. 동부는 자원이 척박한 땅이었다. 고급 가구의 재료가 되는 목재가 유일한 특산품이었다. 그것도 사치품의 재료라 생존과는 관계없었다.

'레바스 가문이 설립될 당시는 하란의 건국 시기지.'

무척 혼란스러웠을 것이다. 어떤 체계도 마련되지 않았을 것이다. 마법 물품은 없어도 사는 데 문제가 없다. 어느 정도 기반이 잡힌 이후에 유통될 물건이었다. 루터도 말했다. 티움이 초반에는 돈이 되는 물건이 아니었다고.

'어떻게 가문을 유지했을까.'

가문의 일가만 먹고 사는 문제가 아니었다. 동부를 아우르려면 영향력이 있어야 하고 그만큼 밑의 사람들을 먹여 줘야 한다.

'동부는 식량의 자급자족이 안 돼.'

다른 대가문이 도와주었나?

'그럴 리가.'

막 대가문들이 설립되어 자리 잡을 시기. 제 한 몸 추스르기에 급급한 시절이었다.

의문을 해결해 보려고 그는 가문의 방으로 내려갔다.

고서의 방은 사람이 드나든 흔적이 역력했다. 테이블에 고서와 노트, 필기구들이 흩어져 있었다.

그는 표지가 깨끗한 노트를 집어 들었다. 본디 고서의 방에 있었던 물건이 아닌 것 같았다.

안에는 또박또박하고 정갈한 글씨가 가득했다. 앞부분을 몇 장 읽으면서 그의 입술이 부드럽게 휘었다.

"열심히 뭘 하나 했더니 번역본인가."

가정교사들은 아델의 학습 능력이 우수하다고 칭찬했다. 아델에게 고어를 가르쳐 보니까 그들이 과찬한 것이 아님을 알게 되었다.

'고어는 꽤 까다로운데. 번역할 정도면 이제 문법은 거의 숙달했군. 상당히 배우는 게 빨라.'

읽어 보고 싶었지만 내려놓았다. 잠깐의 여유가 난 틈에 온 것이라 지금은 시간이 별로 없었다.

'뭘 찾아봐야 하지. 일기, 그래. 일기를 보면 되겠군.'

레바스의 가주들은 반드시 일기를 썼다. 성주의 지위를 물려받은 후계는 선대의 일기를 참고해서 전기를 썼다. 일기와 전기

작성은 가주의 의무였다.

회합이 열린 때는 전전대 성주, 즉 시마의 부친이 성주였던 시기였다. 론은 회합이 열린 시기에 쓴 일기를 꺼냈다. 그리고 기록을 찾아냈다.

―마탑이 오랜 세월 감추어 두었던 대마법사 하란의 유언장을 공개했다. 완전한 비밀을 맹세하였기에 비록 사적인 일기라고 해도 내용을 적을 수는 없다. 하란의 유언장은 불길했으나 모호했다.

다른 가주들은 대륙으로 나간다는 사실에만 관심을 두었다.

모든 마탑의 주인과 대가문의 주인이 동의함으로써 오랜 세월 꽁꽁 닫고 있던 하란이 문을 열었다. 많은 하란인들이 대륙으로 나갈 것이다.

'하란의 유언장…… . 대체 무슨 내용이었을까.'

관련한 내용을 더 찾을 수 있을까 싶어서 론은 여러 권의 일기를 뒤졌다.

열려진 문틈 사이로 작은 얼굴이 쏙 들어왔다. 아델은 책장 앞에 서서 책을 보고 있는 그를 보면서 볼이 살짝 붉어졌다.

집무실에 갔더니 그가 없었다. 집사는 아델을 반가워하며 말했다.

「가문의 방에 다녀온다고 하셨습니다. 금방 오신다더니 늦어지시는군요.」

「급한 일정이라도 있나요?」

「성주님의 초상화를 그리려고 화가와 조수들이 기다리고 있습니다. 괜찮으시면 아가씨께서 다녀와 주시겠습니까?」

초상화! 초상화를 그리는 과정을 구경할 수 있겠구나 싶어서 아델은 흔쾌히 승낙하고 가문의 방에 왔다.

책에 집중하는 그를 관찰했다. 매일 보는 얼굴인데 요 며칠 자꾸 그가 다르게 보였다. 전부 멜 때문이었다.

「멜. 다들 그런댔지. 성주님이 소설 속의 주인공처럼 멋지다고.」

멜의 말을 듣고 나서 도무지 연애소설을 읽을 수가 없었다.

「죄송해요. 아가씨. 진짜 그건 제가 말실수를 했어요.」

「탓하는 게 아니라 궁금해서 그래. 다들 그런다는 건 누구? 멜도 그렇게 생각해?」

처음엔 당황하던 멜도 아델의 질문에 어떤 의도가 없다고 파악했는지 금방 맞장구쳤다.

「저는 뭐 보는 눈이 다른가요. 성에서 일하는 하녀들은
다 그런 생각할걸요.」
「왜? 어떤 점이?」

아델이 구체적으로 말해 달라고 집요하게 묻자 멜은 하나씩
예를 들었다.

「미남이시고요.」

아델은 론을 뚫어지게 보았다. 얼마나 집중했는지 얼핏 노려
보는 것 같기도 했다.
'맞아. 미남이지.'
아델은 타인의 외모에 크게 관심이 없는 편이었다. 외모만으
로 자신을 구경하는 시선이 불편해서 다른 사람의 외모를 신경
쓰지 않았다. 그렇다고 미추를 모르는 것은 아니었다.

「키도 크시죠. 코우 기사님과 나란히 서면 거의 비슷하
잖아요.」

키가 크면 멋지다는 멜의 논리를 아직 이해할 수 없었지만, 키

가 큰 건 맞다.

「목소리도 좋아요.」

'그건 그래.'

아델은 그의 목소리를 좋아했다. 나지막하고 차분하며 어떤
상황에서도 감정을 절제할 것 같은 목소리였다. 그가 화내는 모
습은 도무지 상상이 안 되었다.

「그리고 성격이요.」

아델은 멜의 말에 고개를 끄덕였다. 그는 다정하고 좋은 사람
이었다. 하지만 이어진 멜의 말에 눈이 휘둥그레졌다.

「말투나 표정이 되게 냉랭하시거든요.」
「그건 나쁜 거 아냐? 성주님이 못되게 굴어?」

미간을 찡그리는 아델을 보며 멜은 웃었다.

「그런 게 있어요. 아가씨. 원래 갖지 못하는 게 더 탐나
는 거니까요.」

그런 게 뭐냐고 물어도 멜은 웃기만 했다.

'냉랭하다는 게 어떤 거지.'

그가 웃음이 많은 사람은 아니었다. 하지만 차갑다는 생각은 하지 않았다. 그가 자신을 차갑게 보면 굉장히 마음이 아플 것 같은데 그게 왜 좋다는 걸까.

「그리고 아직 곁에 아무도 없으시잖아요. 머지않아 안주
인께서 들어오시겠지만요.」

그 말을 들었을 때 왜 심장이 내려앉는 것 같았을까.

전혀 생각도 못 하고 있었다.

'당연한 거야. 레온은 성주님이니까.'

후계를 남겨야 한다. 그러려면 당연히 결혼해서 아이를 낳아야 했다. 이상한 상실감이었다. 아델은 축 처지는 기분이 싫어서 주먹을 쥐고 문을 두드렸다.

그가 고개를 들자마자 아델과 눈이 마주치더니 보라색 눈동자에 온화한 빛이 감돌았다.

'이상해.'

심장이 뛰어서 좀 아팠다. 자신을 바라볼 때의 그의 부드러운 시선이 좋았다. 그런데 이유를 알 수 없이 불편했다.

"데리러 왔어요. 레온. 집사가 기다린다고요."

"아, 그렇지."

론은 일기를 덮어 제자리에 넣었다.

"나에겐 모래시계 없으면 못 온다고 잔소리해 놓고."

고개를 숙이고 투덜거렸다. 턱 밑으로 손이 들어와 고개가 조금 위로 들렸다. 어느새 그가 바로 앞에 앉아서 시선을 맞추고 있었다.

"왜 또 심통이야."

아델은 화들짝 놀라 그를 두 손으로 밀쳤다. 놀란 그의 눈을 보며 아델은 자신이 더 놀랐다. 주변을 두리번거리다가 테이블로 달려갔다. 번역 노트를 들어 뒤로 감추었다.

"이…… 이거 본 거 아니죠?"

"보면 안 돼?"

론은 일어나면서 유심히 아델을 살폈다. 요즘 이상했다. 말수가 줄고 대답에 날이 섰다. 유순한 아이의 변한 태도가 여간 신경 쓰이는 것이 아니었다.

"이상하단 말이에요. 해석이 잘못된 부분도 많을 거고."

론은 얼굴이 발갛게 물든 아델을 보며 피식 웃었다.

"그러면서 점점 실력이 느는 거지."

"그래도……."

"알았어. 보여 주기 전에는 읽지 않을게. 그럼 됐지?"

아델은 고개만 끄덕였다. 번역 노트 핑계를 댈 수 있어서 다행이었다.

'왜 그랬지.'

왜 그를 밀어 버렸지. 당황스러워서 얼굴이 화끈거렸다.

석실을 나오고 돌문이 닫혔다. 그는 당연하다는 듯 아델을 향해 두 팔을 뻗었다.

아델은 망설였다. 얼마 전처럼 아무렇지 않게 안길 수가 없었다.

"걸어갈래요."

"……."

그는 말없이 아델을 바라보았다.

"나한테 화났어?"

"아뇨."

고개를 흔드는 아델은 그의 시선을 피하고 있었다.

"계단이 위험하니까……."

"혼자 그동안 잘 다녔어요. 괜찮아요."

론은 작은 한숨을 내쉬었다. 다시 원점으로 돌아간 것 같다. 서먹하게 구는 아델을 보고 있으니 서운하기도 하고 난감하기도 했다.

"그래, 그럼."

아델은 그가 내미는 손을 빤히 바라보았다.

"아델. 정말 왜 그래?"

아델은 느릿하게 손을 내밀었다. 론은 작은 손을 움켜잡았다.

두 사람은 손을 잡고 계단을 올라갔다. 하나씩 계단을 오르다 보니까 아델은 기분이 차분하게 가라앉았다. 이상하게 뛰던 심장도 다시 정상이 되었다.

'그냥 이대로 계속 갔으면 좋겠다.'

오를 계단의 수가 줄어들수록 아쉬웠다. 결국 계단이 끝났다. 아델은 지금 잡고 있는 손을 놓고 싶지 않았다. 놓아야 한다는 건 알지만.

"레온. 초상화 그린다면서요. 구경해도 될까요?"

"안 될 건 없지만……. 괜찮겠어? 낯선 사람들은 만나고 싶지 않잖아."

아델은 '아…….' 하고 중얼거렸다. 그 문제를 전혀 생각하지 않았다.

낯선 사람에 대한 거북함보다는 그림 그리는 과정을 구경할 수 있다는 기대감이 더 컸다.

"조금은 익숙해졌나 봐요. 여러 선생님들이 오셨고, 레온과 외출도 종종 했고요. 할머니가 돌아가셨을 때부터 생각했어요. 더는 예전처럼 숨어 살아서는 안 된다고. 인제 예전만큼 싫지 않아요."

아델은 산뜻한 미소를 지었다.

"……그래. 다행이다."

대답하는 론의 기분은 그다지 산뜻하지 못했다.

'언제 이렇게 자랐지?'

론의 머릿속에 아델은 첫인상 그대로 자리 잡고 있었다. 할머니를 잃은 슬픔에 잠겨 바깥을 두려워하는 약한 소녀였다. 보호가 필요하다고 생각했다.

'제레미와 첫 인사를 나눌 때만 해도…….'

재산관리인 제레미와 처음 만날 때 아델은 무척 낯을 가리는 기색이 역력했다. 그때까지만 해도 아델은 자신만의 세상에 갇혀 있었다.

아델의 성장은 기뻐하고 축하할 일이었다. 하지만 그는 그저 당혹스러웠다.

*　　　*　　　*

초상화를 그릴 준비가 된 방으로 하녀가 아델을 안내했다. 집무실에서 가장 가까이에 위치한 응접실이었다. 안에 들어가자마자 소파에 앉아 있는 사람들과 시선이 마주쳤다.

다섯 명의 남자는 모두 나이가 다양했다. 가장 어린 사람은 성년도 되지 않은 소년이었고, 가장 나이가 많은 사람은 중년인이었다.

아델은 이러지도 저러지도 못하고 당황한 채 가만히 서 있었다. 아델과 눈이 마주친 중년인의 부리부리한 눈에서는 알 수 없는 기운이 이글거렸다. 이처럼 노골적으로 샅샅이 뒤질 것처럼 보는 사람은 처음이었다.

"오오오!!"

중년 남자가 갑자기 소리를 질렀다. 남자가 벌떡 일어나 다가

오자 아델은 식겁해서 주춤 뒤로 물러났다.

"이처럼 아름다운 숙녀께 저를 소개할 기회를 갖게 되어 영광입니다. 레이디. 안젤로라고 불러 주십시오."

과장되게 허리를 숙이며 인사하는 모습이 매우 진지했다. 우스꽝스러운데 웃을 수가 없었다.

"네. 만나서 반가워요. 스톤이에요."

"레이디 스톤. 아아, 정말. 무슨 말로 표현해야 할지 모르겠군요. 아름답습니다. 이처럼 완벽한 피사체를 보게 될 날이 올 줄이야. 부디 제게 레이디를 화폭에 담을 기회를 주시지 않겠습니까?"

"네?"

아델은 안젤로의 정체를 가늠해 보았다. 눌린 빵 모양의 모자를 쓴 갈색 머리의 중년인은 다른 네 명의 남자에 비해 훨씬 고가로 보이는 옷을 입고 있었다.

'안젤로? 어디서 들었더라.'

"혹시 할머니…… 전대 레바스 성주님의 초상화를 그리셨나요?"

가문의 방에서 보았던, 할머니의 초상화의 아래 구석에 '안젤로'라는 사인이 있었다.

"예. 전대 성주님께서는 여신처럼 아름답고 당당한 분이셨지요. 그분을 그릴 수 있어서 영광이었습니다."

"정말 대단한 솜씨를 지닌 화가시군요. 생전의 할머니를 뵙는 것 같아서 얼마나 제가 위안을 받았는지 몰라요. 감사 인사를 하고 싶어요."

아델은 치맛자락을 잡으며 안젤로에게 무릎을 굽혀 인사했다.

"과찬이십니다. 레이디 스톤. 정말 제 부족한 솜씨가 레이디께 위로가 되었다면 제가 레이디를 그릴 수 있도록 허락해 주시겠습니까? 제게는 더 없는 기쁨이 될 것 같습니다."

무작정 그리게 해 달라고 매달리는 안젤로의 태도가 어쩐지 낯설지 않았다. 디자이너인 르네젤을 처음 만났을 때도 르네젤은 두 손을 마주 잡고 흥분해서 아델의 주변을 빙빙 돌았다. 옛날 생각이 나서 웃음이 나왔다.

"하지만 안젤로. 성주님의 초상화를 그리러 왔다고 들었는데요."

"그렇지요."

떨떠름하게 대답하며 안젤로는 의뢰받은 초상화 같은 건 대충 구색만 맞추면 된다고 내심 중얼거렸다. 정말 그리고 싶은 피사체가 눈앞에 있는데 의뢰 따위가 중요한 게 아니었다.

"방해가 아니라면 초상화를 그리는 과정을 봐도 될까요?"

"되고말고요. 레이디 스톤. 초상화를 다 그리고 레이디를 그려도 될까요?"

아델은 이젤에 올려 둔 큼직한 화판 곁으로 다가갔다. 이미 초상화를 그릴 준비가 끝난 상태였다. 화판 주변에 물통과 다양한 색상의 물감이 가득한 화구 박스가 펼쳐져 있었다. 그림 도구를 흥미롭게 구경하는 아델의 곁에 안젤로가 안절부절못하며 서성거렸다.

"초상화를 다 그리는 데에 얼마나 걸려요?"

"보통 한 달 정도를 잡습니다. 레이디라면 그 반의 시간이면 되겠군요. 영감이 마구 떠올라서 하루 종일 붓을 놓지 않을 수 있겠어요."

"그럼 한 달 동안 포즈를 잡고 꼼짝 못 해야 하는 거예요?"

"초반에는 스케치만 잡으면 됩니다. 색채는 그저 일상의 모습을 제가 잠깐 보기만 하는 것으로 충분하답니다. 레이디가 불편하시면 오랜 시간도 필요하지 않아요."

어떤 질문을 하던 결론이 전부 같았다. 아델은 웃음을 터뜨렸다. 까르르 웃던 아델은 들어오는 사람을 보면서 웃음이 쏙 들어갔다.

'아, 또……'

아델은 이마를 찡그렸다. 심장이 뛰기 시작했다. 그가 완전한 성장 차림을 한 모습을 처음 보는 것도 아닌데 왜 심장이 자꾸 두근거리는지 모르겠다.

'기분이 안 좋아 보여. 무슨 일 있나?'

아델이 생각한 대로 론은 그다지 기분이 좋지 않았다.

원래 초상화를 그리는 일 자체가 내키지 않았던 데다가 초상화를 그리기 위해 당장 파티에라도 나갈 것처럼 옷을 차려입은 것도 마음에 들지 않았다.

낯선 사람과 어울려서 웃던 아델이 자신을 보자마자 표정을 굳히는 모습은 그의 심기를 아주 불편하게 했다. 근래 이 정도로 언짢았던 적이 없었던 것 같다.

"성주님께 인사드립니다. 안젤로라고 합니다. 이쪽은 제 조수들입니다."

의뢰받은 초상화 업무에 심드렁했던 안젤로의 눈이 반짝거렸다.

'호오. 이쪽도 아주.'

당장 그리고 싶어서 손이 근질근질했다. 그를 자극하는 피사체를 만나는 일은 극히 드물었다. 그런데 오늘 하루 둘이나 만났다. 그는 자신의 행운이 몹시 기꺼웠다.

"반갑소. 바로 진행합시다. 쓸 수 있는 시간이 많지 않소."

"예? 하지만 제가 들은 이야기로는 두 시간입니다만."

"한 시간."

"한 시간 안에 스케치는 무리입니다. 성주님. 초상화는 초반 작업이 아주 중요합니다."

"한 시간 내에 능력껏 하시오. 저 의자에 앉으면 되는 건가?"

준비된 의자에 앉는 태도가 어딘지 모르게 건성이었다.

대체 어찌 된 거냐고 안젤로는 집사를 쳐다보았다. 사전에 들은 이야기와 달랐다. 제드는 모르는 척 시선을 돌렸다.

'마음에 안 드시는군.'

도통 속을 읽을 수 없는 주인을 모시다 보니 나날이 느는 것이 눈치였다. 성주께서는 지금 안젤로가 무척 못마땅한 것이 분명했다. 이유는 모르겠지만, 괜히 나섰다가 불똥을 맞고 싶지 않았다.

나서서 중재해야 할 집사마저 외면하자 안젤로의 입매가 굳었다. 평소라면 이런 식으로는 일 못 한다고 자리를 박차고 나가 버렸을 것이다. 그는 자신이 돈으로만 부릴 수 있는 그림쟁이가 아니라고 자부했다. 거장의 반열에 들어가는 예술가였다.

하지만 지금은 안젤로가 약자였다. 매달려서라도 그리고 싶기 때문이었다.

"성주님. 오늘 시간이 안 되신다면 미루셔도 됩니다. 얼마든지 기다릴 수 있습니다. 허락하신다면 아름다운 작은 숙녀분을 먼저 그려도 될까요?"

안젤로가 고개를 숙이고 나서니 놀라는 사람은 조수들이었다. 실력만큼 지랄 맞은 스승의 성질을 알기 때문이었다.

생각하지 않고 있다가 갑자기 지목받은 아델이 깜짝 놀랐다. 솔직히 싫지는 않았다. 자신을 닮은 그림을 상상하면 신기하기도 하고 완성된 그림을 보면 어떤 느낌일지 궁금했다.

"네 생각은 어때?"

론의 물음에 아델은 대답하지 않았다. 망설이는 기색이 싫은 내색은 아니었다.

"둘을 함께 그리는 건 어떻소?"

"오, 정말 좋은 생각이십니다."

론의 제안에 안젤로가 적극 찬성했다. 두 사람을 하나의 화폭에 담는 것을 생각만 해도 예술적 갈망이 솟구쳤다. 안델로는 인생에 역작이 나올지도 모른다는 예감으로 두 주먹을 불끈 쥐었다.

"그럼 성주님. 한 시간으로는 어림도 없습니다. 최소한 세 시간은 주셔야 합니다."

"두 시간이면 된다고 하지 않았소?"

"그때는 한 사람일 경우이지요. 둘을 그리는 데 두 시간은 빠듯합니다."

안젤로는 기어코 두 시간 반의 시간을 확보했다. 시간 협상이 이루어지는 과정을 아델은 당황해서 지켜보고 있었다. 론이 손짓하자 아델은 쭈뼛거리다가 그에게 다가갔다.

"성주님의 초상화잖아요. 저와 함께 그리면 안 돼요."

"가문의 방에서 봤겠지만, 초상화라고 혼자 그리지는 않아."

함께 그려진 사람은 모두 가족이었다. 배우자 혹은 자식. 아델은 어디에도 해당되지 않았다.

"하지만……."

"초상화를 평생 하나만 그리는 건 아니라는 거 알잖아. 그리고 내가 알기로 정해진 규칙은 없어."

"……."

론은 아델에게 더 가까이 오라고 손짓했다. 아델은 좀 더 다가가다가 그에게 손이 잡히는 바람에 바짝 가까이 끌려갔다. 그가 아델의 귓가에 목소리를 낮추어 말했다.

"사실은 내가 하기 싫어서 그래. 꼼짝없이 가만히 앉아 있을 생각을 하면 벌써 지겨워."

그래서 아까부터 기분이 안 좋아 보였던 건가. 안젤로에게 불퉁한 태도를 보인 것도 어깃장을 놓은 것이었다.

신기했다. 그는 아무리 하기 싫은 일이 있어도 전혀 내색하지 않을 줄 알았다. 아델도 그의 귀에 속삭였다.

"하기 싫다고 하면 되잖아요. 레온은 성주님인데."

"성주가 억지로 해야 하는 일이 얼마나 많은 줄 알아? 하지 못하는 일도 많고. 그러니까 도와줘."

아델은 고개를 끄덕였다. 도와 달라는데 거절할 수 있을 리가 없다. 그에게 얼마나 많은 것들을 받았는데.

작게 속삭이는 두 사람의 대화는 다른 사람에게는 들리지 않았다. 두 사람이 귀엣말을 나누는 모습은 틈 없이 친밀해 보였다. 그들을 바라보는 사람들의 표정에 놀라움이 깃들었다.

아델은 평소에 고용인들의 시선을 의식하는 편이었다. 누가 있으면 깍듯이 예의를 차렸다.

둘만 있을 때의 그들은 상당히 편안하고 격의 없는 대화를 나누는 편이었지만, 고용인들이 그런 모습을 볼 일은 없었다.

아델은 레바스 가문에 속한 사람이 아니었다. 굳이 따지면 아주 중요한 손님이었다. 하지만 시마가 살아 있을 때 아델은 성주의 손녀와 다름없는 대우를 받았다. 시마가 얼마나 아델을 각별하게 여기는지 공공연하게 드러냈기 때문이었다.

주인이 바뀐 후 고용인들은 의문을 갖기 시작했다. 그리고 오늘 의문에 답을 얻었다. 여전히 아델은 성주의 가족에 준하는 위치라는 사실을 재확인할 수 있었다.

"의자 하나 더 가져와. 멍청히 서서 뭐하고 있어? 너 말이야!"

안젤로는 어린 조수에게 버럭 소리쳤다. 넋을 놓고 아델에게서 시선을 떼지 못하고 있던 조수는 허둥지둥 의자를 론의 옆에 놓았다. 아델을 곁에 앉게 하고 안젤로는 멀찍이 서서 보다가 고개를 저었다.

"구도가 영……. 레이디, 일어나 보시겠어요? 이쪽으로."

안젤로는 아델을 의자에 앉은 론의 옆에 세웠다.

"좋아요. 훨씬 좋군요."

아델은 그의 옷자락을 잡아당겼다. 시선이 마주치자 고개를 숙여서 그에게 속삭였다.

"옷 갈아입을래요."

"옷은 왜?"

"레온은 멋있게 입고 있으면서 난 이게 뭐예요. 나도 예쁜 옷 입고 싶어요."

론은 웃으면서 제드를 불렀다.

"하녀 보내서 아델이 입을 옷을 챙겨 가지고 오라고 해."

"고르는 건 내 하녀에게 맡기면 돼요. 멜이 잘할 거예요."

"들었지?"

"예. 성주님."

제드가 하녀를 불러 지시를 내리고, 안젤로는 조수들을 부리면서 초상화의 배경으로 쓸 배경 소품들을 이리저리 바꾸었다.

안젤로가 특유의 과장된 몸동작으로 조수들에게 지시하는 모습이 꽤 번잡스러웠다. 주변이 어수선하니까 아델은 오히려 주변을 의식하지 않고 그와 대화를 나누었다.

"계속 서 있으려면 힘들지 않겠어? 앉아서 그리는 거로 하자."

"구도가 이상하다잖아요."

"무슨 상관이야."

"이왕이면 근사한 그림이 나오는 게 좋죠. 온종일 서 있는 것도 아니고 괜찮아요."

"초상화 작업이 끝나면 오랜만에 저녁은 나가서 먹을까?"

멀어진 아델과 다시 친해지고 싶어서 론은 평소보다 많은 대화를 이끌어내려고 시도하는 중이었다. 그들은 가끔 함께 나가서 차를 마시거나 식사를 했다. 그런데 근 한 달 동안은 전혀 시간을 내지 못했다.

생각해 보니까 한동안 아델에게 소홀했다. 처음에만 열심히 챙기는 척했다고 아델이 오해할 수도 있다는 생각이 들었다.

"무리해서 그러지 않아도 돼요."

"나한테 화난 거 맞지?"

"아니라니까요."

"미안해. 요즘 좀 바빴어."

"알아요. 이해 못 하는 어린애 아니에요."

아델은 뚱하게 그를 보았다. 내심 조금의 서운함은 있었지만, 그가 미안해하니까 이상하게 더 서운함이 커졌다.

"바쁘다는데 어쩌겠어요."

아델은 새침하게 고개를 돌렸다. 그래서 화가 났다는 건지 이해를 한다는 건지 애매한 태도였다.

론은 속으로만 이걸 어쩌나 끙끙댔다.

그는 어쩌면 꽤 오만한 삶을 살아왔다. 누군가의 비위를 맞추려고 애쓴 적이 없었다.

목숨을 위협받아 보았을지언정 자존심을 꺾어 본 적은 없다. 용병으로 지낼 때도 그런 태도가 크게 변하지 않았으니 주변에서 꽤 아니꼽게 보았다.

여자아이의 속을 풀어 달래는 법을 알 리가 없었다.

아예 어린아이라면 적당히 어르고 맛있는 간식으로 풀어 줄 수 있겠지만, 아델에게 그런 어설픈 짓을 했다가는 더 수습이 곤란해질 것이다.

멜이 드레스를 잔뜩 가지고 들어오면서 두 사람의 대화가 끊어졌다.

의자에 앉은 론과 곁에 살짝 비스듬히 몸을 틀어 서 있는 아델이 화폭에 스케치 되었다. 안젤로의 손이 빠르게 화판 위를 왔다갔다 했다.

아델이 조금 자세를 움직이니까 곧바로 론이 말했다.

"다리 아프지 않아?"

아델이 목을 가다듬는 헛기침을 하니까 론이 또 말했다.

"마실 것을 가져오라고 할까?"

그는 계속 비슷한 질문을 반복했다. 기분을 맞추어 주려고 애쓰는 마음이 느껴졌다. 아델은 나중에 웃고 말았다.

그림 작업이 끝날 즈음에 아델은 금 서운했던 마음이 다 풀어지고 그에게 어색하게 굴었던 것도 잊어버렸다.

저녁을 그가 제안한 대로 나가서 먹었다. 모처럼 외출하고 돌아온 아델은 기분이 좋았다.

잠자리에 들기 전에 멜은 아델의 머리를 빗겨 주었다.

"우리 아가씨 머리카락은 어쩌면 이렇게 보들보들한지 모르겠어요."

멜은 아델의 머리를 빗기는 일을 무척 좋아했다. 매일 하는 일이면서 매일 감탄했다.

"오늘 외출은 즐거우셨어요?"

"응. 음식도 맛있었어. 그런데 성의 요리사 솜씨도 절대 부족하지는 않아. 바깥에서 몇 번 먹어 봤는데 훨씬 더 맛있는 건 모르겠어."

"그야 그렇겠지요. 레바스 성이잖아요. 아무나 들어와서 요리할 수는 없겠죠. 근데요. 전 아까 깜짝 놀랐잖아요."

"뭘?"

"성주님이 아가씨께 무척 다정하셔서요."

"내가 조금 화가 난 일이 있어서 성주님이 풀어 주려고 그러신 거야."

"그래도요. 전 성주님이 그렇게 웃으시는 거 처음 봤어요."

"웃어? 언제?"

"내내 눈으로 웃으시던걸요. 차가운 성주님도 멋지지만 부드러운 성주님도…… 아이고, 죄송해요. 요 입이 또 주책이네요."

"멜."

아델은 휙 뒤돌아 앉았다.

"멋있는 기사를 어디서 볼 수 있을까?"

"예?"

"멜이 말하는 근사하고 멋진 기사 말이야. 성 안에서 보는 기사들은 표정도 없고 말도 안 하잖아. 멋있는지 모르겠어."

멜은 아, 하고 풋 웃음을 터뜨렸다. 이제 막 남자에 호기심을 갖기 시작하는 아가씨가 너무 귀여웠다.

"그러면 기사들이 훈련하는 모습을 보면 되겠네요."

"그걸 어디서 봐?"

멜이 의미심장한 웃음을 지었다.

"그럼 보러 가실래요?"

"응."

멜은 안녕히 주무시라는 인사를 하며 침실의 불을 끄고 나갔다. 침대에 누워서 아델은 어두운 허공을 바라보며 뒤척이다가 눈을 감았다.

'이게 뭘까.'

요즘 자꾸 그를 볼 때마다 이상한 기분이 들었다.

그녀는 순진하지만 바보는 아니었다. 그리고 수십 권이 넘는 연애소설을 섭렵했다. 연애소설 속에서는 막 사랑에 빠지는 여자들의 심정이 아주 다양하고 상세한 방식으로 표현되어 있었다.

'그럴 리가 없어.'

혹시, 하면서도 부정했다. 그는 보호자일 뿐이었다. 그 이상의 뭔가가 있다고 생각하고 싶지 않았다.

그걸 인정하는 순간 그녀 안에서 중대한 변화가 일어날 것 같았다. 모호하고 두려운 예감이었다.

멋진 기사들을 보면 뭔가 알 수 있을 것이다.

'나도 멜처럼 멋진 기사들을 보면 마구 설레겠지. 내가 아직 멋진 기사들을 보지 못해서 그래.'

연애소설을 너무 많이 읽어서 감정이입이 심하게 된 것이 분명했다. 그녀는 어서 빨리 심장의 안정을 되찾고 싶었다.

* * *

며칠 후 멜이 자수를 놓고 있는 아델에게 슬며시 다가와 말했다.

"아가씨. 오늘이에요."

"뭐가?"

"기사 훈련이 보고 싶다고 하셨잖아요. 오늘 볼 수 있는 훈련이 있어요."

아델은 즉시 수틀을 내려놓고 멜을 따라나섰다.

멜은 바깥으로 나가는 것이 아니라 위로 올라갔다. 그리고 남쪽 탑의 꼭대기로 향하는 나선형 돌계단 앞에 이르렀다. 위로 올라가면 성벽으로 나갈 수 있었다.

남쪽 탑의 이곳저곳을 꽤 다녔으나 아델이 위로 올라가 본 것은 몇 년 전에 딱 한 번이었다. 올라가 봤자 높은 성벽만 나오고 바람만 불어서 재미가 없었다. 딱히 흥미를 느끼지 못해서 그 후에는 가지 않았다.

두 사람은 올라가는 길에 기사와 마주쳤다. 기사는 두 사람을 잠시 보다가 아델에게 묵례만 하고 그냥 지나쳤다.

긴장한 표정을 짓던 멜은 기사가 지나가고 나서 킥킥 웃었다.

"아가씨, 사실은요. 여기 아무나 못 올라와요. 저는 처음 와 봐요."

멜은 비밀 이야기를 하듯 목소리를 낮추었다.

아델은 고개를 갸웃했다. 출입을 삼가라는 말은 들은 적이 없었다. 할머니가 살아 계실 때도, 지금도.

"왜?"

"저도 잘 몰라요. 주로 기사님들만 다니는 길이에요."

"음. 아마 성벽끼리 탑과 연결되어 있어서 그럴 거야. 높으니까 성의 구조가 한눈에 보이기도 하고. 그런데 방금 기사는 왜 우리를 보고 그냥 갔지?"

"그야 아가씨잖아요."

아델은 헛웃음을 흘렸다.

"약았어, 멜. 지금 날 내세워서 금지 구역을 가는 거야?"

"금지 구역까지는 아니라고요. 탑과 탑 사이를 오갈 때 이쪽이 얼마나 빠른 지름길인데요. 저 같은 말단은 빙 돌아서 가야 하지만 마틸다 고모님은 종종 다니시거든요."

멜이 열심히 항변했다.

"그래서 여기로 가면 뭐가 있는데?"

아델은 피식 웃으면서 계단을 밟았다.

"북쪽 탑의 내성 성벽 가까이에 기사 연무장이 있어요. 오늘은 거기서 훈련을 한대요."

이렇게까지 해서 보러 가야 하나. 뭔가 해서는 안 될 짓을 하는 것 같다. 아델은 잠시 회의를 느꼈다.

어느 정도 올라가니까 탑에서 성벽으로 이어지는 통로가 나왔다. 내성의 경계가 되는 벽이면서 망루의 역할도 하는 성벽 위는 충분히 사람이 오갈 수 있는 너비가 있었다.

성벽을 따라 가는 도중에도 기사와 마주쳤다. 역시 기사는 말 없이 지나갔다. 멜이 키득거렸다.

"역시 아가씨는 어디든 무사통과라니까요."

거의 북쪽 탑에 가까이 다다를 때까지 멜은 계속 성벽 바깥을 살피면서 걸었다. 갈수록 함성 소리가 점점 커졌다.

"아가씨. 저기예요."

성벽의 위로 솟아난 부분은 아델의 키를 넘었지만 낮은 부분은 아델의 가슴 높이였다. 두 사람은 딱 붙어서 고개만 살짝 위로 올려 내다보았다.

널찍한 기사들의 연무장에서 둘이 짝을 지은 기사들이 긴 나무 봉을 들고 같은 동작으로 움직였다. 봉이 맞부딪칠 때마다 따악 소리가 터졌다. 연무장을 꽉 채운 기사들이 모두 일치하는 동작을 하자 소리의 웅장함이 대단했다.

'와아.'

아델의 눈이 휘둥그레졌다. 평소에 보던 딱딱한 기사들과 달랐다. 생동감 있게 움직이는 모습이 신기했다. 저렇듯 격렬한 움직임 자체를 처음 보았다.

성 안에서는 모두 조용히 걸어 다녔다. 간혹 급한 일로 달려가는 고용인들도 요란하지 않았다.

묵직한 기합 소리와 발을 구르는 소리는 사람을 흥분하게 하는 힘이 있었다.

"아아, 멋져라. 근사하죠, 아가씨."

"응? 으응."

대단해 보이기는 했다. 수많은 사람이 한 몸인 것처럼 움직이는 모습에서 눈을 뗄 수 없었다.

'캘빈이 받은 훈련이 저런 건가. 어? 설마 캘빈?'

움직이는 기사들 중에 흑발의 남자를 발견한 아델의 눈이 휘둥그레졌다. 거리가 제법 있어도 사람의 얼굴을 대충 식별할 수 있었다. 남자는 아델이 보는 방향으로 등을 돌리고 서 있었다. 움직이며 고개를 옆으로 돌렸을 때 아델은 짧게 탄성을 질렀다.

'정말 캘빈이야.'

오랜만에 보는 친구가 반가웠다. 멀리서 몰래 얼굴만 보고 있으니 아쉬웠다.

훈련 동작은 반복적이었다. 보다 보니까 금방 눈에 익었다. 시간이 지날수록 처음의 흥분은 가라앉고 점점 지루해졌다. 한 손으로 턱을 괴고 심드렁하게 기사들의 움직임을 보았다.

'이게 정말 재밌나?'

흘끔 멜을 보니까 아주 폭 빠진 표정이었다.

'모르겠어.'

여전히 멜이 말하는 멋진 기사의 의미를 모르겠다. 기사 훈련은 좀처럼 끝날 기미가 보이지 않았고 아델은 슬슬 돌아가고 싶었다.

'어서 손수건을 완성해야 하는데.'

자수 놓기는 사실 그다지 재미가 없었다. 그런데 차라리 그걸 하는 게 낫겠다.

갑자기 기사들이 움직임을 멈추었다. 아델은 단상 위로 올라가는 낯익은 얼굴을 발견하고 눈을 동그랗게 떴다.

'코우 경.'

앨런이 기사들에게 뭐라고 말했다. 내용까지 들리지는 않았다. 그리고 기사들이 움직여서 둥글게 빈자리를 만들고 주변으로 물러났다.

빈 공간으로 나오는 푸른 머리의 남자를 보며 아델은 놀라 고개를 앞으로 내밀었다. 그는 기사가 건네주는 조끼 형태의 갑주를 받아서 입고 긴 나무 봉을 받아 붕붕 돌렸다.

"메…… 멜. 레온이…… 성주님이 왜 저기 있어?"

"와! 성주님이에요. 성주님."

아델은 더 호들갑을 떠는 멜의 어깨를 잡고 흔들었다. 그사이에 다른 기사가 론의 앞으로 나왔다. 마찬가지로 갑주를 입고 긴 나무 봉을 들고 있었다.

기사가 뭐라고 말을 하고 봉을 위로 들었다가 앞으로 쭉 내밀었다. 그러면 론이 봉으로 교차해서 막는 동작을 하고 나서 고개를 끄덕였다.

"저게 뭔데. 뭐하는 건데?"

"저도 들은 이야기인데요. 성주님의 검술 실력이 대단하시대요. 그래서 자주 기사들과 검술 비무를 하신다고 하더라고요."

'난 그런 얘기 들은 적이 없단 말이야.'

느리게 몇 번의 공격과 방어 동작을 반복한 후 론과 기사는 나무 봉 대신에 긴 창을 들었다. 그리고 적당한 거리를 두고 마주

섰다.

두 사람의 창이 서로를 향해 찌르고 들어갔다.

'악!'

아델은 속으로 비명을 지르며 두 손으로 눈을 꽉 덮었다. 요란하게 부딪치는 소리가 들릴 때마다 아델은 미세하게 움찔거렸다.

곁에 있는 멜은 아무 반응이 없었다. 손을 떼어 옆으로 곁눈질하니까 완전히 집중해서 입을 벌리고 턱이 아래로 툭 떨어진 상태였다. 아델은 손을 내리면서 슬쩍 고개를 앞으로 내밀었다.

두근두근하게 지켜보는 아델의 표정도 점점 빠져들었다. 위태롭게 보일 때마다 주먹을 꽉 쥐게 되었다.

내리치면 막고, 찌르면 몸을 회전해 피하면서 공격으로 들어간다. 서로를 해치려는 살기가 없어서인지 빠른 공격과 방어가 반복되는데 무섭다는 생각은 들지 않았다.

상대를 이기려고 한다기보다는 합을 맞추어 보는 느낌이었다. 물 흐르듯이 이어지는 동작에 군더더기가 없었다.

"멋있다……."

멍하게 중얼거리는 아델은 퍼뜩 놀랐다. 얼굴에 열기가 확 올라왔다. 두 손으로 달아오른 얼굴을 감싸고 그녀는 울상을 지었다.

심장이 너무 뛰어서 통증이 느껴졌다. 기사들의 훈련을 보는 내내 고요하기만 했던 심장이 요동치고 있었다.

'어떡해.'

자신의 심장이 누구를 향해 뛰는지 확실히 알았다.

*　　*　　*

루터가 난처한 기색으로 보고했다.

"전당에서 사고가 생겼습니다."

레바스에서 개최하는 연회가 곧 전당에서 열릴 예정이었다. 성주의 사교계 데뷔라서 대단히 신경 써서 준비 중이었다. 근래에 전당에서 열린 연회 중에서는 최대 규모였다.

그런데 전당에서 열린 마법사들의 학술회에서 예기치 못한 돌발 상황이 발생했다. 새로운 마법 이론을 발표하고 시연하다가 폭발이 일어나 기둥에 금이 간 것이다.

"그 기둥이 구조적으로 전당을 지탱하는 데 아주 중요하다고 합니다. 전당을 당분간 폐쇄하고 대대적인 수리에 들어가게 되었습니다."

"마법 사고라고? 별일이 다 있군."

아마 하란에서만 발생할 수 있는 사건일 것이다. 재미있어 하는 론과 다르게 루터는 심각했다.

"전당에서 개최하는 행사가 많습니다. 다들 장소 확보에 난리입니다. 저희도 큰일입니다. 성주님."

"미루면 안 되는 거요?"

"이미 초대장은 모두 발송했습니다. 초대장을 발송한 이후에는 오직 한 가지 이유로만 취소할 수 있습니다."

"무엇이오?"

"부고장입니다."

"……."

누가 죽어야만 한다는 소리였다.

"법이 그렇소?"

"법보다 굳건한 관습입니다."

"그럼 어찌해야 하오?"

"그래서 말씀인데……. 장소를 성으로 하심이 어떠신지요?"

"……성을 개방하라는 말이오?"

"대가문의 성을 개방해서 파티를 여는 일은 종종 있습니다. 레바스 성은 매우 오랫동안 개방하지 않았으니 이번 연회가 큰 화제몰이를 할 겁니다."

그다지 화제몰이하고 싶은 생각은 없었다. 그래도 이왕 하는 일이 성공적으로 마무리되면 좋겠지. 론이 유일하게 신경 쓰이는 문제는 아델이었다.

'성은 넓으니까 며칠 정도는 괜찮겠지. 남쪽 탑으로 손님들이 접근하지 못하게 단속하라고 해야겠군.'

단순하게 생각하고 허락했다가 론은 며칠 후 집사가 가져온 최종 보고서를 확인하고 당황했다.

"남쪽 탑을 손님에게 내어 준다니?"

"본디 남쪽 탑의 용도입니다."

얼핏 들은 기억이 났다. 이건 안 된다. 아델의 침실 근처에 낯선 자들이 우글우글할 것을 생각만 해도 불안했다.

"동쪽 탑으로 바꿔."

"성주님. 동쪽 탑은 성주님의 가족이 머무는 곳으로……."

"어차피 지금은 비어 있지. 이것도 수장들의 동의를 모두 받아야 해?"

"그렇지는 않습니다. 다만, 방이 턱없이 모자랍니다. 동쪽 탑은 침실이 넓고 수가 적게 설계되었습니다. 그리고 아직 가구를 채우지도 않았습니다."

브로디 일가가 나갈 때 가구를 싹 가져간 이후에 아직 동쪽 탑의 침실은 세간이 없이 텅 비어 있었다. 제드는 심각하게 고심하는 성주의 눈치를 살피며 말했다.

"아가씨의 침실 근처는 경계를 철저히 하겠습니다. 큰 문제는 없을 겁니다. 점잖은 손님을 선별하여 초대장을 보냈을 테니까요."

"장담할 일은 아니다."

성은 넓었다. 남쪽 탑만 한정해도 넓었다. 특히 남쪽 탑은 많은 손님이 거하기에 최상의 구조로 만들어졌다.

층마다 여기저기 뻗은 복도의 한쪽은 반드시 벽이었다. 복도를 사이에 두고 침실이 마주 보는 경우가 없었다. 대부분 침실에서 조금만 걸어가면 계단이었다. 거주하는 사람끼리 가능하면 마주치지 않도록 밖으로 나가는 동선을 최소화했다.

아델의 침실은 중앙탑으로 건너가는 구름다리에서 가장 가까웠다. 그래서 원래 아무에게나 주는 방이 아니다. 아마 아델의 침실 근처의 방은 손님에게 내어 주지 않고 비워 둘 것이다. 초대객의 숙소를 배정하는 자가 그 정도는 알아서 처리할 것이다.

제드는 굳이 그 사실을 지적하지 않았다. 성주가 그걸 모를 리 없었다. 그냥 아가씨 한정으로 발동하는 예민증이 또 도졌구나, 생각할 뿐이었다.

"아델의 침실을 중앙탑으로 옮기면 되겠어."

왜 이제 이런 생각이 떠올랐는지 의문이었다. 중앙탑은 성주의 침실과 집무실이 있어서 가장 경비가 삼엄했다. 아델이 중앙탑에서 지내면 한층 더 안전할 것이다.

"……중앙탑으로…… 말씀입니까?"

"방을 옮기는 일은 누구 담당인가?"

"마틸다 집사에게 전하면 알아서 할 겁니다. 한데 성주님. 중앙탑에 아가씨가 지내실 방이…….."

"설마. 빈 방이 하나도 없다는 소리는 아니겠지?"

"그렇지는 않습니다만."

"그럼?"

론은 머뭇거리는 제드를 응시했다.

"중앙탑은 원래 성주님과…… 안주인께서만 머무시는 곳입니다."

론은 미간을 찌푸렸다.

"법에 규정했나?"

"그렇지는 않습니다만 오랫동안 관습상……."

"문제가 된다면 나중에 다시 옮기면 되겠지. 이번 연회 기간 동안에는 중앙탑으로 옮겨 지내도록 조치해."

"예."

제드는 반론을 포기하고 순순히 대답했다.

7장
청탑의 줄리오

　푸른 로브를 입고 후드를 깊이 눌러쓴 남자는 몸으로 파고드는 차가운 바람에 몸서리쳤다. 손이 시려서 반질거리는 나무 지팡이를 양손으로 번갈아 쥐었다.

　"으으, 아직은 춥구나. 마차를 타고 올걸."

　시가지에서 레바스 성까지의 거리가 눈으로 가늠할 때는 그다지 멀어 보이지 않았다. 슬슬 걸어가며 모처럼 느긋한 기분을 만끽하려고 했다. 어쩐지 걸어간다고 하니까 마부의 표정이 이상하더니만.

　"도대체 레바스 성은 왜 저렇게 동떨어진 곳에 있는 거야?"

　처음 봤을 때는 멀찍이 홀로 있는 성이 고고해 보인다고 감탄했으면서 어느새 말을 바꾸어 투덜거렸다.

거리가 멀어서 문제가 아니라 생각보다 날이 쌀쌀했다. 초봄의 바람을 만만히 보았다. 더구나 너른 벌판에는 변변한 바람막이가 없어서 강한 바람은 곧바로 남자의 몸을 때렸다.

"에구, 내 팔자야."

몸을 웅크리며 홀로 쓸쓸히 걷고 있자니 저절로 자신의 처지를 한탄하게 되었다.

"내가 스승님 때문에 늙는다, 늙어."

얼마 전 전당에서 열린 학술회에서 남자의 스승이 크나큰 사고를 쳤다. 아직 미완의 마법을 시연해 보겠다고 나섰다가 마력 폭발을 일으킨 것이다.

그때 생각만 하면 아직도 모골이 송연했다. 상당히 큰 폭발이었는데도 다행히 기둥은 무너지지 않았다. 무너졌으면 적지 않은 사상자가 나왔을 것이다. 전당을 튼튼히 설계한 건축가들에게 얼마나 감사했는지 모른다.

최악은 피했지만, 후유증이 만만치 않았다. 전당의 폐쇄로 남자의 스승은 비난의 눈초리의 대상이 되었다. 수많은 행사가 취소되는 바람에 스승이 소속된 청탑은 거액의 배상을 해 주어야 했다.

'당분간 연구비가 깎이겠어.'

올해 청탑의 마법사들은 빠듯한 연구비로 생활해야 할 것이다. 다가올 현실에 남자는 우울해졌다.

남자의 스승은 청탑의 대현자였다. 마법사로서의 능력은 최고로 꼽히지만, 성격이 괴팍했다. 어린아이처럼 억지 고집부리기는 예사이고 제멋대로에 주변 아랑곳하지 않고 하고 싶은 대로 했다.

그래도 이번 일은 스승도 잘못했다고 생각하는지 대현자들의 회의에 다녀온 이후 풀이 많이 죽었다. 항상 큰소리를 빵빵 치던 스승의 어깨가 축 늘어진 모습은 처음 보았다. 자업자득이라고 생각하면서도 마음이 불편했다.

"잠시나마 스승님을 동정한 내가 미쳤지."

남자는 음산하게 이를 갈았다.

스승의 반성은 아주 짧았다. 폭발을 일으킨 마법의 보완책이 떠올랐다며 마탑의 꼭대기에 있는 연구실에 틀어박혔다.

그리고 뒷수습은 남자의 몫이 되었다. 스승의 유일한 제자라는 죄로 전당 폐쇄로 손해를 입은 사람에게 부지런히 사과하러 다니는 중이었다.

적당히 돈으로 배상해서 해결될 피해자가 있고 그것만으로는 어림없는 피해자가 있었다.

대가문의 행사에 손해를 끼친 건 아주 큰 실수에 속했다. 더구나 레바스 대가문은 주인이 바뀌어 새 주인이 처음으로 참석하는 연회를 준비하고 있었다. 도무지 얼마의 배상을 해 주어야 할지 계산이 안 되었다.

아직 레바스 측에서는 배상을 요구하지 않았다. 남자는 조금이라도 배상액을 절감할 수 있을까 해서 레바스 성을 찾아왔다.

'대가문이니까 오히려 호기롭게 넘어가 줄 수도 있지.'

부디 대가문의 새 주인이 너그러운 사람이기를 간절히 바랐다.

가도 가도 도통 가까워지지 않던 성이 드디어 눈앞에 다가왔다.

'와, 어마어마하게 큰데.'

멀리서도 워낙 크게 보여서 거리가 가깝다고 착각했다. 다른 대가문의 성도 가 보았지만 비교가 안 될 정도로 거대했다.

남자는 성의 정문 앞으로 다가갔다. 굳게 닫힌 문 앞에는 아무도 없었다.

"실례합니다!"

이렇게 부른다고 안에서 들을 수나 있을까. 도대체 안에 있는 사람을 어떻게 불러야 하는지 모르겠다. 역시 마차를 타고 올 것을 그랬다고 남자는 다시 한 번 후회했다.

그런데 닫힌 성문 옆의 작은 쪽문이 열렸다. 그리고 안에서 기사가 나왔다.

"무슨 일이십니까?"

기사는 낯선 방문객을 크게 경계하는 표정이 아니었다. 남자가 푸른 마법사의 로브를 입고 있기 때문이었다.

남자는 기사를 보고 반색하며 눌러쓴 후드를 벗었다. 드러나는 남자의 얼굴을 보고 기사는 의외라는 표정을 했다.

남자가 손에 들고 있는 지팡이를 보고 기사는 남자가 꽤 나이가 많은 마법사라고 생각했다. 그런데 얼굴이 드러난 남자는 매우 젊었다.

"안녕하십니까. 대가문의 높은 분을 뵈러 왔습니다. 혹시 말씀을 전해 주실 수 있을까요?"

"성주님을 뵈러 오신 겁니까?"

"성주님……을 뵈면 더없이 좋겠지만, 중요한 일을 처리할 권한이 있는 분이라면 누구든 괜찮습니다."

"사전 약속은 하시지 않은 것 같군요."

"예."

"들어오십시오."

기사는 순순히 남자를 안으로 들였다.

'역시 하란에서 마법사는 대우가 다르다니까.'

대륙으로 비교하자면 대가문의 주인은 왕이었다. 만날 사람을 특정하지 않고 약속도 하지 않은 채 무작정 왕궁을 찾아온 것인데 내치기는커녕 순순히 들어오라고 한다.

"윗분께 말씀을 전해 드리겠습니다. 잠시 기다리셔야 할 것 같습니다."

"그럼요. 기다리겠습니다."

"아, 그런데 누구시고, 어떤 용무라고 전해 드릴까요?"

"전당에서 있었던 사고 때문에 마탑을 대표해서 사과를 드리러 왔다고 전해 주시면 됩니다. 청탑의 현자, 줄리오라고 합니다."

흑갈색 머리카락의 남자가 기사를 향해 히죽 웃었다.

* * *

기사는 줄리오를 방으로 안내하고 자리를 비웠다. 줄리오는
소파에 얌전히 앉아서 눈만 열심히 굴려 내부를 구경했다.

'손님맞이 하는 응접실인가?'

넓은 방의 가구는 소파와 테이블, 기본적인 장식장이 전부였
다. 낯선 사람을 혼자 둔 기사의 부주의한 태도가 이해가 되었
다. 중요해 보이는 물건은 아무것도 없었다.

줄리오가 안내받은 응접실은 신분이 불확실하거나 중요도가
낮은 손님, 즉 잡인에 가까운 사람을 상대하는 장소였다. 아마
다른 마법사였다면 내심 상당히 불쾌해했을 것이다. 그런데 다
른 마법사라면 초면에 약속 없이 불쑥 방문하는 짓을 애초에 하
지 않는다.

줄리오는 아직 하란에서 통용하는 관습이나 예절에 익숙지
않았다. 하란에 들어와서 마법사님이라고 불리기 시작한 지 얼
마 안 되었다.

잠시 앉아 있으니 하녀가 들어와서 차를 내어 주었다.

"감사합니다. 잘 먹겠습니다."

하녀는 묘한 눈으로 줄리오를 보다가 고개만 꾸벅 숙이고 나
갔다.

느긋하게 차를 마시며 찻잔을 거의 다 비울 즈음에 하녀가 다시 나타나 '차를 더 드릴까요?' 하고 물었다. 그런 과정을 세 번 정도 반복해서 슬슬 물배가 찰 무렵에 기사가 돌아왔다.

"기다리게 해 드려서 죄송합니다. 현자님."

"아닙니다. 괜찮습니다."

서너 시간은 기다릴 각오를 했기에 줄리오는 기사가 생각보다 훨씬 빨리 왔다고 생각했다.

"공교롭게도 성주님은 부재중이십니다. 고문관님께서도 안 계시고 두 분 모두 며칠 후에 돌아오십니다."

"그럼 며칠 후에 다시 와야 하는 건가……."

"성에서 머무르셔도 됩니다."

숙소의 마련을 고민하던 줄리오는 기사의 말에 반색했다.

"오. 정말입니까?"

"예. 다만, 저희가 현자님의 신분을 마탑에 조회해도 되겠습니까?"

"됩니다. 되고말고요."

줄리오는 겸연쩍게 웃으며 머리를 긁적였다.

"아무래도 제가 실수한 모양이네요. 혹시 방문하기 전에 해야 하는 절차가 있습니까?"

"오시기 전에 보통 마탑에서 저희에게 연락을 줍니다. 아시다시피 마법사님은 신분증이 따로 없으니까요. 물론 감히 마법사를 사칭하는 자들은 없다고 생각하지만 말입니다."

"제가 잘 몰랐네요."

상식처럼 당연한 일을 몰랐다는 줄리오의 말이 의아했지만, 기사는 그러려니 했다. 사람들의 보편적인 생각 속에 '마법사를 이해하려 하지 마라'라는 고정관념이 있었다.

더구나 청탑의 마법사였다. 청탑은 마법사 중에서도 괴짜들이 모여 있기로 유명했다.

"머무실 곳으로 안내해 드리겠습니다."

기사를 따라 줄리오는 성의 안쪽으로 들어갔다. 뒤를 돌아보니 성의 가장 바깥쪽을 빙 둘러 감싸는 높은 성벽이 점점 멀어졌다. 그리고 앞으로 고개를 돌리니까 가까워지는 성벽이 보였다.

'이중 구조구나. 여기는 외성이고 저 성벽 안쪽이 내성인가.'

멀리서 봤을 때 높이 솟은 첨탑은 내성 안쪽에 있었다.

'하란에서 가장 오래된 가문이라더니, 성이 정말 거대하구나.'

다른 대가문의 성도 들어가 보거나 지나가며 보았지만, 이 정도의 규모는 아니었다.

'남부가 가장 부유하다고 하던데 그것도 아닌가? 이만한 성을 유지하려면 돈이 엄청나게 들 텐데.'

기사는 줄리오를 남쪽 탑으로 데리고 갔다.

"여기서 지내시면 됩니다."

기사는 몇 가지 주의사항을 당부했다. 방 밖에서는 하인과 동반해서 다닐 것, 출입이 불가능한 곳은 하인이 알려 줄 테니 말에 따를 것 등 크게 까다롭지 않았다.

"고문관님께서 돌아오시는 대로 말씀 전해 드리겠습니다."

"아, 그런데 혹시 성주님과 고문관님이 함께 출타하신 겁니까?"

"예. 그렇습니다."

"그럼 성주님을 뵙고 싶습니다."

고문관이라면 나이가 많을 것이다. 레바스의 성주는 젊다고 들었다. 아무래도 융통성은 젊은 사람이 나을 것이다.

줄리오의 목적은 가능하면 배상금을 줄이려는 것이고 능수능란한 관리를 대상으로 협상할 자신은 없었다.

"알겠습니다."

혼자 남은 줄리오는 며칠 지내게 된 방을 둘러보며 호화로움에 감탄했다. 침실과 딸린 응접실 및 욕실로 구성되었다. 침실 구석구석 다니며 구경하는 일은 금방 싫증이 났다. 숨죽이고 얌전히 있는 건 체질에 맞지 않았다.

줄리오는 하인을 불렀다.

"방에만 있으려니 답답해서 그러는데 구경 좀 다녀도 돼요?"

"안내해 드리겠습니다."

하인의 태도는 정중했다. 중요한 손님이니 불편함이 없도록 시중을 들라는 지시를 들었다.

줄리오의 신분 조회는 금방 끝났다. 각 지역의 대가문과 수도의 중앙청 사이에는 마법을 이용한 직통 연락 장치가 있었다. 중앙청이 중간에서 마탑에 문의했고 마탑은 줄리오의 신분을 보증하는 회신을 주었다.

"이곳, 남쪽 탑이라면 어디든 가서도 되지만, 구경할 것은 거의 없으실 겁니다."

"왜 남쪽 탑은 다녀도 괜찮아요?"

"남쪽 탑은 성을 방문한 손님이 지내시도록 공개된 곳입니다."

"아……. 그럼 내가 여기저기 다니면 다른 손님들에게 폐가 되겠네요."

"괜찮습니다. 지금 다른 분은 계시지 않으니까요."

'원래 손님이 이렇게 없나?'

무려 대가문인데? 줄리오는 고개를 갸웃했다.

대륙에서 고위 귀족의 대저택에는 항상 머무는 객이 있었다. 평민이면 남이나 다름없는 오촌 육촌의 친척이 귀족들에게는 중요한 인맥이었다. 귀족들의 복잡한 인간관계는 듣기만 해도 질릴 지경이라 내심 '난 귀족 시켜 줘도 못 하겠다'라고 생각했었다.

"정원은 구경 가도 되겠지요? 대가문이라면 한눈에 봐도 감탄할 정원을 가꿔 놓을 것 같군요."

줄리오는 가장 무난한 장소를 골랐다.

"중앙탑을 빙 둘러서 정원이 있습니다. 가장 잘 조성된 정원입니다."

"정원이 몇 군데 있나 보네요."

"예. 외성으로 나가도 있고, 서쪽 탑의 앞과⋯⋯."

하인은 정원의 위치를 줄줄이 설명했다.

'정원만 전부 다녀도 성의 구조는 대충 알 수 있겠는걸.'

줄리오는 레바스 성의 전체적인 구조가 궁금했지만, 조사하는 것처럼 보일까 봐 직접 묻지 못하고 있었다. 그런데 하인의 설명을 들으니까 정원을 구경 다니면 충분할 것 같다.

"여기, 남쪽 탑에는 정원이 없어요?"

"있습니다만, 정리 중입니다. 다른 공사를 진행하는 중이라서요."

"정원을 없애는 건가요?"

"전부 없애는 건 아니고 규모가 많이 축소될 거라고 합니다."

"그럼 없어지기 전에 볼 마지막 기회겠네요. 거긴 못 들어가요?"

하인은 잠시 생각하다가 고개를 저었다. 어차피 일꾼들이 한창 드나들고 있었다.

줄리오는 하인과 함께 남쪽 탑의 뒷문으로 나왔다. 베어 낸 나무들로 쌓은 더미 몇 개가 멀찍이 보였다. 한복판에는 우뚝 세워진 건물이 한창 벽을 세우고 있었다.

쓰러진 아름드리나무에 몇 사람이 달라붙어 톱질이 한창이었다. 분주하게 움직이는 일꾼들은 낯선 사람의 등장을 신경 쓰지 않았다.

'저만한 나무도 베어 내는 건가? 꽤 큰 정원 같은데 건물을 짓

자고 없애는 건 아깝네.'

넓은 성에 방이 부족하지는 않을 테고, 무슨 건물을 짓는지 궁금해서 건물로 다가갔다. 일꾼들이 큼직한 붓으로 걸쭉한 액체를 벽에 발랐다.

'어라.'

특수한 재료라서 알고 있었다. 얼마 전에 청탑에서 일부 낡은 연구실을 대대적으로 개보수했다. 그때도 같은 액체를 벽에 발랐다. 흰색 액체는 특수한 방수 페인트였다. 벽에 마법 시약 냄새가 스미는 것을 막는다.

'왜 마법 연구실을 만들지? 레바스의 성주님이 마법사였나? 아, 참. 하란에서는 마법사가 아니라도 마법을 배우지.'

줄리오가 하란에 와서 가장 놀란 것 중 하나가 일반인도 마법을 학문으로 연구한다는 점이었다. 마법사가 아닌 사람 중에 오히려 마법사보다 이론적인 성취가 높은 학자도 있었다.

'이야. 부럽다. 이런 데 개인 연구실이라니. 돈 많으면 역시 좋구나.'

줄리오는 계속 일꾼의 주변을 기웃거리며 구경하다가 일꾼들에게 말을 걸었다. 처음엔 줄리오를 어려워하던 일꾼들이었지만 줄리오가 넉살 좋게 굴자 곧잘 대답했다.

시간이 지날수록 줄리오는 따라다니는 하인의 표정이 그다지 좋지 않은 것을 눈치챘다. 내심 미안한 마음이 들어서 권유했다.

"난 신경 쓰지 말고 볼일 봐요."

"아닙니다. 제가 마땅히 해야 하는 일입니다."

"그러면 저녁 식사 시간이 되면 부르러 와요. 이 근처에서만 돌아다닐게요. 방으로 돌아가는 길은 아니까 알아서 찾아갈 수도 있고요."

하인은 주저하다가 줄리오를 정원에 남겨 두고 탑으로 들어갔다.

늦은 오후가 되자 일꾼들은 모두 일손을 놓고 돌아갔다. 줄리오는 방으로 돌아갈까 하다가 정원 안쪽으로 깊이 들어갔다.

"오, 멋지군."

줄리오는 그네를 발견하고 다가갔다. 어린아이만 앉을 수 있을 정도로 의자는 작았다. 주변을 더 둘러보았지만 특별히 흥미로운 것은 찾지 못했다. 나오는 길에 아직 미완성인 연구실 건물 앞에 서서 중얼거렸다.

"언젠가는 나도 이런 연구실 하나 마련할 수 있을까."

하란에서 하고 싶은 일은 많았다. 하지만 그전에 꼭 해야 하는 일이 있었다.

'대륙에 나가서 그 녀석부터 찾아봐야지.'

잘 있을까. 살아 있겠지. 머리 좋은 녀석이니까 무모하게 일부터 저지르지는 않을 거다.

'내가 스승님의 가르침을 최소한 반만이라도 내 걸로 만들면.'

론을 찾으러 갈 생각이다. 지금은 아니었다. 그 녀석에게 당장 필요한 것은 위로가 아닐 것이다. 능력을 갖추어 제대로 도움이 되는 편이 나았다.

'그렇게 헤어지는 게 아니었어. 연락할 신호라도 정해 놨어야 했는데.'

그때는 자신도 제정신이 아니었다. 함께했던 동료가 모두 죽은 사실은 혼란과 충격이었다.

"누구세요?"

경계심이 묻은 가느다란 목소리가 들렸다. 줄리오는 고개를 돌렸다.

여자와 어린 소녀가 함께 서 있었다. 줄리오는 눈이 휘둥그레져서 금발의 소녀를 바라보았다. 성인 여자가 옆에 있는데 덜 자란 아이부터 눈에 들어오는 경험은 처음이었다.

"레바스 성에서는 요정도 사는구나."

아델은 멍청한 표정으로 중얼거리는 푸른 로브의 남자를 보며 풋, 웃음을 터뜨렸다.

"처음 뵈어요. 마법사님. 아델 스톤입니다."

"아, 응. 난 줄리오. 꼬마 아가씨, 정말 미인이네. 난 순간 요정을 본 줄 알았어."

"아무리 마법사님이시지만, 아가씨께 예의는 지켜 주세요."

멜이 툴툴대며 줄리오의 태도를 지적했다. 줄리오는 아차 싶어서 인형처럼 예쁜 소녀의 안색을 살폈다.

'아가씨라고 불렀으니까. 성주님의 가족이겠지?'

"미안합니다. 레이디라고 불러야 합니까? 아니면 아가씨?"

아델은 멜을 보며 '괜찮아, 멜.' 하고 말했다.

"스톤이라고 부르시면 돼요. 말씀도 편하게 하세요."

"그래도 되나……요?"

줄리오가 멜의 눈치를 살폈다. 아델이 괜찮다고 하자 줄리오는 두 번 사양하지 않고 냉큼 '응. 스톤 양.' 하고 대답했다.

"연구실은 어때 보여요?"

"멋져. 훌륭해."

"다행이에요. 제가 마법사도 아니고 완벽할 필요는 없는 건데, 굳이 마법사님께 별일 아닌 걸로 수고를 끼쳤네요."

"무슨 수고?"

"연구실을 봐 주러 오신 것 아닌가요?"

"아니. 성주님을 뵈러 왔는데. 다른 용건으로."

줄리오를 바라보던 아델의 얼굴이 확 붉어졌다. 달아오른 뺨을 두 손을 감싸 쥐었다.

"죄송해요. 제가 착각을 했어요."

소녀의 반응이 귀여워서 줄리오가 껄껄 웃었다.

"대단한 실수를 한 것도 아닌데 뭐. 근데 이 연구실을 스톤 양이 쓸 건가?"

"네. 과분하지만요."

"예비 마법사?"

"아뇨. 마법은 못 해요. 마법학과 마법공학을 공부 중이에요."

줄리오는 가볍게 휘파람을 불었다.

"스톤 양. 천재였구나."

"그렇게 대단한 건 아니에요."

"그 어려운 공부를 하는데 대단하지 않다니. 난 둘 다 포기했다고."

"더 대단하신 분이 무슨 말씀이세요. 마법사님이잖아요. 그리고 로브를 보니까 청탑의 현자님 맞죠?"

줄리오는 겸연쩍게 웃었다. 실력을 인정받아서 현자의 호칭을 받은 건 영광이지만, 가끔은 공연히 낯부끄러웠다. 자신을 현자라고 자연스레 소개하는 일이 아직 익숙지 않았다.

"현자가 뭐. 그렇게 대단한 거 아니야. 그리고 난 실전형 마법사거든. 머리를 쓰는 건 내 적성이 아니야."

"그럼 어떻게 마법을 배웠어요?"

"그냥 감이라고 해야 되나. 설명은 못 하겠어."

"그게 더 천재 같은걸요."

두 사람은 주거니 받거니 대화를 이어 나갔다. 멜은 즐겁게 낯선 마법사와 이야기를 나누는 아델을 보며 별일이다 싶었다.

'하긴 요즘 아가씨는 예전처럼 낯을 가리시지 않지.'

탑에서 나온 하인이 두리번거리다가 그들을 발견했다. 다가와서 함께 있는 아델에게 꾸벅 인사한 후 줄리오에게 말했다.

"현자님. 저녁 식사가 준비되었습니다."

"아가씨. 저희도 들어가요."

"현자님. 괜찮으시면 저녁 식사를 함께 하시겠어요?"

아델의 제안에 줄리오는 히죽 웃었다.

"식사 초대는 감사하지. 단, 줄리오라고 불러 주면. 현자라는 호칭은 좀 낯간지럽네."

아델은 쿡쿡 웃으며 대답했다.

"네. 줄리오."

탑으로 들어가는 두 사람의 뒤를 따라가며 멜은 하인과 속닥거렸다.

"특이한 마법사님인걸."

"아까 일꾼들과 이야기하는 모습을 보니까 넉살이 좋으시더라고. 저렇게 변죽 좋은 마법사님은 처음 봐."

마법사는 대부분 사교성이 형편없었다. 마법은 철저한 개인 성취라서 혼자 연구에 파고들다 보면 남과 어울릴 일이 거의 없었다.

외골수에다가 개개인의 성격이 강하다 보니 둘만 있어도 언쟁이 벌어졌다. 그나마 감정보다 이성이 강해서 큰 싸움이 벌어지지 않았지만, 마탑은 일 년 내내 늘 분쟁을 안고 살았다.

줄리오는 마탑에서 매우 독특한 존재였다. 각박한 세상에서 살아남기 위해 마법사로서의 프라이드가 만들어지기 전에 고개를 숙이는 것부터 배웠다. 타협할 줄 알고 노인의 고집에 물러서는 아량도 있었다.

마법사는 재능 있는 후배를 아꼈다. 능력이 남다른데 성격도 둥글둥글했다. 나이가 지긋한 마법사들 사이에서 줄리오의 인기는 대단했다.

시대를 막론하고 나이 든 세대가 입에 달고 사는 말.

「요즘 젊은 것들은……」

그런데 이 말이 줄리오가 대상이 되면 달라졌다.

「근데 그 녀석은 요즘 녀석들답지 않게 싹싹한 맛이 있
지.」

줄리오가 마탑에서 차근차근 수습 마법사 과정을 밟지 않았
는데도 빠르게 자리를 잡고 현자의 자격을 받을 수 있었던 배경
이었다.

*　　*　　*

식사 시간은 유쾌했다. 아델은 줄리오가 늘어놓는 실없는 소
리를 들으며 식사하는 도중에 계속 웃었다. 지금껏 아델의 주변
에 줄리오 같은 사람은 없었다. 거침없이 말하지만, 상대의 기분
을 상하게 하지는 않았다.

식사만 하고 자리를 파하기가 아쉬워서 아델은 장소를 옮겨
차를 마시자고 제안했다.

"여긴 제 서재예요."

아델은 며칠 전에 중앙탑으로 침실을 옮겼다. 마틸다는 이번 기회에 대대적인 청소를 하겠다며 원래 아델이 사용했던 방의 커튼을 전부 걷고 가구를 다 들어냈다. 남쪽 탑에 있는 침실과 응접실은 현재 사용할 수 없었다.

그렇다고 성주가 자리를 비운 중앙탑의 응접실로 외부인을 데려갈 수는 없었다. 그래서 남쪽 탑의 서재로 안내했다.

"서재라면 매우 사적인 장소인데 내가 들어가도 돼?"

열린 문 앞에서 줄리오는 주저했다.

"어차피 수업은 모두 여기서 받아요. 그렇게 비밀스러운 곳은 아니에요."

평소 수업할 때 사용하는 널찍한 책상 앞에 두 사람은 마주 앉았다. 함께 들어온 멜은 적당히 거리를 두고 떨어진 상태로 대기했다.

"줄리오는 제가 만난 두 번째 마법사예요."

"첫 번째가 아니라 다행이다. 마법사들이 전부 다 나처럼 이상하지 않으니까 절대 편견은 갖지 마."

"왜요? 줄리오가 어디가 어때서요?"

"청탑에는 괴짜들이 모였다는 말을 못 들어 봤어? 난 청탑 내부에서도 특이한 놈이라는 소리를 들어."

"그래서 지팡이를 들고 다니는 거예요?"

아델은 웃으면서 줄곧 줄리오가 손에 쥐고 있는 나무 지팡이를 지적했다.

"지팡이가 뭐가 어때서. 지팡이를 휘두르는 마법사는 내가 어린 시절부터 꿈꾸었던 모습이라고. 그런데 하란에 오니까 지팡이를 전부 구식 유물 취급하더라."

간소화는 시대의 흐름이었다. 손에 항상 들고 다녀야 하는 물건은 아무래도 성가셨다. 지팡이는 일종의 상징물이었으나 마법사 전용 로브가 제작되어 널리 보급된 이후로 지팡이가 갖는 의미가 약해졌다.

지팡이를 제작하는 일은 은근히 시간과 돈이 많이 들어갔다. 자연스레 한 세대 전부터 수습 마법사들은 지팡이를 만들지 않았고 사용하던 마법사들도 손에서 놓게 되었다.

"마법사라면 자고로 마법 지팡이지!"

줄리오는 벌떡 일어났다.

"스톤 양. 내가 진짜 마법을 보여 줄게. 잘 보라고."

줄리오는 마법 지팡이를 들고 짐짓 근엄한 표정을 지었다. 지팡이의 끝에 작은 빛이 맺히기 시작했다. 놀라 동그랗게 커진 눈으로 곧 펼쳐질 마법을 기대하던 아델은 이어 나오는 줄리오의 말에 웃음을 터뜨렸다.

"수리수리 마하수리!"

아델이 깔깔거리며 웃든 말든 줄리오는 여전히 진지한 표정으로 우스꽝스러운 주문을 외웠다.

지팡이 끝에서 쏘아진 빛이 뜨거운 물을 담아 둔 주전자에 명

중했다. 공중에 둥실 떠오르는 주전자가 입구를 기울여 아델의 찻잔에 물을 따랐다.

*　　　*　　　*

데보라는 책상 위에 올려 둔 지팡이를 노려보며 끄응, 낮은 한숨을 내쉬었다. 대륙의 오지를 찾아갔다가 정체 모를 제단에서 발견한 지팡이의 수수께끼가 풀리지 않았다.

누구의 것이었는지는 금방 알아냈다. 지팡이는 제작 당시에 특수한 기호를 표시하고 마탑에 등록하도록 되어 있었다.

기록을 뒤져서 찾아낸 지팡이의 주인은 공교롭게도 백탑의 마법사였다.

대현자 아그릿.

데보라에게는 대선배였다. 데보라가 마탑에 들어올 당시에 이미 아그릿은 방랑 여행을 떠났다. 대화를 나누어 보기는커녕 얼굴도 본 적이 없었다.

"대현자님."

문을 두드리고 흰 로브의 마법사, 라만이 들어왔다. 두 손에 책과 문서를 잔뜩 들고 들어와서 책상 위에 올렸다.

"대현자 아그릿을 언급하는 자료는 모조리 가져왔습니다."

"고맙네. 수고했어."

"대현자님께서는 성과가 좀 있으셨습니까?"

라만이 문서 자료를 찾는 동안 데보라는 직접 뛰어다녔다. 아그릿을 기억하는 마법사들을 수소문해서 찾아다닌 것이다.

대부분이 고령의 마법사들이라서 방랑 여행을 떠나지 않고 연구실에 남아 있는 숫자가 몇 안 되었다. 그나마도 연구에 빠져서 굳게 잠긴 문을 두드려 겨우 만났다. 데보라가 대현자가 아니었다면 연구를 방해한 죄로 꽤 곤욕을 치렀을 것이다.

"크게 도움이 될 만한 말이 없더군. 그 선배께서는 상당히 외골수였던 모양이야."

"저도 조사하면서 대충 보았는데 그다지 환영받지 못할 부분을 연구하셨더군요."

"그렇지. 흑마법이라니."

대륙에서 흑마법은 악마를 부르는 주술이나 다름없이 취급했다. 하란은 그래도 좀 나았다.

하란의 마탑은 총 여섯, 그중 하나가 흑탑이었다.

건국 시조인 대마법사 하란은 여섯 개의 마탑을 유산으로 남겼다. 그래서 누구도 흑마법을 대놓고 꺼려하지는 않았다. '흑마법은 사악하다'라고 다들 속으로는 생각해도 입 밖으로 말하는 건 교양 없는 무식한 짓이었다. 그러나 환영받지도 못했다.

아그릿은 흑마법 연구에 빠져들었다. 아주 깊이 심취한 것 같다. 데보라가 만난 고령의 마법사들은 다들 아그릿에 대해 좋은 말을 하지 않았다.

「아그릿은 흑마법도 하란께서 남긴 마법 유산이라고 했지. 다들 그를 미쳤다고 했어. 원래 아그릿은 젊어서 매우 촉망받는 기재였다네. 왜 갑자기 흑마법에 빠졌는지 몰라도 그 일로 사람들과 다투기도 많기 했고. 나중에는 스승과 의절했다고 건너 들었어.」

데보라는 오히려 아그릿을 만나 대화를 나누어 보지 못해서 아쉬웠다. 대단히 독특하고 남과 다른 생각을 하는 사람이었을 것이다.

'편협함은 마법사에게 가장 큰 재앙인데…….'

흑마법을 금기시하는 분위기가 마음에 들지 않았다. 갈수록 마탑은 보수적이 되어 가고 있었다.

'적을 알아야 이길 수 있지. 흑마법을 제대로 아는 이가 없으니 대륙을 그렇게 뒤지고 다녀도 성과가 없는 거야.'

어쩌면 옆에 있는 것을 알아보지 못했을 수도 있다.

'흑탑을 들어가 봐야 하나.'

아그릿이 한창 연구에 매달릴 때만 해도 흑탑은 누구나 원하면 들어갈 수 있었다. 하지만 지금 흑탑에 들어가기 위해서는 매우 까다로운 절차가 필요했다.

'흑탑의 출입이 통제된 시점이 아마 하란의 국경을 개방하는 시기와 맞물릴 거야.'

수십 년 전, 일곱 대가문의 주인과 다섯 마탑의 탑주가 한자리에 모였다. 꼬박 사흘이 걸린 긴 회의 끝에 하란은 국경을 개방하고 가문들의 대류 진출을 허용한다고 발표했다.

대부분 사람은 국경 개방이 그저 국가 정책의 변화라고 생각했다. 이면의 다른 진실은 일부 사람만 알았다.

그동안 하란이 국경을 꽁꽁 봉쇄하고 바깥으로 눈 돌리지 않으며 폐쇄적으로 살아온 것도, 갑자기 봉쇄를 푼 것도 모두 대마법사 하란이 남긴 유언에 따른 것이었다.

대마법사 하란은 미래를 읽을 수 있었다고 한다. 그래서 자신의 사후 수백 년 후의 일을 유언으로 남겼다. 예언된 시기에 하란의 주축이 되는 자들을 모두 불러 모아 놓고 마탑은 유언장을 공개했다.

　　—봉인된 어둠이 깨어나 이 땅의 흥망을 좌우할 것이
　다.

마탑은 예언을 흑마법의 준동이라고 해석했다. 적극적으로 마법사들을 대류으로 내보내서 흑마법의 흔적을 찾기 시작했다. 대가문들은 대류으로 진출하는 대신 마법사들을 도와주기로 약속했다.

백탑은 흑마법을 수색하는 선봉 역할을 맡았다. 데보라는 많은 시간과 노력을 들여 흑마법의 흔적을 찾아 다녔다. 인생의 대부분을 대류에서 보냈다.

그런데 얼마 전부터 의문이 들었다. 대륙에서 마법은 이미 맥이 거의 끊겼다. 흑마법도 기본은 마법이었다. 배울 수 있는 기반이 없는데 위협이 될 만한 흑마법을 어디서 익힌단 말인가.

근본적인 모순을 깨닫자 모든 게 의심스러웠다.

정말 하란의 유언이 흑마법을 경고하는 것이었나. 왜 갑자기 흑탑을 통제하기 시작했을까.

'아그릿 선배라면 뭔가 알지도 몰라.'

"라만. 그분은 이미 이 세상 분이 아니겠지?"

"살아 계셨다면 지팡이를 그렇게 방치하지는 않으셨겠죠."

"하긴, 방랑 여행을 떠났을 당시 연세가 거의 나와 비슷했다고 하니까. 살아 계시면 족히 연세가 일백을 훌쩍 넘으실 거야."

"관리처에서는 지팡이를 언제 보내 줄 거냐고 합니다."

지팡이는 마법사의 역사를 상징하는 중요한 유물이었다. 마탑의 공동 관리처는 오래된 마법사의 물건들을 보관하는 일에 정성을 들였다. 데보라가 오래전에 만들어진 지팡이를 대륙에서 가져오자 큰 관심을 보였다.

"뭘 알아내야 보내 줄 텐데……."

지팡이는 마법자가 직접 제작하는 물건이 아니었고 별도로 전문 제작자가 존재했다. 그런데 아그릿은 지팡이를 직접 만들었다. 남아 있는 참고 자료가 도움이 안 되었다.

지팡이를 잘 아는 전문가가 필요했다. 그런데 마법사들이 지팡이를 사용하지 않은 지 워낙 오래되어서 요즘은 지팡이를 연구하는 사람이 없었다.

"지팡이에 뭔가 있다고 생각하십니까?"

"그분은 방랑 여행을 떠날 때 마탑에서 모든 것을 정리하셨지. 다시는 돌아오지 않을 작정이셨던 거야. 하지만 그분이 흑마법에 그렇게 심취했다면 분명히 연구 성과가 있을 거네. 성과를 누군가에게 남기고 싶은 것은 당연하지. 지팡이에 암시를 남겨 두셨으리라고 생각하네."

"사실 전 대현자님께서 이 일에 왜 이렇게 관심이 많으신지 잘 모르겠습니다만, 지팡이라면 잘 알 것 같은 사람이 있습니다."

"누군가?"

"제가 지팡이에 대해 조사하고 다니니까 관리처에서 슬쩍 말해 주더군요. 안 그래도 요즘 지팡이에 관심이 많은 마법사가 있다고요."

「특이한 사람이더군요. 뭐, 사실 마법사 중에 특이하지 않은 사람은 없지만, 그보다 더 특이해요.」

관리처 직원은 욕도 칭찬도 아닌 모호한 말로 그 마법사를 설명했다.

처음에는 지팡이만 모아 놓은 진열실을 뻔질나게 드나들었다. 그리고 어느 날 허가증을 받아 와서 원칙적으로 함부로 만질 수 없는 진열장 안의 지팡이를 꺼내 만지고 관찰하고 마력을 주입하는 등 다양한 실험을 했다.

「대체 무슨 수로 마탑 세 군데의 대현자를 구워삶아 허가증을 받았는지, 그것부터가 불가사의한 일이지요. 그러더니 두어 달 만에 지팡이를 직접 만들더군요. 할 일이 그렇게 없나, 대체 뭐 하는 건가, 했다가 좀 놀랐습니다. 아시다시피 지팡이 제작이 그렇게 간단한 일은 아니잖아요.」

관리처 직원의 말을 전하며 라만은 덧붙여 말했다.

"그리고 직접 만든 지팡이를 들고 다닌답니다."

이야기를 듣고 데보라가 허허 웃었다.

"누군가, 대체?"

"얼마 전에 청탑의 대현자께서 제자를 받으셨다고 합니다."

"음. 들은 기억이 나."

"역시 청탑이구나 했습니다."

라만은 살짝 비아냥거렸다.

백탑은 유난히 청탑과 사이가 좋지 못했다. 이상하게 두 마탑의 마법사들은 성격적으로 부딪치는 일이 많았다.

"얼마 전에는 청탑의 대현자께서 큰 사고도 치지 않았습니까."

"전당에서 일어난 마력 폭발 말이로군."

그 장소에 없었던 데보라는 내심 아쉬웠다. 상당히 볼 만한 구경거리였을 텐데.

"청탑에 연락을 넣어 주게. 그 마법사를 내가 좀 만나고 싶다고."

"예. 알겠습니다."

"이름이 뭐라고 하던가?"

"줄리오입니다."

"줄리오?"

데보라는 고개를 갸웃했다. 귀에 익었다. 하지만 깊이 생각하지는 않았다. 지나가다 이름을 들은 적이 있었을 것이다. 대현자의 제자가 될 정도면 재능이 상당했을 테니 분명 수습 마법사 시절에도 꽤 유명했을 것이다.

*   *   *

"……그래서 난 스승님 뒤치다꺼리를 하기 위해 동부에 온 거지."

긴 하소연을 마치고 줄리오는 한숨을 내쉬었다. 이런 저런 이야기를 나누다 보니까 줄리오가 레바스 성을 방문한 이유를 아델이 물었다.

"스톤 양. 성주님에게 말 좀 해 주면 안 될까?"

대놓고 청탁을 하는데 아델은 그게 거슬리지 않았다. 그저 웃음만 나왔다.

"성주님이 아마 과한 배상을 요구하지는 않으실 거예요. 그런 문제로 까다로운 분은 아니거든요."

"그러면 다행이고."

줄리오는 아델을 유심히 보았다. 기묘한 시선을 아델이 의식할 즈음에 그가 불쑥 물었다.

"근데 스톤 양. 몇 살이야?"

아델은 질문의 의도를 살피듯 줄리오를 응시했다.

"예의 없는 질문이라는 건 아는데 도통 알 수가 없어서 그래. 나이 많지?"

"……왜 그렇게 생각하세요?"

"스톤 양 표정도 말투도 아이답지 않아서 말이야."

줄리오는 고아원에서 자랐다. 고아원은 거의 후원금으로 운영되어서 경제 사정이 언제나 좋지 않았다. 그래서 아이들을 돌볼 인력이 부족했다.

고아원에서 자라 나이가 들면 고아 동생들을 돌보는 몫을 당연하게 담당했다. 줄리오는 아이들의 발달 과정을 경험으로 체득했다.

아무리 똑똑하고 조숙해도 아이는 아이 특유의 표정이나 행동이 있었다. 줄리오는 아델에게서 그런 모습을 찾지 못했다.

"날카로우시네요."

아델은 쓴웃음을 지었다.

"기분이 상했다면 사과할게."

"놀라긴 했어요. 줄리오처럼 직접 그런 질문하는 사람은 없었 거든요."

"내가 좀 생각 없이 말을 해. 잘못이라는 건 아는데, 음."

"괜찮아요. 막상 들어 보니 별거 아니네요."

마치 식사는 했느냐, 묻는 것처럼 가벼운 질문이었다. 그래서 인지 아델은 불쾌하지도 속상하지도 않았다.

"줄리오가 보기에는 몇 살 같아요?"

"최소한 열다섯. 그보다 두세 살 더 많을 수도 있을 거 같고."

"정말…… 그렇게 보여요?"

아델의 목소리가 떨렸다. 그녀에게 어린 소녀의 외모는 징글 징글한 감옥이었다. 안쪽에 숨어 있는 그녀의 진짜 모습을 알아 차려 주는 사람이 없었다.

기쁘다. 아델은 가슴이 벅차올랐다. 어쩌면 이 세상에 줄리오 처럼 아델의 진짜 모습을 봐 줄 사람이 더 많이 있을지도 모른 다. 누군가 아델을 다르게 봐 주면 다른 사람의 시선도 변화시킬 수 있을 것이다.

'그럼 레온도 나를 조금은 다르게 봐 줄까?'

그를 좋아해.

아델은 자신의 마음을 자각하자마자 절망했다.

그에게 자신은 보호할 의무가 있는 아이일 뿐이었다. 어린아 이의 몸으로 마음을 드러내 봤자 그는 절대 진지하게 받아 주지 않을 것이다.

농담처럼 들어 넘기면 차라리 나았다. 그가 자신을 비웃거나 경멸하면 마음이 너무 아파서 죽어 버릴지도 모른다.

그래서 아델은 자신의 마음을 더 꼭꼭 숨겼다. 요즘은 일부러 아무것도 모르는 천진난만한 아이처럼 굴었다. 그러지 않으면 꾹 눌러놓은 마음이 흘러넘칠 것 같았다.

"전 병에 걸렸어요."

아델은 담담히 자신의 상태를 설명했다.

진지하게 듣고 나서 줄리오는 '저런.' 하고 짧은 추임새를 넣었다. 마음고생이 많았겠구나, 눈으로 말하면서도 동정하지는 않았다.

"전 아이도 어른도 아니에요."

쓸쓸하게 중얼거리는 아델에게 줄리오는 말했다.

"내 생각은 달라. 스톤 양에게는 남들은 가질 수 없는 선택권이 두 가지 있는 거야."

줄리오는 손가락을 한 개 펴 들었다.

"첫 번째 선택. 아이로 살면 돼. 스톤 양은 아주 예쁘고 사랑스럽다고. 스톤 양이 매달리며 어리광을 부리면 넘어가지 않을 사람이 없을걸."

아델의 표정이 묘했다. 누구도 아델에게 '네가 가진 외모의 장점을 이용해.'라고 말한 적이 없었다.

줄리오는 한 손가락을 더 들어 두 개의 손가락을 폈다.

"두 번째 선택. 어른으로 살고 싶으면 홀로서기를 해. 곧 성년이라고 했지? 성년은 자신의 모든 일을 스스로 결정할 수 있는 권리를 갖는 나이니까. 내가 의지할 사람은 나뿐이라는 걸 명심해야 돼."

"내가 의지할 사람은 나……."

아델은 곰곰이 생각에 잠겼다.

'난 계속 다른 사람을 의지해 왔나.'

할머니를 의지했고 할머니를 잃고서 그에게 기대려 했다.

"아가씨."

잠깐 밖에 나갔다 들어온 멜이 아델에게 다가왔다.

"초상화를 지금 그려도 되겠느냐고, 화백님의 조수가 물으러 왔어요."

밑그림이 완성된 초상화는 안젤로가 심혈을 기울여서 채색 작업을 하고 있었다. 생각보다 초상화는 많은 시간이 걸리는 작업이었다.

줄리오가 엉거주춤 일어났다.

"내가 자리를 피해 줘야 하는 건가?"

"아니에요. 들어와서 알아서 그릴 거예요. 줄리오가 신경 쓰이지만 않는다면요."

"신경 쓰이지 않아. 초상화라니, 신기한 구경을 할 수 있으면 나도 좋지."

아델이 허락하자 잠시 후 큼직한 캔버스를 조수 둘이 조심조심 가지고 들어왔다. 이젤을 세우고 캔버스를 올린 후 채색할 재료들의 준비까지 마쳤을 때 안젤로가 들어왔다.

안젤로는 아델과 가벼운 눈인사만 나누고 곧바로 그림 그리는 작업에 착수했다. 이제 익숙해진 아델은 안젤로를 없는 사람처럼 생각하고 하던 일을 할 수 있었다.

"성에서 지내실 거죠?"

"쫓아내지 않는다면야 뻔뻔하게 버텨 보려고. 기다리면서 성에 있는 정원을 쭉 돌아보려고 해. 방에만 있으려니 답답해서 말이야. 아무래도 내가 갈 수 있을 만한 곳은 별로 없으니까."

"그럼 제가 안내할까요?"

성에서 오래 살았으면서도 남쪽 탑에서만 지낸 아델은 성 어디에 어떤 규모의 정원이 있는지 몰랐다. 줄리오와 함께 다니면 재미있을 것 같았다.

"그래 주면 나야 고맙지."

줄리오는 대화를 하는 중간 중간 계속 안젤로를 힐끔거렸다. 목소리를 낮추어 아델에게 물었다.

"스톤 양. 초상화를 봐도 돼? 방해 안 되게 조용히 뒤에서 볼게. 저 화백께서 싫어할까?"

"괜찮아요. 집중력이 좋아서 조수가 곁에서 불러도 몰라요."

줄리오는 일어나서 발걸음을 죽이고 안젤로의 뒤로 접근했다. 그러거나 말거나 안젤로는 여전히 채색에 집중하는 중이었다. 그는 아델의 뽀얗고 하얀 피부와 윤기가 흐르는 화려한 금발을 그림 속에 실감나게 담기 위해 정신을 쏟고 있었다.

기대가 가득한 표정으로 다가간 줄리오는 캔버스에 그려진 사람을 확인하고 단번에 표정이 굳었다. 그림을 뚫어지게 노려보았다.

아델이 다가가서 줄리오의 안색을 살폈다. 지금껏 보지 못한 심각한 표정을 짓고 있었다.

"뭐가 잘못되었어요?"

"스톤 양. 저 사람 누구야? 스톤 양 옆에 있는 남자."

아델의 옆에 앉아 있는 푸른 머리의 청년은 채색이 다 된 상태였다. 안젤로의 솜씨는 단연 최고였다. 그림이지만 거의 실물과 흡사했다. 오묘한 보라색의 눈동자 색까지 유사하게 재현해 냈다.

그림을 바라보는 아델의 눈에 그리움이 가득했다.

'보고 싶어.'

성의 어디에도 지금 그가 없다고 생각하면 가슴이 텅 빈 것 같았다. 그가 없는 레바스 성은 이제 상상할 수 없었다.

"성주님이요."

"성주님? 성주님이라고?"

중얼거리는 줄리오의 목소리가 가라앉았다.

레바스 대가문의 새 주인이 대륙에서 왔다는 소문을 들었다. 줄리오 역시 대륙 출신이다 보니까 '우와, 신기하다'라고 생각했지만, 그뿐이었다.

'정말…… 너냐?'

세상에 아무리 닮은 사람이 있다고 해도 그림 속의 남자는 틀림없이 줄리오가 알고 있는 사람이었다.

레온의 원수를 갚겠다던 녀석이 왜 여기서 성주님으로 불리고 있지?

"스톤 양. 성주님의 성함을 물어도 될까?"

"레온이에요. 레온 레바스."

"레온……?"

론이 아니라? 줄리오는 튀어나오려는 질문을 속으로 삼켰다. 도무지 뭐가 뭔지 모르겠다. 혼란스러운 줄리오는 잔뜩 미간을 찌푸렸다.

*　　*　　*

목재는 동부에서 생산되는 유일한 특산물이었다.

동부는 땅이 척박했다. 농사가 잘 안 되는 것만이 아니라 기본적으로 식물의 자생이 활발하지 않았다.

그래서 숲은 동부의 귀한 재산이었다. 숲에서 생산되는 나무는 고급 가구의 재료가 되었다. 중요한 수입원이자 동부의 상징이었다.

론은 목재를 생산하는 과정을 직접 보기 위해서 숲을 방문했다.

이왕 온 김에 꼼꼼하게 볼 수 있는 것들은 모두 봐 두려고 일정을 넉넉하게 며칠 잡았다. 루터가 보좌진으로 함께 왔다.

숲의 관리인이 성주 일행을 안내했다.

"이 정도면 다 자란 것으로 봅니다. 조만간 베어 낼 예정이라 표시를 해 두었습니다."

론은 성인 남자 둘이 팔을 벌려 끌어안을 정도 두께의 나무 앞에 섰다. 고개를 들어 높이 솟은 끝을 올려다보았다.

"이 수종은 오직 이곳에서만 자란다고 했나?"

"그렇다고 알고 있습니다."

"종의 이름은 무엇인가?"

"그저 참나무라고 부릅니다. 이것은 일반목이고 빛깔에 따라 흑단, 적단, 백단 등으로 부릅니다."

숲을 본 후에는 목재 공장에 들렀다. 마침 자른 통나무를 옮기는 작업이 한창이었다. 가지를 치고 껍질을 벗겨내는 모든 과정을 론은 온종일 지켜보았다.

일꾼들은 처음에는 부담스러워하더니 나중에는 제 할 일에 집중했다. 하란의 백성들은 윗사람을 어려워하기는 해도 과도하게 자신을 낮추지 않았다. 론이 체감하는 대륙인과의 가장 큰 차이점이었다.

숲은 매우 넓은 편이었다. 숲의 바깥 경계를 마차로 빙 둘러 돌면 쉬지 않고 반나절은 족히 걸렸다. 그래서 숲의 내부에 일꾼들의 숙소가 있었다. 일꾼의 수가 적지 않으므로 자연스레 일꾼을 상대로 하는 주점이나 상점이 들어섰다. 그래서 네 군데의 작은 마을이 만들어졌다.

숲에서 머무는 사흘 내내 이른 아침부터 해가 질 때까지 론은 많이 다니고 많이 만나고 많이 보았다. 담당자가 성에 보고서로 올리는 내용은 아주 일부였다. 현장에서 벌어지는 일은 현장에서 확인할 수밖에 없었다.

사흘째 되는 날 저녁, 마지막 날이었다. 식사를 마치고 론은 루터와 마주 앉아서 최종 정리를 했다.

론은 펼친 숲의 지도 위를 손가락으로 가리켰다.

"이곳과 이곳은 대장간을 확장하고, 다른 마을은 의사를 충원하시오."

"예."

"몰래 나무를 베어 가는 자들이 있다고 하니 숲의 가장자리를 도는 순찰대도 추가 조직하는 게 좋겠소."

"조치하겠습니다."

루터는 넌지시 물었다.

"성주님. 혹시 목재 사업에 관심이 있으십니까? 더 확장하실 계획이신지?"

"없소."

단호한 대답에 오히려 루터가 머쓱해졌다.

"바실 수장의 의견은 안 그렇소?"

"아닙니다. 목재 사업의 확장은 딱히 이득이 없다고 생각합니다."

"내 생각도 그렇소. 고급 가구의 재료이니 기본적으로 사치품이고, 수요는 정해져 있소. 판매처를 늘리려면 대륙으로 나가야겠지만, 운송비를 생각하면 오히려 손해겠지."

루터는 고개를 끄덕였다. 성주가 의욕적으로 시작하는 첫 일이 될까 봐 내심 걱정했었다. 손해를 걱정해서가 아니었다. 처음 시작한 일이 실패하면 상당한 좌절을 주기 마련이었다.

"꼼꼼히 보시기에 관심이 많으신 줄 알았습니다."

"관심은 당연히 있소. 숲은 동부의 중요 자산이니까. 마침 지금은 시간의 여유가 있고 언제 다시 올 수 있을지 모르니 내가 확인하고 싶은 부분을 모두 본 거요."

루터는 빙그레 미소를 지었다.

'정말 다행이 아닌가.'

그동안 몇 번이나 같은 생각을 했는지 모른다. 루터는 대가문의 주인이 갖추어야 할 중요한 덕목을 신중함과 성실함이라고 보았다. 능력의 부족함은 얼마든지 옆에서 보조할 수 있었다.

아직 판단을 내리기에는 이를지도 모른다. 성주의 자리에 오른 지 1년도 안 되었다. 그래도 루터는 나름 사람 보는 눈이 있다고 자신했다. 전대 성주께서 그렇게 급작스럽게 세상을 떠났는데 큰 혼란 없이 동부를 평온하게 이끄는 새 주인이 그저 기꺼웠다.

"예정대로 내일 출발하시겠습니까?"

"그럽시다. 그리고 돌아가는 대로……. 아니, 성에서 열릴 연회가 끝난 후가 좋겠군. 대회의를 소집할 생각이오."

"예."

"첫 안건은 일곱 가문의 자격 심사."

순간 루터의 표정이 굳었다가 풀어졌다. 성주가 바실 가문을 내칠 의도였다면 루터에게 지금 말하지 않았을 것이다.

"어찌하시려는지 여쭈어도 되겠습니까?"

"우선은 경고 정도가 되겠지."

"……케일리 가문만 말씀입니까? 아니면 더 생각하고 계십니까?"

전대 성주 시마가 의식 불명으로 누워 있을 때 멀론 브로디는 레바스 가문을 흔들려는 수작을 부렸다. 그리고 대가문을 지탱해야 할 일곱 가문 중에서 셋이 다른 마음을 먹었다.

적극 동조한 가문이 하나, 흔들린 가문이 하나, 중립을 자처하며 양쪽에 모두 발을 걸친 가문이 하나.

론이 성주의 자리에 오르면서 흐지부지 넘어갔다. 정작 멀론은 가문의 족보에서 빠지지 않은 채 그저 성을 나가는 것으로 끝났고, 누구도 책임지지 않았다.

론은 한 번도 그 문제를 거론하지 않았다. 일곱 가문의 수장을 대할 때 태도의 차이도 없었다. 처음에는 성주를 만날 때마다 긴장했던 케일리 수장도 요즘은 눈치를 살피는 기색이 없었다. 그래서 루터는 성주께서 시끄럽지 않게 그저 무난히 모두를 안고 가시려나 보다, 생각했다. 그건 착각이었다.

"두 가문에게는 기회를 주겠소. 그러나 케일리 가문은 선을 넘었소."

"……."

"잘 모르는 나보다 바실 수장이 빈자리를 채울 적당한 후보를 골라 주시오."

"예……."

"이대로는 전대 성주님께서 타계하실 무렵과 달라진 것이 없소. 만약 내가 당장 잘못되면 또 같은 상황이 반복될 거요."

루터는 무거운 한숨을 내쉬었다.

"성주님의 말씀이 옳습니다. 분란거리는 미리 제거하는 편이 낫지요."

"바실 수장."

"예. 성주님."

론의 눈이 살짝 휘어졌다.

"난 대륙에서 왔소. 대륙의 방식이 더 익숙하지. 만약 대륙이었다면 내가 권력을 잡고 제일 먼저 무엇을 했을 것 같소?"

루터는 성주의 보라색 눈동자가 유독 차가워 보인다고 생각했다. 질문에 답하지 못하고 기다렸다. 어떤 답이 나올지 예측할 수 없었다.

"전대 성주께 불충한 죄를 물어 공개적으로 케일리 수장의 목을 치고 멀론 브로디는 멀리 보내 버렸겠지. 하지만 그자는 결코 목적지에 도착하지는 못했을 거요. 도착하기 전에 불의의 사고에 휘말려 죽었을 테니까."

루터는 마른침을 삼켰다. 성주가 순한 성품은 아니라고 진즉 알고 있었다. 하지만 사람의 목숨을 논하면서도 지극히 담담한 태도는 충격이었다.

'필요하면 피를 보는 일에 망설이지 않는 분이구나.'

비로소 오늘 루터는 성주의 감추어진 일면을 일부분 엿본 기분이 들었다. 진심으로 이곳이 대륙이 아닌 하란이라서 다행이었다.

하란에서는 목숨을 건 치열한 권력 다툼이 벌어지지 않았다. 마법사의 존재 때문에 완전 범죄가 불가능했다. 중범죄를 저지르면 대가문의 가주라고 해도 벌을 피할 수 없었다.

"브로디 공은 성주님께 해가 되지 못할 겁니다."

론은 피식 웃었다.

"내가 그를 죽일까 봐 걱정되오?"

"그자를 걱정해서가 아닙니다. 성주님께서 직접 그런 일을 하실 필요가 없습니다. 제게 맡겨 주시면 제가 다 알아서 하겠습니다."

어떤 더러운 일이라도 감수하겠다는 루터의 표정은 진심이었다. 루터를 물끄러미 보다가 론은 헛웃음을 흘렸다.

론은 이제 믿기로 했다. 과연 세상은 넓었다. 그가 한 번도 본 적이 없는 유형의 인간이 존재했다. 진실하고 순진한 권력자도 존재할 수가 있었다.

"내가 해서는 안 될 일을 바실 수장이 맡아 하지 마시오."

"예?"

"바실 수장은 레바스에 해가 될 일은 절대 하지 않을 사람이니까. 그대는 레바스의 복이고 최후의 보루요. 자신을 아끼시오."

"예?"

멍하게 되묻는 루터의 주름진 눈가가 떨렸다.

"성주님……."

"케일리 가문을 정리하는 건 다른 뜻이 있어서가 아니요. 문제가 될 부분을 미리 도려내 예방하려는 거지."

"예. 알고 있습니다. 성주님."

드디어 주인의 신뢰를 얻은 노신의 눈에 기쁨이 가득했다.

루터는 권력에 미련이 없었다. 평생 동부와 레바스를 위해 살았고 딴마음을 품은 적은 한 번도 없었다. 마지막 소원은 명예로운 은퇴였다.

"성주님. 앨런입니다."

바깥에서 앨런이 문을 두드리며 말했다. 잠시 후 앨런과 함께 들어오는 사람을 보며 감동에 젖어 있던 루터의 얼굴에 황당함이 떠올랐다.

"네가 웬일이냐?"

에릭은 부친을 향해 꾸벅 고개만 숙이고 바로 론의 앞으로 다가갔다.

"성주님. 지시하신 일의 결과를 보고 드리려고 합니다."

루터는 눈을 부릅뜨고 론과 에릭을 번갈아 보았다. 루터가 아는 아들의 마지막 소식은 그나마 하고 있던 교수직을 때려치우더니 행선지도 알리지 않고 사라져 버렸다는 것뿐이었다. 아들 놈이 성주님과 안면이 있는 사이라는 것도 몰랐다.

"에릭. 네 이 녀석. 도대체……."

차마 성주 앞에서 목소리를 높이지 못하고 루터의 숨소리가 거칠어졌다.

"바실 수장. 자세한 이야기는 아들과 나중에 하고, 지금은 자리를 피해 주지 않겠소?"

"예. 성주님."

루터는 아들에게 눈만 부라리다가 어쩔 수 없이 물러갔다.

"여기까지 어쩐 일인가?"

"성주님께서 숲으로 가셨다고 해서 성에서 기다리기 지루해 이쪽으로 왔습니다. 이건 자세한 내용이고 간략하게 구두 보고 드리겠습니다."

에릭은 두툼한 봉투를 테이블에 올렸다.

"알시온 왕국에 다녀오느라 시간이 걸렸습니다."

봉투를 집어 들던 론의 손이 멈칫했다. 그의 보라색 눈동자가 급격히 흔들렸다.

"……알시온에 다녀왔다고?"

"예. 전에 주신 자료에 있는 두 사람, 사울 왕국의 베르토 왕자와 알시온 왕국과의 연결점을 알아 오라고 하셨지요."

"뭔가 알아냈나?"

동요하는 모습을 감추려는 론의 목소리가 낮아졌다.

"처음에는 찾을 수가 없었습니다. 사울 왕국은 알시온 왕국과 거리가 멀고 나라 간 교류도 없습니다. 왕실끼리 혼사로 맺어진 적도 없고요."

아무리 조사해 봐도 연결 고리가 없었다. 그래서 발상을 거꾸로 했다. 관계가 있다고 전제하고 거꾸로 추적했다.

베르토 왕자에 대해 파고들다 보니까 흥미로운 소문이 있었다. 한때 대륙을 뒤엎은 인신매매 조직에 깊이 관여했는데 가까스로 몸을 뺐다는 것이다.

물론 베르토 왕자는 자신을 음해하려는 개소문이라고 주장했다. 그리고 보란 듯이 범죄 조직의 피해자를 구조하는 일에 거액을 쾌척했다. 기금을 받아 대행한 곳이 그랜트 상단이었다.

'그랜트 상단.'

론은 용병으로 다니며 그 이름을 많이 들었다. 대륙의 어느 나라를 가도 그랜트 상단이 소유하는 상점이 있었다.

"그랜트 상단이 베르토 왕자를 뒷배로 두었나?"

"그렇지는 않았습니다. 오히려 정적 관계인 다른 왕자와 가깝다고 합니다."

"그런데 기금을 그랜트 상단에 주었다고?"

"그랜트 상단은 전에도 기근이 들거나 전염병이 돌면 구조 활동을 했다고 합니다. 베르토 왕자만이 아니라 대륙 곳곳에 왕족이나 귀족에게서 기금을 받고 사재도 보태서 인신매매 조직에 휘말린 피해자들을 도왔다고 합니다."

"정치적 정적의 세력에 속한 상인이라고 해도 좋은 일을 하니까 기꺼이 돈을 주었다? 참 아름답군."

그런 동화 같은 이야기가 가능할 리가 없지. 론이 조소했다.

자연스럽지 않다고 생각한 것은 에릭도 마찬가지였다.

"미담을 더 찾아볼까 해서 그랜트 상단에 대해 알아보니 재미있는 일이 있었습니다. 성장할 가능성 있는 상단 몇 개가 공교롭게도 이런저런 사건으로 해체되거나 망해서 사라졌습니다. 물론 대외적으로 그랜트 상단과는 전혀 무관한 일이었습니다."

"과연."

그다지 놀라운 일은 아니었다. 빛이 강할수록 그림자도 짙은 법. 거상으로 성장하기 위해 저지른 불법적인 일이 한두 개가 아닐 것이다.

"그랜트 상단과 밀착 관계라는 그 왕자와는 교류가 잦은가?"

"대외적으로 그렇습니다. 미튼 백작이 잃은 찻잎 교역권이 그 왕자의 측근에게 넘어갔고 최종 거래 상대는 그랜트 상단이 되었습니다."

론이 알고 싶었던 정보가 바로 이것이었다.

"그리고 알시온 왕국에 그랜트 상단의 본점 및 상단주의 유일한 저택이 있습니다."

"그랜트 상단이 알시온 왕실의 비호를 받고 있나?"

그사이에 국가 정책에 변화가 있었나. 알시온 왕국은 상업을 천시했다.

"그건 아닙니다. 오히려 그랜트 상단은 알시온 왕국에서 상거래를 하지 않습니다. 본점을 물품 창고로만 이용한다고 합니다."

본점을 차려 두고 거래를 안 한다. 확실히 이상했다.

"그랜트 상단이 알시온 왕국과 사울 왕국의 베르토 왕자를 연결한다는 증거는 찾지 못했습니다."

에릭은 성과를 과장하지 않았다. 심증은 있으나 물증은 없다고 솔직히 말했다.

"더 조사하려면 시간이 걸릴 듯하여 우선 보고 드리고 저는 다시 알시온 왕국으로 가려고 합니다."

에릭은 생각에 잠긴 론의 눈치를 살폈다. 사실 만족스러운 결과는 아니었다.

'이건 정말 엄청 고난도의 과제였다고.'

"성주님. 최종적인 답을 가져온 것은 아닙니다. 시간을 더 주시면……."

"충분해. 수고했다."

론은 만족했다.

에릭의 능력은 정말 대단했다. 솔직히 너무 막막해서 어디서부터 시작해야 할지 알 수 없기에 밑져야 본전으로 맡긴 일이었다. 기대 이상의 답을 가져왔다.

'가능성이 있어. 상단이라면 그런 괴물을 숨기고 있어도 눈에 띄지 않겠지.'

대륙을 오가는 마법사들의 눈을 속이기도 쉬웠다. 국경을 넘나드는 거상의 탄생은 비교적 최근의 일이었다. 대륙에서 상인의 지위는 낮았다. 마법사들이 수상한 무언가를 추적 중이라면 주로 권력자들의 주변을 탐색할 것이다.

'알시온은 하란과 국교를 체결하지 않았지. 하란의 마법사들이 자유롭게 드나들 수가 없어.'

마법사의 눈을 피하기에 최적의 장소였다.

"그랜트 상단주의 저택이 왕국의 어디에 있지?"

"수도입니다. 왕궁에서 멀지 않습니다. 전 주인이 백작이었습니다."

"수도에 있는 귀족의 저택을 상인에게 주었다고?"

"치정 문제가 얽혀 주인이었던 노백작이 살해당했고, 그 후 저택에서 유령이 나온다는 소문 때문에 비어 있었습니다."

론은 미간을 좁혔다.

'기억나는군.'

어렴풋이 떠올랐다. 흉측한 사건이라고 당시에 말이 많았다.

"그랜트 상단주가 거액으로 구매하겠다고 나섰는데 흉흉한 소문으로 비어 있는 것보다는 주인이 있는 편이 낫다는 여론에 큰 반대가 없었다고 합니다."

"그 여론을 주도한 사람이 있었나?"

"우드 공작입니다."

'찾았다.'

론은 이를 사리물고 느릿하게 눈을 감았다가 떴다. 우드 공작이 누구인지 에릭이 보충 설명을 간략하게 했으나 듣지 않아도 알고 있었다.

국왕의 장인이자 왕비 클라라의 아버지인 우드 공작은 뼛속까지 오만한 귀족이었다. 귀족의 저택을 상인에게 내준다는 건 절대 공작이 생각해 낼 만한 일이 아니었다.

'당신이 관여했겠지.'

왕비 클라라. 왕의 계비이자 우드 공작의 고명딸. 화사한 미소 속에 독을 품고 있는 사갈 같은 여자. 딸의 부탁을 받은 우드 공작이 나섰을 것이다.

클라라 왕비와 그랜트 상단주 사이에 모종의 협약이 있었던 것이 분명했다.

"자네는 계획한 대로 알시온 왕국에 가서 조사를 계속해. 특히 그랜트 상단에 관해서는 아주 사소한 정보라도 좋다. 레바스가 대륙에 진출하는 첫 출발지를 알시온 왕국으로 할 생각이다."

"예. 그리고⋯⋯."

에릭은 품에서 청구서를 꺼내 내밀었다.

"이번 일은 성주님께 보여 드리고자 시작했지만, 비용이 제가 감당할 정도가 아니라서 말입니다."

론은 피식 웃었다.

"이미 들어간 비용은 내 사재로 충당해 주지. 이후에는 가문의 일을 처리하는 것이니 정식으로 비용 청구하게."

에릭은 안도의 숨을 내쉬었다. 예상 비용을 훌쩍 뛰어넘어 고민하던 중이었다.

"이후에 저는 어떤 직책을 맡게 되는 겁니까?"

"레바스가 대륙으로 진출하는 준비 단계에서부터 총괄 책임자 자리를 자네에게 주지."

에릭은 주먹을 꽉 쥐었다.

"예. 성주님. 실망시켜 드리지 않을 겁니다."

"그리고 이만한 정보 수집을 혼자 하지는 않았을 것 같은데."

"예. 나름대로 정보원이 있습니다만……."

에릭은 말끝을 흐렸다. 그는 대륙의 정보를 취급하는 조직의 주인이었다. 규모는 작으나 질은 최고라고 자부했다. 원래는 교수로 일하면서 부업으로 시작한 일이 어느새 본업이 되었다.

쓸모 있는 인재를 모아 키우는 일은 즐겁고 보람 있었다. 몰랐던 자신의 재능을 발견하게 되었다.

취미로 시작한 일이었으나 지금은 자식 같은 조직이었다. 쏟아부은 시간과 돈도 적지 않았다. 성주에게 넙죽 바칠 생각은 없었다.

"정보원을 내놓으라고 할 생각은 없으니 염려 말게."

에릭이 무안함을 감추며 낮은 헛기침을 했다.

"사람을 빌려주었으면 좋겠군. 자네가 알시온에 가 있는 동안 쓸 데가 있어서 말이야. 이건 내 개인적인 일이라서 비용은 따로 지불하지."

"성주님께서 바라시는 조건이 있습니까?"

"사울 왕국 출신으로 그쪽에서 빠르게 자리 잡을 수 있는 자."

형제의 죽음에 얽힌 일을 조사해 볼 때가 되었다.

'알시온과 그랜트 상단은 당분간 에릭에게 맡기고.'

사울 왕국은 직접 나서서 파헤쳐 볼 생각이었다. 론의 머릿속에 대강의 계획이 빠르게 그려졌다.

*　　*　　*

성주와의 이야기를 끝내고 나오는 에릭을 앨런이 기다리고 있었다.

"어르신께서 널 봐야겠다고 하시더라."

"안 그래도 아버지는 뵙고 가려고 했어."

두 사람은 나란히 걸음을 옮겼다.

"설마 했는데 어르신께 말씀드리지 않은 거야?"

"깜빡했다."

"깜빡할 일이 따로 있지."

"지금이라도 아셨으면 되는 거지."

"어르신께서 무심한 척하셔도 평소에 네 걱정을 얼마나 많이 하시는지 알아? 나이도 먹을 만큼 먹어서 철없는 반항하는 것도 아니고 대체 왜 그러냐?"

또 시작이군, 하고 에릭은 생각했다. 앨런이 친구라서 다행이었다. 형이나 동생이었다면 얼마나 성가시게 이러쿵저러쿵 말이 많을지 생각만 해도 골치가 아팠다.

"됐고. 데이트는 어땠어?"

에릭은 앨런을 닥치게 할 한마디를 푹 찔러 넣었다. 약속 장소에 조교 비앙카를 내보내서 주선했던 맞선의 결과가 궁금했다. 효과는 좋았다. 앨런은 입을 꾹 다물고 에릭을 노려보았다.

"쓸데없는 짓 하지 마. 내가 얼마나 난처했는지 알아?"

"네 어머니의 걱정을 덜어 드리려는 노력이지. 네가 여자 보기를 돌같이 하니까 네 어머니께서 아들이 총각으로 늙어 죽을까 봐 이만저만 걱정이 아니시잖아."

"네 앞가림이나 해."

둘 다 아직 미혼이었다. 그리고 보편적인 결혼 적령기를 넘긴 상태였다.

"난 파혼당한 마음의 상처가 아직 안 나아서."

에릭은 마치 남의 가십을 떠드는 것처럼 말했다. 원래 약혼자가 있었으나 에릭이 가문을 이어받지 않고 교수가 되겠다고 선언하면서 파혼당했다.

애정보다는 가문과 가문의 결합으로 성립된 약혼이었다. 에릭은 그다지 충격받지 않았다. 오히려 약혼녀가 그래도 결혼하겠다고 했다면 골치 아팠을 것이다.

"그리고 내가 한 군데 정착 못 하는 기질이 있잖아. 처자식 돌보며 살 자신이 없거든. 아버지의 뒤를 이을 후계는 조카들이 많으니 괜찮아. 근데 넌 이유가 뭐야? 독신주의냐?"

"……독신주의는 아니야."

앨런도 가능하면 어머니의 소원을 들어 드리고 싶었다. 요즘은 별말이 없던 아버지도 바라는 눈치였다.

문제는 앨런의 성격이었다.

어머니가 주선한 여자들과 몇 번 데이트만 하면 번번이 차였다. 말수가 거의 없는 무뚝뚝한 성격과 데이트보다는 검술 연습이 우선이고 여자들의 은근한 유혹을 전혀 알아듣지 못할 정도로 둔했다.

앨런의 모친이 소개하는 아가씨들은 모두 명문가의 영애들이었다. 코우 가문이 매력적인 혼처이기는 해도 자신에게 전혀 애정이 없어 보이는 남자를 남편으로 맞이하고 싶을 정도로 아쉽지는 않았다.

"그러니까 비앙카와 잘해 봐."

'넌 네 아버지와 똑같아서 안 돼. 결혼하고 싶으면 네 부인 될 사람이 적극적이어야 한다고.'

앨런의 부친, 코우 수장도 젊어서는 앨런과 비슷했다고 한다. 차라리 앨런은 제 아버지보다 나았다. 코우 수장은 평소에 표정이 마치 화가 난 것처럼 굳어 있었고 말투는 더 딱딱했다.

에릭은 부모님의 대화를 우연히 듣다가 코우 가문의 안주인이 적극적으로 구혼해서 결혼까지 이르렀다는 사실을 알게 되었다. 아니었으면 마커스 코우는 홀로 늙어 죽었을 거라고 루터가 껄껄 웃으며 말했다.

"비앙카가 마음에 안 들어? 귀찮으면 내가 떼어내 줄게."

"좋은 분이다."

'싫다는 말은 안 하네.'

에릭은 속으로 웃었다.

"네 어머니께도 말씀드려. 만나는 아가씨가 있다고. 그러면 당분간은 널 여기저기 맞선 장소에 내보내서 귀찮게 하지 않으실 테니까."

앨런은 고개를 끄덕였다. 괜찮은 생각이었다.

"그리고 앨런. 너 혹시 대륙으로 나와 같이 안 갈래?"

"대륙이라니?"

"성주님은 대륙에 관심이 있으신 모양이야. 지금은 아무래도 시작이라서 초반에 고생은 하겠지만, 나중에 한몫은 단단히 잡을 수 있지."

앨런은 망설임 없이 거절했다.

"난 지금이 좋다."

"코우 수장께서 최소 십 년은 정정하게 기사단을 지키실 텐데 그럼 넌 딱히 큰 역할은 못 해. 계속 성주님의 호위 노릇이나 하려고?"

"그게 내 역할이야. 기사는 주군을 지키면 된다."

에릭은 아쉬운 입맛을 다시며 포기했다. 소신이 굳건한 친구를 설득하는 일은 아무래도 힘들 것 같다. 친구이면서도 이해할 수 없을 때가 많았다.

*   *   *

바실 가문의 두 부자는 오랜만에 마주 앉았다. 아들을 노려보던 루터는 곧 눈의 힘을 풀었다.

'자식만큼은 마음대로 안 된다더니. 옛말에 그른 것이 없지.'

"오랜만이구나."

"예. 아버지. 어머니는 잘 지내시지요?"

"걱정되면 네 어머니에게 연락이나 자주 해."

포기한 표정을 짓고 있는 아버지를 보며 에릭은 문득 이제 아버지도 꽤 늙었다는 생각이 들었다.

"동부로 돌아오기로 한 거냐?"

"그건 아직 모릅니다."

"앨런의 말로는 네가 성주님의 지시를 받아 일한다고 하던데."

"그래도 동부로 돌아올지는 결정하지 않았습니다."

"네 자리는 비어 있다. 에릭."

집을 나간다고 할 때 족보에서 파내 버리겠다고 버럭버럭 소리치던 아버지의 모습이 떠올라서 에릭은 피식 웃었다. 성격도, 의견도 맞지 않아 번번이 부딪친 부자지간이었지만, 에릭은 아버지를 존경했다. 솔직히 이인자의 자리에 만족하는 아버지가 아까웠다.

"아버지 걱정이나 하십쇼."

"말버릇 하고는."

루터가 인상을 찌푸리며 혀를 찼다.

"성주님께서 숲으로 오면서 굳이 아버지와 왜 오셨겠어요?"

"그야 나만큼 숲을 잘 아는 이가 없으니까. 더구나 처음 오시는 길이 아니냐."

"아버지. 대륙이었으면, 아니지. 하다못해 다른 대가문이었다면 아버지는 진즉에 찍혀 나갔을 거라고요."

"뭐야?"

"아버지도 그렇게 생각하시잖아요."

"……."

전대 성주였던 시마는 대단히 도량이 넓은 사람이었다. 루터 바실은 능력자였고 갖춘 능력만큼 일선에서 많은 일을 했다. 때로는 성주의 권한을 위협할 정도로 아슬아슬했다. 그런데 시마는 루터를 믿고 모든 일을 맡겼다.

딴마음을 먹지 않는 루터의 진실한 충정도 대단하지만, 내 사람을 기꺼이 믿고 등을 내어 준 시마도 대단했다.

두 사람의 서로에 대한 신뢰가 조금이라도 삐끗하면 단단히 어긋날 관계였다.

예로부터 권력은 자식하고도 나누지 않는다고 했다. 그런데 시마와 루터는 아주 현명한 방식으로 적절하게 권력을 나눠 가졌다.

"숲은 아버지가 전적으로 관리하셨지요. 아버지가 빼돌릴 마음을 먹었으면 뭐든 할 수 있었을 겁니다. 저는 아버지를 잘 아니까 믿지만, 사람들은 아니죠. 아버지를 믿어 주시던 전대 성주님께서는 이제 레바스의 주인이 아니시고요."

잠시 말없던 루터가 '으음.' 하고 낮은 침음성을 흘렸다.

"나도 머리가 예전처럼 잘 돌아가지 않는가 보다. 그래서 그러셨군."

"무슨 일이 있었나요?"

"곧 대회의를 열겠다고 하시더구나. 케일리 가문을 축출하겠다고 하셨다."

에릭은 금방 돌아가는 상황을 파악했다.

"아버지를 안 버리시겠다는 거군요."

"아무래도 날 겨냥한 고발장을 받으신 모양이다."

"성주님이 아버지와 숲으로 가셨다는 말을 들었을 때부터 짐작했습니다. 근데 아버지는 그걸 지금 아셨다니, 정말 이제 늙으셨네요."

"예끼, 이놈아."

아버지의 머리가 녹슬었다고 타박하면서 에릭은 내심으로는 다르게 생각했다. 부친을 끌어안기로 결정한 젊은 성주의 결정이 의외였다. 처음에 자리 잡을 때까지만 아버지를 써먹다가 버릴 줄 알았다.

'자신만만하군.'

새 주인이 능력을 입증하지 못하면 이미 보증된 능력자로 굳건히 자리 잡은 루터 바실에게 힘이 몰릴 것이다. 루터 바실을 밑에 거두어 부릴 수 있다는 자신감이었다.

'기본적인 의리도 있고.'

성주는 자리를 잡을 때까지 물심양면으로 도운 루터의 노력을 외면하지 않았다. 도움을 받으면 고마워하는 게 당연하지 않으냐고 하지만, 그 기본을 지키는 사람은 뜻밖에 많지 않았다. 특히 높은 자리에 있는 사람일수록 은혜를 쉽게 잊는다.

'사람 보는 눈도 좋고.'

이미 충실한 수족이 된 앨런도 그렇고 자신의 부친도 그렇고 두 마음을 먹을 사람들이 아니었다.

'하여간, 우리 아버지. 주인 복은 있다니까.'

루터 바실처럼 능력이 출중한 이인자로서 굴곡 없는 삶을 사는 사람은 드물 것이다.

'물론 나도 운이 좋지.'

성주의 밑에서 일하기로 한 자신의 결정이 제대로 된 선택인 것 같다. 예감이 좋았다.

　　　　*　　　*　　　*

　에릭이 두고 간 보고서를 한 번 쭉 읽고 나서 론은 복잡한 기분에 휩싸였다. 이런 식으로 고국의 소식을 다시 접하게 될 줄은 몰랐다.

　알시온을 떠난 지 10년이 넘었다. 마음만 먹으면 얼마든지 정보를 얻을 수 있었겠지만, 론은 아예 외면하고 지냈다.

　'펠릭스 후작이 죽었다니······.'

　현재 알시온의 실세는 우드 공작이었다.

　'우드 공작은 탐욕이 많은 자인데.'

　국익보다는 제 주머니를 채우는 일에 관심이 많은 자였다.

　'이제 나와는 관계없다.'

　그는 미련을 떨쳐 내듯 고개를 저었다. 나라 꼴이 어찌 돌아가든 알 바 아니었다. 유일한 아쉬움이라면.

　'아이작. 이제는 펠릭스 후작인가······.'

　첫 친구이자 첫 신하였다.

　아이작을 믿는 마음과는 별개로 그때의 아이작은 어리고 힘이 없었다. 펠릭스 후작의 장남에 불과했다. 론은 고국으로 돌아가 봤자 아이작이 자신을 끝까지 지켜 줄 수 없다고 판단했다. 혼자 죽으면 차라리 괜찮지만, 아이작도 다칠 가능성이 컸다.

　자신만 포기하면 남은 사람들이 무사할 거라고 생각했다.

　'돌아갔다면 죽었겠지.'

성년이 되기 전에는 반드시 죽었을 것이다. 그때는 중독된 자신의 몸 상태를 몰랐다.

'지독한 여자.'

서서히 중독시켰으면서. 어차피 놔두어도 죽었을 그를 끝내 두고 보지 못하고 사지로 몰아넣었다. 그런데 그게 결과적으로 론의 목숨을 구한 셈이 되었으니 세상일은 참 알 수 없다.

'날 죽이기 위해 당신이 부른 괴물이 내 형제의 목숨을 가져갔다. 그래서 용서할 수 없어.'

론은 이를 악물었다. 대가를 치르기에 그 여자의 목숨 하나로는 터무니없었다. 그 여자가 소중히 여기는 모든 것을 빼앗고 파괴해 줄 것이다. 그게 왕실의 몰락을 가져온다고 할지라도.

론은 보고서를 서류 더미에 얹어 두었다. 문득 생각난 듯 서류 더미를 뒤져서 문서를 하나 꺼냈다.

익명의 고발장이었다. 고발 대상은 루터 바실.

말을 하지 않았으나 론은 그동안 루터를 겨냥한 몇 건의 고발장을 받았다. 고문관이라는 높은 자리는 그만큼 견제받을 가능성이 크다. 그래서 조치 없이 고발장을 폐기했다.

이번에 받은 고발장은 의혹이 꽤 구체적이었다. 루터는 오래전부터 숲을 관리했다. 그동안 숲에서 나오는 이득을 빼돌려 비자금을 조성하고 있다는 고발이었다.

확인하려고 일부러 루터와 숲을 방문했다. 내색하지 않으며 꼼꼼히 살폈는데 별다른 의심이 갈 만한 정황은 발견하지 못했다. 문서로 보고받은 내용과 현장의 모습은 거의 일치했다.

'바실 수장도 언젠가는 변할지 모르지.'

하지만 루터 바실을 믿겠다고 결정했다.

론은 사람과의 관계에 원칙이 있었다. 잘 믿지 않으나 한 번 믿겠다고 생각하면 확실한 물증 없이는 의심하지 않았다.

그는 고발장을 화로에 던져 넣었다. 뻘건 불꽃이 순식간에 종이를 집어삼켰다.

*　　　*　　　*

초상화가 완성되었다.

때마침 완성된 순간이 아델이 수업을 받던 중이었다.

"스톤 양. 초상화가 완성된 것 같은데…… 좀 봐도 될까요?"

교사는 면구스러운 표정으로 조심스레 말했다.

줄리오는 처음부터 봐도 될까? 묻고서 화가의 뒤로 돌아가서 봤지만, 그런 짓을 누구나 할 수 있는 건 아니었다.

"완성되었다고요?"

지루한 표정으로 하품을 겨우 참고 있던 줄리오가 벌떡 일어났다.

줄리오는 마법학 소양을 쌓아 볼까 해서 수업을 청강하는 중이었다. 하지만 수업을 시작한 지 얼마 안 되어서 역시 공부는 내 체질이 아니었다고 계속 후회하고 있었다.

"저도 궁금하네요. 봐도 괜찮아요?"

아델의 물음에 안젤로는 기꺼이 허락했다.

"물론입니다. 완성된 그림의 첫 관람객이 되어 주신다면 영광일 따름이지요."

안젤로는 조수들을 시켜서 캔버스가 잘 보이도록 방향을 돌리게 했다.

짝짝짝, 박수가 터졌다. 아예 그림을 처음 보는 마법학 교수는 두 눈이 휘둥그레졌다. 감탄하는 사람들의 표정을 보며 안젤로는 뿌듯해했다.

'진짜 솜씨가 좋다.'

줄리오는 실물 그대로를 빼닮은 그림을 보며 감탄했다.

'그림으로 보니까 둘 다 실존 인물 같지가 않아.'

금발의 소녀는 동화 속에 등장하는 요정 같았다. 어지간한 사람이 소녀의 곁에 서면 배경이 되어 버릴 것이다. 하지만 푸른 머리의 청년은 전혀 존재감이 죽지 않았다. 두 사람이 담긴 화폭의 그림은 비현실적인 느낌이 들었다.

'옷을 고급스럽게 입혀 놓으니까 사람이 달라 보이네. 아무리 봐도 론이 맞아.'

줄리오는 그림 속 인물의 정체를 확신했다. 세상에 닮은 사람이 존재한다고 해도 저런 분위기와 외모를 가진 사람이 또 있을 리가 없었다.

묵직한 고동 피리 소리가 멀찍이서 들렸다. 그림을 바라보고 있던 아델이 흠칫 놀라 고개를 들었다.

"무슨 소리지?"

줄리오가 고개를 갸웃했다.

"성주님께서 돌아오셨다는 신호음이에요."

아델은 아련한 눈빛으로 중얼거렸다. 할머니가 가끔 출타하셨다가 귀환하실 때 들었던 그리운 소리였다.

"드디어 오셨군!"

몸을 돌리는 줄리오의 옷자락을 아델이 꼭 붙들었다.

"어디 가세요?"

"성주님이 오셨다며."

입술을 깨물며 시선을 떨어뜨린 아델이 주저하다가 말했다.

"급하지 않으면 조금 이따가 뵈면 안 될까요?"

"왜? 성주님을 뵈려면 무슨 절차가 필요한 건가?"

"아뇨. 그건 아니고. 줄리오를 만나면 일 이야기를 할 테고, 그게 길어지면 제가 성주님과 인사를 나눌 시간이……."

두 볼이 발그레한 소녀를 멀뚱히 보다가 줄리오는 씨익 웃었다.

"재회의 기쁨을 나누는 데 방해하지 말아 달라?"

"줄리오가 방해가 된다는 뜻은 아니고요."

빨갛게 물든 얼굴로 아델은 우물쭈물했다.

좀 더 놀릴까 하다가 줄리오는 물러나 주었다.

"알았어. 이따가 뵙지 뭐."

"성주님께 줄리오 얘기를 꼭 전할게요."

아델은 줄리오를 보며 수줍게 웃더니 곧바로 서재를 뛰어나갔다. 줄리오가 지난 며칠 봤던 웃음 중에서 가장 솔직했다.

"스톤 양이 좋은 내색을 너무 하는 것 아닙니까?"

줄리오는 마법학 교사에게 농담처럼 동조를 구했다. 여전히 그림에서 눈을 떼지 못하며 교사는 대수롭지 않게 대답했다.

"스톤 양이 성주님을 많이 따르시더군요. 아무래도 주변에 기댈 분이 성주님뿐이니까요."

줄리오는 미묘하게 변한 표정으로 교사를 응시했다가 흘끔 안젤로를 보았다. 누구도 아델의 반응을 진지하게 생각하지 않았다.

줄리오는 문득 깨달았다. 이 사람들에게 아델은 어린아이였다. 아이가 어른의 귀가를 반기며 뛰어나가는, 그런 의미로 받아들이고 있었다.

줄리오는 흐음, 중얼거리며 턱을 쓸었다.

'내가 보기엔 그게 아닌데.'

*   *   *

마차가 열린 성문을 통과했다. 외성을 지나 내성 안까지 거침없이 달려갔다. 하인이 멈춘 마차의 문을 바깥에서 열었다.

마차에서 내리며 론은 고개를 들어 높이 솟은 성의 탑을 보다가 주변으로 시선을 돌렸다. 주인을 맞이하기 위해 고용인들이 나와 있었다.

고개를 숙이는 그들의 인사를 받았다. 그들을 지나쳐 성 안으로 들어가며 론은 기분이 이상했다. 며칠씩이나 성을 비운 것은 처음이었다. 돌아왔다는 안도감이 들었다. 레바스 성이 어느새 돌아올 장소가 되었다.

고용인들은 제 할 일을 찾아서 곧 흩어졌다. 1층의 홀을 가로지르는 론의 곁에 집사가 따라붙었다.

"목욕부터 하고 싶군."

"예. 성주님. 바로 준비하겠습니다."

숲의 일꾼 숙소에는 제대로 된 목욕 시설이 없었다. 몸을 닦을 물수건은 하인이 매일 가져왔으나 욕조에 몸을 담그는 느긋한 목욕은 불가능했다.

불편한 것이 한둘이 아니었다. 지나치게 딱딱한 침대는 조금만 움직여도 삐걱거렸다. 식사도 입에 맞지 않았다.

'노숙보다 낫긴 했지만······.'

무심코 생각하다가 론은 흠칫했다. 성에서 지낸 지 일 년이 안 되었다. 노숙을 밥 먹듯 하던 용병 생활은 십 년이 넘었다. 불과 얼마 전까지 한데서 자는 일이 일상이었다.

그는 기가 막혀서 쓴웃음을 지었다. 안락함에 순식간에 적응하는 자신의 몸이 무척 간사하다는 생각이 들었다.

"아델은? 별일 없었고?"

"예. 지금은 수업 중이십니다. 끝나실 때가 되었습니다."

론은 집무실로 가는 복도를 걸었다. 목욕 준비를 하는 동안 급하게 처리할 일이 있는지 대충 살펴볼 생각이었다.

탁탁, 바닥을 치는 발소리를 들으며 론은 고개를 돌렸다. 금색의 머리카락을 나풀거리며 소녀가 그를 향해 달려오고 있었다. 그의 귀환 소식을 듣자마자 남쪽 탑에서부터 달렸는지 숨이 차오른 얼굴이 붉게 물들었다.

열렬한 환영이었다. 저러다 넘어지면 다치겠다. 론은 미소 지으며 걱정스레 중얼거렸다.

"복도에 양탄자를 깔아야 하나."

괜한 일거리가 생길까 봐 제드는 못 들은 척했다.

"레온!"

아델이 그를 향해 활짝 웃으며 두 팔을 뻗었다.

론은 품으로 뛰어드는 소녀를 안아 들었다. 몸무게에 더해진 속도까지 감당하느라 그는 주춤 뒤로 한 걸음 물러났다. 그게 재밌는지 까르르 소녀의 웃음이 터졌다.

'레온 냄새.'

아델은 두 팔로 그의 목을 안았다. 달음박질쳐서 왔더니 호흡이 가빴다. 작게 숨을 할딱이며 그의 가슴께에 고개를 묻었다. 간질간질하게 차오르는 기쁨으로 가슴이 벅차올랐다.

"다녀오셨어요."

론은 갑자기 목이 메었다. 그에게 다시 돌아올 곳이 생겼다.

기다렸다가 인사해 주는 사람도 있었다.

　레온 모자와 함께 살았던 낡은 통나무집은 그가 처음으로 갖게 된 돌아올 곳이었다. 앨리스는 사냥하러 나가는 두 소년을 항상 문밖에서 배웅하고 소박한 식사를 차려 놓은 채 기다렸다.

　앨리스가 죽은 후 산에서 내려와 정착지 없이 용병으로 떠도는 동안 늘 꿈꾸던 것은 돌아갈 집이었다.

　그는 소녀의 작은 머리통을 한 손으로 감싸 안으며 정수리에 입을 맞추었다. 손가락이 감기는 부드러운 머리카락이 그에게 아늑한 행복을 주었다.

　"다녀왔어."

　론은 좀 더 편한 자세로 아델을 안고 집무실을 향해 걸었다. 곁을 따라 걷는 제드는 심드렁했다. 론이 아델을 안고 다니는 건 성의 고용인들이 자주 보는 광경이라 이제는 대수롭지도 않았다.

　"방금 마친 수업이 마법학이었던가?"

　"네."

　"잘 지냈지?"

　"사실 조금 후회했어요. 나도 따라갈걸. 숲이 어떤 곳인지 궁금해요."

　"절대 안 간다고 고집부리더니."

　"일하러 간 거잖아요. 방해하고 싶지 않았단 말이에요."

　"왜 마음이 바뀌었어. 심심해서?"

"심심하지는 않았어요. 나도 나름대로 할 일이 얼마나 많은 줄 알아요?"

"알지."

"심심하지는 않았는데 레온이 보고 싶었어요."

배시시 웃는 아델을 보는 그의 눈동자가 흔들렸다.

정확히 언제부터인지 딱 잘라 말할 수는 없었다. 그를 대하는 아델의 태도가 변했다. 적당히 세우고 있던 벽이 아예 사라져 버렸다. 거리낌 없이 매달리고 어리광을 부렸다.

"레온은 나 안 보고 싶었어요?"

론은 마른침을 삼켰다.

"……물론 보고 싶었지."

"얼마나?"

"아주 많이."

이런 낯간지러운 말을 할 수 있게 된 자신이 그저 신기했다.

이 아이를 누가 사랑하지 않을 수 있을까. 완전히 마음을 열고 눈동자 속에 오롯이 자신만 바라보는 소녀를 보고 있으면 저절로 웃음이 나왔다.

론은 아델을 안고 집무실로 들어갔다. 작은 소녀의 몸은 그의 왼쪽 팔로만 안아도 거뜬했다. 그는 오른손으로 책상에 가지런히 놓인 서류를 대충 넘기며 살폈다. 당장 봐야 하는 급한 일이 없는 것을 확인하고 소파에 앉았다. 아델은 그의 무릎 위에서 내려와 그의 옆에 붙어 앉았다.

론은 제드에게 나가 보라고 손짓했다. 대답의 뜻으로 고개를 숙이고 집사가 나갔다.

"뭐 하고 지냈어?"

질문이 떨어지기가 무섭게 아델은 입을 열었다.

"드디어 마법 시약의 배합을 직접 해도 좋다는 허락을 받았어요. 선생님은 간단한 거니까 서재에서 해도 된다고 하셨거든요. 아, 그리고 초상화가 완성됐어요."

아델은 며칠 동안 자신의 근황을 종알종알 떠들기 시작했다. 고작 며칠, 늘 비슷한 나날이 반복되는데 무슨 할 말이 그렇게 많은지.

론은 부드러운 표정으로 아델의 이야기에 귀를 기울였다.

한창 이야기하던 아델이 점점 목소리를 늘어뜨리다가 입을 다물고 론의 얼굴을 물끄러미 바라보았다.

"왜, 또."

"그냥요."

아델이 얼마 전부터 기이한 행동을 시작했다. 대화를 나누다가, 차를 마시다가, 혹은 식사를 하다가 느닷없이 모든 행동을 멈추고 자신의 얼굴만 탐색하듯 뚫어지게 보았다. 왜 그러냐고 물어도 이유를 말하지 않았다.

'됐다.'

아델은 속으로 중얼거렸다. 그를 보면 가슴이 뛰었다. 가끔은 아플 정도로 마구 뛰었다. 아예 그의 얼굴을 대놓고 한참 보고 있으면 진정되었다.

안 보면 더 빨리 진정된다는 걸 안다. 하지만 그건 싫었다. 그를 피하고 싶지 않았다. 조금이라도 더 보고 싶었다.

"며칠 전에 생각지 못한 손님이 오셨어요. 현자님이에요. 레온을 꼭 만나야 한다고 계속 기다리고 계세요."

다시 입을 연 아델의 목소리는 조금 차분해졌다.

"백탑에서 나오신 분인가?"

혹시 데보라가 보낸 사람인가 싶어서 론의 미간이 살짝 굳었다.

"아뇨. 청탑에서 나오셨대요. 전당에서 사고가 났다면서요? 성에서 파티를 열게 된 이유가 그건지 몰랐어요."

"청탑에서 마법사가?"

전혀 들은 이야기가 없어서 의아했다.

"재미있는 분이었어요. 좀 이상한 분이기도 했고요."

지팡이를 들고 주문을 외우던 줄리오의 모습을 떠올리며 아델은 키득거렸다.

"그분께 성에 있는 모든 정원을 안내했어요. 덕분에 나도 정원을 모두 구경했죠. 난 정원은 모두 남쪽 탑에 있는 정원과 비슷한 줄 알았거든요. 그런데 다른 곳은 정원수를 별 모양으로 깎아놨던걸요."

"모든 정원을 나가 봤다고? 외성까지?"

론은 떨떠름하게 물었다.

"네. 근데 내성에 있는 정원이 더 예뻐요."

"왜 갑자기?"

"마법사님이 정원이 궁금하다고 해서 안내하고 싶었어요. 손님을 대접하는 일은 주인이 해야 하는 일이잖아요. 내가 주인은 아니지만……. 주제넘은 일이었다면 앞으로 조심할게요."

아델이 어깨를 축 늘어뜨리며 흔들리는 눈망울로 그를 응시했다. 론은 당황해서 아델의 어깨를 팔로 감싸 품으로 당겼다.

"아니야. 잘했어. 내가 없으니 당연히 네가 해야지."

그의 어깨에 고개를 묻고 아델은 소리 없이 웃었다. 자신이 제법 뻔뻔한 구석이 있다고 생각했다. 가끔 한 가지 대답밖에 할 수 없는 질문을 그에게 던져서 그의 반응을 살폈다. 그리고 기대했던 반응이 나오면 몰래 웃음 지으며 만족했다. 어쩐지 그런 교묘한 상황을 만드는 횟수가 느는 것 같다.

"레온."

"응?"

"나는 레온에게 중요한 사람이에요?"

"그야…… 물론이지."

"나보다 중요한 사람은요? 돌아가신 분은 빼고요. 할머니보다 내가 더 중요할 수는 없으니까요."

'그분보다 당연히 네가 더 중요해.'라고 론은 생각했다. 의미를 알 수 없는 질문이지만, 그는 깊이 고민하지 않기로 했다. 여자아이는 수수께끼 같았다. 아델이 평소에 무슨 생각을 하는지

도무지 모르겠다.

"그런 사람은 없어."

아델을 그를 보다가 생긋 웃었다. 순간적으로 보인 아델의 표정 어딘가가 그의 기분을 아주 이상하게 만들었다.

아델은 소파에서 일어났다.

"방으로 돌아갈게요. 레온도 며칠 만에 온 거니까 할 일이 많죠? 내가 너무 시간을 빼앗았어요."

론은 이럴 때마다 아델의 나이를 새삼 떠올렸다. 어리광을 부려도 절대 어느 선은 넘지 않았다.

아델은 나가려다가 다시 몸을 돌렸다.

"아, 그리고 청탑에서 오신 마법사님은 꼭 만나서 이야기를 잘 들어 줘요. 레온을 만나려고 오래 기다리신 분이에요."

집무실을 나와서 아델은 작은 한숨을 폭 내쉬었다.

"아직은 괜찮아……."

힘없이 중얼거리며 걷기 시작했다.

언젠가 그에게 자신보다 더 중요한 사람이 생길 것이다. 그의 우선순위에 자신이 가장 높이 있을 때까지는 그의 옆에 있고 싶었다. 몇 개월일 수도 있고 몇 년일 수도 있겠지.

언젠가 다가올 끝을 생각하면 마음이 아팠다.

'좋아해.'

그가 말로 설명할 수 없이 좋았다. 할머니를 사랑했던 감정과 달랐다. 멜을 좋아하는 마음과도 달랐다.

그녀는 두 손을 내려다보았다. 주먹을 쥐었다. 작은 아이의 손이었다. 이런 작은 손으로는 할 수 있는 일이 없었다.

그녀는 이루어질 수 없는 환상을 꿈꾸지 않았다. 그에게 자신은 그냥 보호해 주어야 하는 아이일 뿐이었다.

'이런 거 차라리 몰랐으면 좋았을 텐데.'

눈시울이 뜨거워져서 눈을 깜빡였다. 연애소설 속에서 묘사하는 것만큼 행복하지 않았다. 달콤하기는커녕 너무 썼다. 기분이 높이 솟아올랐다가 바닥을 치는 일이 반복되었다. 극심한 감정의 기복은 몸이 아픈 것보다 힘들었다.

모르겠다. 좋아하는데 왜 심장이 아프고 체한 것처럼 가슴이 답답한 걸까.

방으로 돌아갈까 하다가 가문의 방으로 내려갔다.

그녀는 요즘 고서의 방에서 자료를 찾아보는 일에 매달리고 있었다. 무엇이든 찾고 싶었다. 그녀의 자라지 않는 병이 나을 방법을 알아낼 수 있을지도 모른다. 유일한 희망이었다.

르웨나 레바스. 아델이 파고드는 부분은 오직 그녀에 관한 것이었다.

르웨나의 아들 카발 레바스는 백여 권의 일기를 남겼다. 역대 가주가 남긴 일기 중에서 최고의 분량이었다. 이걸 언제 다 읽을지 막막했다. 더구나 전부 고어로 썼다.

읽다 보니까 일기가 백 권이 넘은 이유를 알았다. 카발은 대륙의 구전 설화를 수집하는 취미가 있었다. 그걸 모조리 일기에 적었다.

두툼한 한 권의 일기의 앞부분에 일과를 기록하고 나머지 뒷부분은 수집한 구전 설화로 채웠다.

턱을 괴고 일기를 읽는 아델의 표정에 지겨움이 가득했다.

'너무 재미없어.'

구전 설화를 얼마나 무미건조하게 기록했는지 마법 이론 교재도 이것보다는 재미있었다.

정리도 제대로 되어 있지 않았다. 쓰기 싫은 것을 억지로 쓴 것처럼 필체는 엉망이고 글씨 크기도 달랐다. 심지어 잉크의 색마저 통일하지 않았다. 그림이나 메모를 덕지덕지 붙여 놔서 읽다가 자꾸 눈에 걸리적거렸다.

'삼대 가주님은 절대 이거 안 읽었을 거야. 확실해. 앞부분만 읽고 전기를 저술하셨겠지.'

도통 페이지가 넘어가지 않았다. 아델은 아직 고어에 서툴러서 읽는 속도가 더뎠다.

'끝까지 읽어야 하나?'

구전 설화 따위는 관심 없었다. 그녀가 알고 싶은 건 초대 가주 르웨나에 대한 정보였다.

'이런 속도로 언제 백 권의 일기를 다 읽지.'

앞서 두 권을 모두 읽었다. 지금 읽고 있는 세 권까지만 끝까지 다 읽고 네 권째부터는 앞의 일기 부분만 읽어야겠다.

지루해도 시간은 갔다. 모래시계의 알람이 울렸다. 시계를 뒤집자 벨소리가 그쳤다.

"조금 남았는데 다 보고 갈까……."

심드렁한 표정으로 몇 장 남지 않은 페이지를 넘겼다. 붙여서 접은 메모가 있었다. 두세 장에 하나씩은 이런 것이 있었다. 설화가 전해지는 지역의 특색이나 옛 지명 등을 조사해서 주석으로 달아 놓은 것이다.

접은 부분을 펴서 읽는 아델의 눈이 점점 커졌다. 턱을 괴고 있던 삐딱한 자세를 바로 하고 노트에 바짝 고개를 가져다 댔다.

— 위대한 대마법사 하란께서 자연의 품으로 돌아가셨다. 내 어머니께서 세상을 떠난 지 꼭 10년 만이었다. 새로운 세대가 새 시대를 열게 되었다.

나는 내 어머니가 완전하지 않아도 상관없었다. 하지만 그들은 아니었다. 그들은 스승의 과오를 인정하지 않으려 했다. 하란을 인간이 아닌 신에 가까운 존재로 만들 생각이었다. 그들은 가주들에게 협조를 구했다.

나는 그들에게 적극적으로 협조하지는 않겠지만, 침묵하겠다고 대답했다.

후손이 지나간 역사를 엿보기 위해서는 기록이 필요하다. 그러나 기록이 항상 진실은 아니다.

— 어머니를 회고하며

갑자기 엉뚱한 내용이 끼어들었다. 뒷장을 모두 넘겼지만 추가되는 내용은 없었다.

아델은 짧은 내용을 반복해서 읽었다. 어머니를 회고한다는 마지막 문장이 의미심장했다.

카발이 저술한 르웨나의 전기를 읽으면서 느꼈지만, 카발은 어머니를 존경하고 사랑했다. 어머니와의 추억을 되새기며 회고집을 따로 저술했을 가능성이 있었다.

'따로 책으로 묶지 않고 일기 안에 붙였어. 숨기려고 한 걸까?'

가슴이 두근두근했다. 굉장한 비밀을 발견했다.

카발은 후손들이 쉽게 발견하지 못하기를 바란 것 같다. 한편으로는 봐 주기를 원한 것도 같다. 정말 숨기려고 했다면 더 철저하게 감추든가 아예 남기지 않았을 것이다.

모호한 내용 속에 추측할 부분이 많았다. '그들'은 대마법사 하란의 제자들을 가리키는 것이다. '가주들'은 최초 일곱 대가문의 가주들일 것이다.

'이대 가주님은 하란의 제자들과 모종의 협상을 했구나.'

구체적으로 무슨 협상을 했는지는 모르지만, 하란의 제자들은 스승을 신성화하는 작업에 들어갔다. 하란의 백성이라면 평생에 한 번쯤은 하란의 전기를 읽었다. 아델도 물론 읽어 보았다.

'그게 어느 정도는 만들어진 이야기라 이거지?'

전기에 등장하는 대마법사 하란은 완벽했다. 인간보다는 신에 가까웠다. 묘한 배신감이 들었다.

아델은 곰곰이 생각하다가 벌떡 일어났다. 책장으로 가서 일기의 다음 권을 꺼냈다. 날짜별로 보기 좋게 일과를 정리한 앞부분과 다르게 설화를 모아 놓은 뒷부분은 역시 지저분했다.

"여기 있다!"

아델은 자신도 모르게 소리쳤다.

―그분은 종종 다녀가셨다. 항상 남의 눈을 피해 어머니를 만나고 가셨다. 그분을 주시하는 눈이 많았다. 그분의 행보는 완벽한 비밀이 될 수 없었다. 존경받아 마땅한 분이었지만, 개인적으로는 이해할 수 없었다.

어릴 때부터 그분은 나를 무척 귀여워해 주셨다. 하지만 어느 정도 나이가 든 후부터 나는 그분을 피하게 되었다. 사람들의 수군거림을 견딜 수 없었다.

어느 날은 도무지 그냥 넘어갈 수 없었다. 어머니를 추궁했다.

"어머니. 소문이 사실입니까? 다들 제가 그분의 아들이라고 합니다."

어머니는 몹시 슬픈 눈으로 나를 한참 바라보더니 말씀하셨다.

"아니다. 넌 네 아버지의 아들이란다. 네 이름은 네 아버지의 이름을 딴 것이지."

내 아버지가 대체 누구냐고 여쭈어도 끝내 어머니는 대답하지 않으셨다.

— 어머니를 회고하며

〈다음 권에서 계속〉